新潮文庫

城をひとつ

戦国北条奇略伝

伊東　潤著

新潮社版

11286

目次

城をひとつ……九
当代無双……六九
落葉一掃……一三一
一期の名折れ……二〇三
幻の軍師……二五七
黄金の城……三三三
参考文献
解説 春風亭昇太

関東全域主要城郭分布図
名胡桃城
沼田城
下野
上野
宇都宮城
白井城
唐沢山城
箕輪城
厩橋城
祇園城
（小山城）
金山城
常陸
結城城
館林城
古河城
小田城
忍城
栗橋城
鉢形城
松山城
関宿城
岩付城
河越城
武蔵
小金城
下総
国府台城
葛西城
臼井城
八王子城
滝山城
江戸城
佐倉城
（現・本佐倉城）
品川
甲斐
東金城
小机城
津久井城
土気城
椎津城
相模
天神台城
上総
真里谷城
玉縄城
鎌倉
駿河
佐貫城
久留里城
小田原城
百首城
峰上城
長久保城
金谷城
三崎城
山中城
安房
韮山城
伊豆
0
20km

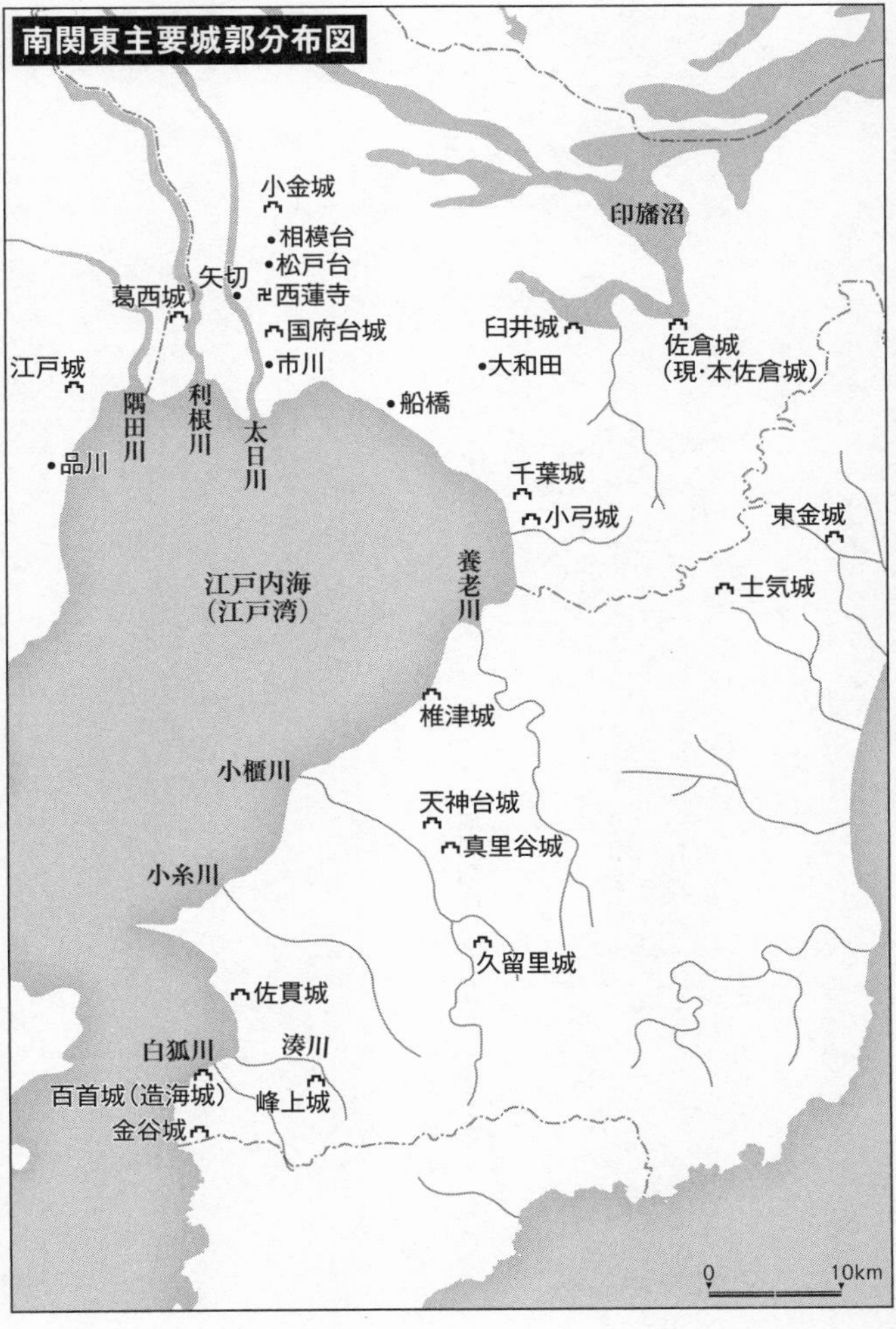
南関東主要城郭分布図
小金城
相模台
松戸台
矢切
西蓮寺
葛西城
国府台城
江戸城
市川
隅田川
利根川
太日川
品川
印旛沼
臼井城
佐倉城
(現·本佐倉城)
大和田
船橋
千葉城
小弓城
東金城
養老川
土気城
江戸内海
(江戸湾)
椎津城
小櫃川
天神台城
真里谷城
小糸川
久留里城
佐貫城
白狐川
湊川
百首城(造海城)
峰上城
金谷城
0
10km

地図制作　アトリエ・プラン

城をひとつ

戦国北条奇略伝

城をひとつ

一

「城をひとつ、お取りすればよろしいか」

鉄錆《てつさ》びた古鐘《こしょう》のような男の声音《こわね》が、新築成ったばかりの小田原城評定の間に響きわたる。

「城をひとつ取る、と申すか」

当主の座を占める三十代後半の男が、その細い目を見開くようにして問うと、家臣たちの最上座に座る赤ら顔の男が声を荒げた。

「太守《たいしゅ》様、かような言説を弄《ろう》する者を、今は亡《な》き早雲庵《そううんあん》様が招いたとは思えませぬ。おそらく騙《かた》りの類《たぐい》でござろう」

「だが、この者は父の書状をお持ちだ。無礼な言は慎むように」

当主の北条氏綱《ほうじょううじつな》が赤ら顔の宿老をたしなめる。

「して大藤《だいとう》殿、父が生きておるうちに参られなかったのはなぜか」

大藤信基《のぶもと》は、その痩《や》せぎすの体を軋《きし》ませるように一礼すると言った。

「紀州根来《ねごろ》にある所領の処分に手間取っておりました。早雲庵様御在世の頃に参ることが叶《かな》わず、真《まこと》にもって無念に候《そうろう》」

北条早雲こと、伊勢《いせ》宗瑞《そうずい》は永正《えいしょう》十六年（一五一九）八月十五日に死去し、それから四年余りの歳月が流れていた。

「それで大藤殿は、ほとんど身ひとつで相模《さがみ》国に参られたのか」

氏綱が、「にわかには信じられぬ」と言わんばかりの眼差《まなざ》しを向ける。

「はい。故郷の所領を庶弟に譲りましたので、わずかにいた家《いえ》の子《こ》郎党も置いてまいりました。それゆえ、こちらには息子二人と参りました」

「二人の息子とな」

「はい。次男はいまだ元服しておりませぬが――」

信基が話し終わる前に、別の宿老が横槍《よこやり》を入れた。

「まさかそなたは、城を取るのに、われらの兵を当てにしておるのではあるまいな」

「いえいえ、皆様方の兵を貸してくれなどとは申しませぬ。長男にも、手が足らぬところを手伝ってもらうだけのこと」

氏綱が身を乗り出しつつ「それでは、御身ひとつで城を取ると申すか」と問うと、信基は「はい」とだけ答えた。

その禅問答のようなやりとりに飽いたかのように、赤ら顔の宿老が言う。

「われらを愚弄《ぐろう》するのも、ほどほどになされよ」

「待て」

氏綱が赤ら顔を片手で制す。

「とにかく城をひとつ、お任せしてよろしいのだな」

「はい」

「では、いずこの城を取るつもりか」

「それがしは東国の事情に疎《うと》く、いずれの城なら取りやすいか、取りにくいかなどということは分かりませぬ。それゆえ、太守様がご所望の城をお取りいたしましょう」

「ほう」と言いつつ氏綱が膝《ひざ》をにじる。

「それなら、江戸城でもよろしいか」

「はい。構いませぬ」

「よく言うわ」

「静まれ」

再び口を挟もうとする赤ら顔を、氏綱がたしなめる。

「江戸城を取るのは容易でないぞ」

「容易かどうかは、入ってみなければ分かりませぬ」

「入ってみる、と申すか」

「はい」

並み居る重臣たちの間にどよめきが起こる。

「間者《かんじゃ》は敵にばれたら殺されるが、貴殿はそれでも構わぬのか」

「命のひとつくらい懸けねば、皆様方に信じてはもらえますまい」

信基が皮肉な笑みを浮かべる。

「分かった。それで、いつまでに取れる」

「さすがにすぐにとは申せませぬが、長くて三月《みつき》もいただければ」

「三月と申すか」

「はい。城内に三月いて何もできなければ、十年いても同じこと」

「ははは、よくぞ申した」

赤ら顔の呵々大笑《かかたいしょう》が評定の間に響く。

「御身ひとつで、かの太田道灌《どうかん》公が縄を打った江戸城を、三月で取れると申すか」

「卒爾《そつじ》ながら――」

信基の口調が変わる。

「それがしは、間違いなく取れるとは申しませぬ。しかしこの世のことは、何事もやってみなければ分かりませぬ。それは座したまま何もやらぬ方よりは、ましというものではありませぬか」

「何を言う！」

「もうよい」

氏綱がうんざりしたように赤ら顔を制した。

「大藤殿、そのお覚悟、全くもって見事。必要なものは何なりと申して下され。首尾よくゆけば、三百貫文の地をお約束しよう」

「ありがたきお言葉」

「ただし期間は三月、また、囚《とら》われの身になったからといって、われらは何もしてやれぬ。その覚悟はおありか」

「もとより」

大ぶりな袖《そで》を翻《ひるがえ》し、信基が平伏した。

二

翌大永《たいえい》四年（一五二四）正月早々、船の舳《へさき》で風に吹かれながら、信基は白浜の続く海岸線を眺めていた。

浜には、北に向かう途次らしき鶴《つる》や渡り鳥の群れが羽を休めている。時折、砂の中に嘴《くちばし》を突っ込むのは、船虫などをついばんでいるからだろう。塩焼きの村人たちが周囲を歩き回っても、鶴は平然とその作業を続けている。

――あの鶴のように、平然としておれば捕まることなどないのだ。

「子《し》曰《いわ》く、捕らわれると思えば捕らわれ、捕らわれざると思えば捕らわれることなし」

かつてそらんじるまで読み込んだ『孟徳新書《もうとくしんしょ》』の一節が、口をついて出た。

『孟徳新書』とは、曹操《そうそう》が孫子《そんし》に倣《なら》って記した兵法書《ひょうほうしょ》のことだ。

それによると、ある時、某国の王が敵国の情報を得ようと多くの間者を送り込んだが、どの間者もすぐに捕まってしまう。そこでその道の達人と呼ばれる男を探し出し、「どうすれば捕らわれずに済むか」と問うたところ、達人は前述のごとく答えたという。

どの間者も、顔色を読まれて捕まっていたのだ。

――つまり自信を持って事に当たればよいのだ。

神奈河湊《かながわみなと》を出た廻船は、小半刻《こはんとき》（約三十分）もあれば江戸城に着く。

――それにしても、よくぞ東国に来たものよ。

信基は、一人の男によって変えられた己の運命に思いを馳《は》せていた。

紀伊国の国衆である大藤家の嫡男《ちゃくなん》として、信基は応仁《おうにん》元年（一四六七）に生まれた。時を同じくして応仁・文明《ぶんめい》の乱が勃発《ぼっぱつ》し、紀伊国の守護大名・畠山《はたけやま》氏により、大藤一族も各地の戦《いくさ》に駆り出され、少なからぬ犠牲を強いられた。

応仁・文明の乱が終息すると、畠山氏の勢力が衰え、根来寺およびその坊官から国衆化した連中の勢力が強まってきた。

畠山氏を頼れなくなった信基の父らは「惣《そう》」を作って対抗しようとしたが、根来寺に日に日に圧迫され、「惣」に参加していた畠山氏旧臣たちの中にも、根来寺傘下《さんか》に入る者が出始めていた。

文明十九年（一四八七）二月、こうした苦境を幕府に陳情すべく、「惣」から使者に指名された二十一歳の信基は京に上った。

その時、幕府の申次《もうしつぎ》として現れた男に出会ったことが、信基の運命を大きく変える。鷹《たか》のように鋭い目と岩塊《がんかい》のような頬骨を持つその男は、伊勢新九郎盛時《しんくろうもりとき》と名乗った。後の早雲庵宗瑞である。

信基は盛時にすがり、根来寺による所領の押領《おうりょう》を押しとどめるべく、将軍から奉書を出してもらおうとした。

話を聞いた盛時は「ご尤《もっと》も」と言ってくれたが、「事は、そう容易には運びませぬぞ」と付け加えるのを忘れなかった。根来寺と懇意にしている幕府奉行《ぶぎょう》衆や奉公《ほうこう》衆もおり、彼らは圭幣《けいへい》（賄賂《わいろ》）をもらっているからだ。

京に腰を据えた信基は、盛時と頻繁に会って対策を練り、時には幕府の要路に圭幣を贈ることまでしたが、奉書はなかなか下りない。

万策《ばんさく》尽きた盛時は、本家筋の幕府政所執事《まんどころしつじ》・伊勢貞宗《さだむね》に信基を会わせることにした。その席で信基は「経世済民《けいせいさいみん》」について、とうとうと持論を述べた。それが貞宗の心を打ち、ようやく奉書が下されることになった。

後に盛時から聞いた話だが、信基の説く政策論は五山《ござん》の僧でも語れぬほど見事なものので、どうして鄙《ひな》の一国衆にすぎない二十一歳の青年が、これほどの学問があるのか不思議に思ったという。

その秘密を問われた信基は、口端《くちは》に笑みを浮かべて答えた。

「かつてわが里に大陸帰りの僧がおりました。僧は京の建仁寺《けんにんじ》から派遣された一人でしたが、別当と仲違《なかたが》いし、寺を飛び出してわが里に隠れました。それだけならよくある話ですが、その僧は『孟徳新書』を明国《みんこく》から持ち帰っていたのです」

「『孟徳新書』とは、かの曹操が、『孫子』に注解を加えたものと聞いておりますが」

盛時の問いに、信基は笑って答えた。

「いいえ、それは誤伝で、実際は『孫子』に対抗し、曹操が自らの軍略を記したものです。しかし、ある人物から『孫子』の物まねと揶揄《やゆ》されたため、曹操は怒り、写しも含めたすべてを焼き尽くしたとされてきました」

「その中の一部が残り、それが日本に伝わったと仰《おお》せか」

「はい」

「それはどこにあるのですか」

「残念ながら、今はありません」

信基は経緯《いきさつ》を話した。

「その僧は、『孟徳新書』の存在が建仁寺に知られれば、必ずや将軍家か有力武将に献上されると思い、隠していたのです」

「それほどまでに『孟徳新書』は、毒が強いと仰せか」

「はい。人の心を操ることのできる魔性の書です」

「魔性の書と——」

「僧は、われわれのような童子に手習いを教え、糊口《ここう》を凌《しの》いでおりました。そんなある日、僧が『孟徳新書』を読むことを、それがしにだけ許してくれたのです」

失火などから『孟徳新書』が失われることを恐れた僧は、聡明《そうめい》な信基に、暗記するまで読み込むよう命じた。

それに応《こた》えた信基は、『孟徳新書』を貪《むさぼ》るように読んだ。

それからほどなくして、僧の不安は的中した。

僧の住む草庵が根来衆徒の襲撃に遭い、『孟徳新書』を運び出そうとした僧は殺された。草庵には火がかけられ、『孟徳新書』は灰になった。

「だがその中身は、この頭の中に収まっております」

絶句する盛時を尻目《しりめ》に、信基がにやりとした。

貞宗から奉書を拝領した信基が、いよいよ明日、根来に帰ろうとしていると、盛時が宿館にやってきた。

信基は盛時にも礼物《れいもつ》を贈ろうとしたが、盛時は一切を断わると言った。

「礼金も礼物も要りませぬ。貴殿という逸物《いつぶつ》に出会えたことが何よりの宝物《ほうもつ》」

その一言が信基の心を射た。

――あの時、伊勢殿は、わしの中に己に似た何かを嗅《か》ぎ取っていたのだ。

盛時が不安そうな顔で言う。

「時代の流れは急です。貴殿が大切に胸に抱える奉書とて、ただの紙切れになる日が来るやもしれませぬぞ」

それを聞いた信基は面食らった。幕府の高官といえば皆、形骸《けいがい》化しつつある将軍家と幕府の権威を高めることばかりを言うものだが、この男は違うのだ。

「大藤殿、この奉書により、いったんは根来衆徒の押領も収まるでしょう。しかしその間に力を蓄えねば、やがてこの奉書の効力もなくなりまするぞ」

「つまり、己の力だけを頼りにする時代が来ると仰せか」

「いかにも」と言ってうなずくと、盛時が確信を持って続けた。

「己の力だけが頼りの時代となれば、武士の中には野盗化する者も増え、民は略奪や濫妨狼藉《らんぼうろうぜき》の限りを尽くされ、土地は荒れます。農耕を放棄された荒蕪地《こうぶち》が広がれば、国は成り立ちませぬ。それゆえそれがしは――」

中空に据えられた盛時の目は、何かを見ていた。

「そうはならぬよう、民のための楽土《らくど》を築きたい」

「楽土と仰せか」

「正しき法の下で、万民が平等に暮らせる国を築きたいのです」

「この天下に、さような国が造れましょうか――」

天下とは京を中心にした畿内のことだ。

「さにあらず」

盛時が首を左右に振る。

「都には魔が棲《す》んでおります。それらをすべて退治するには、命がいくつあっても足りませぬ。それならば、いまだ魔の少ない地を楽土にし、それを天下にまで広げていく方が早道かと」

「魔が少ない地とは――」

「東国です」

盛時が盃《さかずき》を干した。

この二月《ふたつき》後、身ひとつで駿河《するが》国に下向した盛時は、幕府御親類衆の駿河今川家の跡取りの外甥《がいせい》を助け、十一月には敵対勢力を討ち果たした。

これにより盛時は、駿河今川家の宿老筆頭の座に就いた。それを風の噂《うわさ》で聞いた信基は、盛時の言っていたことが、ただの大言壮語ではないと知った。

次に盛時に会ったのは、延徳《えんとく》三年（一四九一）七月のことだ。

盛時は何の前触れもなく、ぶらりとやってきた。供の一人も連れておらず、自ら笈《おい》を背負うその姿は、修験僧か高野聖《こうやひじり》にしか見えない。

——あのお方は己を飾ることをしなかった。

武士であろうと公家《くげ》であろうと、大半の者が実際よりも己を大きく見せようとするが、盛時だけはいつも素のままだった。

流れ出る汗を手巾《しゅきん》でぬぐいつつ、盛時は言った。

「これから、この国は大きく変わっていきます。そのために、それがしも命を懸けることになります。その大仕事を貴殿に手伝ってほしいのです」

「それがしに何ができるというのです」

「何を仰せか。経世済民を第一と考える貴殿の存念（理想）と、『孟徳新書』の軍略こそ、新しき世には必要なのです」

それは信基にとって魅力的な提案だった。しかし信基には、代々受け継いできた所領があり、食べさせていかねばならない一族や家の子郎党もいる。盛時の事業に手を貸したいという思いはあっても、おいそれと乗れる話ではなかった。

むろん盛時とて、それは分かっている。

「すぐにとは言いませぬ」

そう言い置くと、盛時は来た時と同じように笈を背負って一人、去っていった。

夏草の生い茂る中を、しっかりとした足取りで、盛時は己の存念に向かって歩んでいた。その先にあるものを、信基は共に見たいと思った。

しかしそれが、信基が盛時を見る最後になった。

それからも盛時の噂は、しばしば聞こえてきた。

細川政元《まさもと》が起こした明応《めいおう》二年（一四九三）の政変に呼応し、東国で決起した盛時は、伊豆の堀越《ほりごえ》公方《くぼう》府を落とし、伊豆一国を手中に収めると、相模に進出して大森氏と三浦氏を屠《ほふ》り、相模一国を奪った。

その間も年に一度か二度は、盛時から便《たよ》りが届いた。

むろんそこには、根来での所領の維持が危うくなった折は、相応の所領を伊豆か相模に用意するので、迷うことなくこちらに来てほしいと書かれていた。

かつて盛時も、備中《びっちゅう》にある所領を親類に譲り、裸一貫となって駿河に下向したという。しかし、櫓《やぐら》のように組み上がった人間関係の中で、すべてを捨てて根来の地を去ることなど、信基にはできなかった。

信基は根来寺の衆徒らを相手に、所領を守るだけの戦いに明け暮れていた。猫の額のような田畑を取ったり取られたりしているうちに、信基は青年から壮年になり、やがて老境に入ろうとしていた。

そんな折、盛時から最後の書状が届いた。そこには、自分はもう長くないので、できれば東国に下向し、わが一族を支えてほしいと書かれていた。

すでに出家して早雲庵宗瑞と名乗っていた盛時が死去したのは、それから半年後の永正十六年（一五一九）八月のことだ。享年《きょうねん》は六十四だった。

ちょうどその頃から、いよいよ根来寺の圧力は強まり、「惣」を形成して根来寺に対抗していた国衆も、櫛《くし》の歯が抜けるように根来寺傘下に転じていった。

むろん信基とて、それを考えないわけではなかった。意地のために、一族や家の子郎党を無駄死にさせるわけにはいかないからだ。

だが、これまで正面切って根来寺と敵対していた信基がいる限り、大藤一族が過酷な目に遭わされるのは間違いない。信基は身を引くことを決意し、大藤家の名跡《みょうせき》を庶弟に譲った。こうしておけば、庶弟が根来寺傘下に入っても、これまでのことを不問《ふもん》に付される可能性が高くなる。

すでに信基の室は亡くなっており、信基には二人の男子がいた。二十一歳の長男・三郎景長《かげなが》と六歳の次男だ。景長も根来を去ることに異存はなかったので、信基は二人を連れて東国に下ることにした。

むろんこの時、風の噂で盛時の死は知っていたが、かつてもらった書状には、「息子の氏綱を助けてほしい」という一文もあり、信基は躊躇《ちゅうちょ》せず小田原に向かった。

大永三年（一五二三）十二月、信基は五十七歳になっていた。

三

やがて船は品川沖に垂らし（錨《いかり》）を下ろした。小田原を出てから六浦《むつら》と神奈河に寄って荷の積み下ろしをしたが、風がよかったためか、日が落ちないうちに着くことができた。

――いかに城に入るか、そしていかに信頼を勝ち得るか。

江戸城が取れるか否《いな》かは、その二つに懸かっている。

「父上」

思案にふけっていると、背後から声が掛かった。三郎景長である。

「此度《こたび》は、うまくいきますかね」

息子は、ここまで黙って付いてきてくれた。だが敵地が目前となり、さすがに勝算だけでも聞いておきたいと思ったに違いない。

「分からぬな」

「分からぬままに、死地に飛び込まれるのですか」

「ああ、後は運に身を任せるだけよ」

「父上ともあろうお方が、運頼みとは珍しい」

景長が笑う。

「そうとでも考えねば、こんな危うい仕事、やってはおられぬわ」

信基の笑いが、橙色《とうしょく》に染まりつつある蒼天《そうてん》に響く。

とは言っても、信基にも多少の勝算はある。

北条家の摑《つか》んだ数少ない情報の中に、江戸城主の扇谷上杉朝興《おうぎがやつうえすぎともおき》と宿老の一人の太田資高《すけたか》が無類の馬数寄《うまずき》で、馬を見せ合っては自慢しているというものがあった。

信基は、この一点を突破口にしようと思った。

「しょせん命はひとつしかない。それ以上は何も取られぬ」

「仰せの通り」

積荷と共に平底船《ひらぞこぶね》に移った二人は、品川湊に向かった。

品川は武蔵《むさし》国随一の商港で、その賑《にぎ》わいは伊勢大湊に匹敵するほどだった。

沖には五百石積みはある大型船が何隻《せき》も停泊し、平底船に荷を積み換えている。

江戸湾の奥深くまで進めば進むほど、土砂の堆積《たいせき》により水深が浅くなるため、西国からやってきた船は、品川沖で平底船に荷を載せ換えるのだ。

平底船は決まった水路を通り、品川湊の荷揚げ場に向かうので、あたかも行軍する軍勢のように一列になって水路を進んでいく。信基らの乗る船も、その列に並ぶようにして港を目指した。

右手を見ると、江戸湊に向かう平底船が列を成している。

どちらに向かう船も、ほぼ一列を成しているのは、水深のある水路が限定されているからだ。

やがて前方に州崎《すさき》の砂洲《さす》が見えてきた。

州崎の砂洲は、天狗《てんぐ》の鼻のように北に向かって長く伸びているため、品川湊は風波の影響を受けにくく、至って穏やかだ。

湾内をしばらく行くと、次第に湾はくびれて目黒川に変わる。左手に伸びる砂洲には、防風林代わりの松が植えられ、右手の陸側には商家の間から東海道が見え隠れし、その賑わいが察せられた。

信基は、江戸城から二里ほど南の品川を拠点にして動き回るつもりでいた。というのも品川宿を眼下に見下ろす御殿山《ごてんやま》に、扇谷上杉家の宿老である太田氏の居館があるからだ。

北条家の手の者によって話をつけていた馬借《ばしゃく》に入った二人は、船で運んできた馬を引き出させた。

「父上、これが太守（氏綱）の乗馬ですか」

「ああ、これくらい見せないことには、相手が乗ってこないからな」

馬覆《うまおお》いを取ると、見事な白葦毛《しろあしげ》の馬が現れた。

「これほどの馬を差し上げてしまうのですか」

「城に比べれば安いものよ」

そう言って笑うと、信基は一人、馬を引いて東海道を東に向かった。

いつの時代も、いい女と良馬に人の目は吸い寄せられる。擦れ違う商人や旅人の多くが振り返っては、その白葦毛に驚きの眼差しを向ける。

ゆっくりと東海道を進んだ信基は、通り沿いにある構えの大きな茶屋に入った。

茶屋の桟敷《さじき》に座し、胡麻《ごま》をまぶした串団子《くしだんご》をかじっていると、小半刻ばかりして数人の武士が現れた。武士たちは信基の方を見ながら何か語り合った後、意を決したように近づいてきた。

「もし」と年配の武士が声を掛けてきたので、信基は呆《ほう》けたように「はあ」と返した。

「馬商人《うまあきゅうど》とお見受けするが、どちらから来られた」

「伊勢の大湊から参りました伊都屋《いとや》五兵衛と申します」

「江戸は初めてだな」

年配の武士の背後から現れた若い武士が居丈高《いたけだか》に問う。

「はい。飛騨《ひだ》に行きましたところ、よき馬が何頭か手に入りましたので、都に売りに行ったのですが、あちらは良馬を買う余力のある方が少なく――」

五十七年前に勃発した応仁・文明の乱で都は荒廃し、いまだ高価な馬を買うだけの経済的余力のある者は少ない。

「都は、それほど荒れておるのか」

「そうなのです。都で金を持っているのは、土蔵《どぞう》などの金貸しだけです。借金の形《かた》に良馬を保有している土蔵はあるものの、金貸しに馬道楽はいませんからね」

武士たちが笑う。

「それで、その馬はどうする」

二人の陰にいた厩司《うまやつかさ》らしき老人が問うてきた。老人は舟底袖の羽織にたっつけ袴《ばかま》姿なので、すぐに厩を預っていると分かる。

厩司とは厩を管理する厩番衆の頭のことだ。

「これから江戸城の扇谷上杉様に売りに行くつもりです」

「江戸城に行くとな」

年配の武士が複雑な顔をする。

「はあ。それが何か」

「しばし待て」

三人は往来まで下がると、額を突き合わせて何か相談している。

——どうやら、魚は餌《えさ》に食らいついたようだな。

いかにものんきそうに信基が白湯《さゆ》を喫していると、年長の武士が問うてきた。

「とくに売り先は決まっておらぬのだな」

「ええ、まあ」

「品川に残している馬は、どれほどある」

馬商人は見本の馬一頭を客に見せ、残る馬は頭数単位で売買するのが常だ。

「あと四頭ばかり」

「それらも見せてもらえるか」

信基は三人を連れて元来た道を引き返し、馬借の小屋につながれている馬を見せた。

どれも北条家の重臣のものであり、いずれ劣らぬ名馬ばかりだ。

「これだけ粒ぞろいとは思わなんだ。よろしければ館《やかた》にご同道いただけぬか」

「館――、と仰せになられますと」

馬のたてがみを撫《な》でながら、さも当然のごとく若い武士が答えた。

「品川湊で館と言えば決まっておる。われらが主《あるじ》の太田資高様の館だ」

半ば拉致《なからち》されるようにして、信基は御殿山にある太田資高の館に向かった。

四

「これは名馬だ。すべていただこう」

五頭の馬の間を行き来しつつ、いかにもうれしそうに資高が言った。

「ああ、はい。しかし――」

上機嫌の資高に対し、信基は煮え切らない態度で応じる。

「そなたは馬を売りに来たのであろう。誰が買い手でも構わぬはずだ」

「それはそうなのですが――」

「分かったぞ」

資高の瞳《ひとみ》に悪戯《いたずら》っぽい光が浮かぶ。

「このまま江戸城に持ち込み、朝興に高く売りつけようという魂胆だな」

その言葉だけで、資高と朝興の仲が悪いことが察せられた。

「まあ、そこは商いですから」

信基は図星を突かれたかのように、下卑《げび》た笑みを浮かべた。

「商人というのはこれだから困る。押し買いはせぬので、値段を言え」

押し買いとは、力に物を言わせて安い価格で無理に買い叩《たた》くことだ。

「値段と言いましても――」

信基が言いにくそうにしていると、資高は勘繰ってきた。

「わしと朝興めが馬比べをしておると知って、値段を釣り上げようというのだな」

「いえ、そんなつもりはありません」

「いや、そうに決まっておる。商人は抜け目がないからな」

――どうやら、思い込みの激しい御仁のようだ。

しかし思い込みが激しければ激しいだけ、仕事はやりやすくなる。

「よし、言い値で買ってやろう」

資高が思い切るように言った。

「言い値と仰せか」

「ああ、そうだ。武士に二言はない」

資高が胸を張る。

「それは、ありがたきことですが――」

「言い値だぞ。何が気に入らぬ」

「実は、すでに江戸城まで使いを送り、朝興様に馬を五頭、引いていくと伝えているのです」

「何だと」

しばし考えた末、資高が言った。

「それでは、ここの厩にいる駄馬《だば》を引いていけ」

「いずれ劣らぬ名馬を引いていくと申すよう、使いの者に命じてしまいました」

「何だと。これだけの名馬を江戸城に引いていけば、朝興がすべて買ってしまうわ」

「とは仰せになっても――」

「『手違いがあった』と言って詫《わ》びを入れればよい。金は後で勘定方からもらえ」

そう言い捨てるや、資高は早速、氏綱の白葦毛を引いて馬場に向かった。

いかにも困ったという顔をして、信基はその場に平伏した。


その頃、同じく馬商人に化けた景長が、別の一頭を引いて江戸城に入った。

景長の引く馬を見た朝興は喜び、残る馬をすべて引いてくるよう命じた。

ところが馬は、資高が独占してしまっている。

いったん品川に戻った景長が江戸城に戻り、そのことを話すと、朝興は激怒した。

「家臣の分際《ぶんざい》で何たることか！」

早速、朝興から使者が遣わされ、資高に馬を引き渡すよう命じてきた。

これには、さすがの資高も鼻白んだ。

「わしが買った馬だぞ。渡してなるものか」

資高が激怒する。

「お待ち下さい。馬なら、すでに木曾駒《きそごま》の手配をつけております。次の廻船に載せて運び込みますゆえ、ここは御主君の指図に従って下さい」

おろおろしながら信基が頼み込む。

「いや、主君などとおこがましい。われら太田一族は丹波《たんば》国上杉荘以来の上杉家の家宰だが、わが祖父道灌は扇谷上杉家先々代当主の定正《さだまさ》に殺されておる」

「それとこれとは話が別。この場は堪《こら》えていただけませんか」

拝むように信基が頼み入る。

「それほど、波風を立てたくないのか」

「はい。馬ごときでお二人が仲違いされては、北条方の思うつぼ」

「ほほう、東国の情勢をよう知っておるな」

「商人は耳が悪ければ、やっていけません」

資高が膝を打つ。

「気に入った。そなたはよき商人よの」

「ありがたきお言葉」

「次の馬は、しかとわしに届けるのだぞ」

「はっ、すでに手配は済んでおりますので、ご心配は要りません」

「ということは、すぐに着くのか」

「はい。おそらく今頃、大湊で船に載せておりましょう」

「それはよかった」

此度の飛驒駒を朝興に譲り、次の便でやってくる木曾駒を自らの物とすることで、ようやく資高は納得した。

馬借に戻った信基は早速、さらに多くの馬を届けるよう小田原に飛札《ひさつ》を出した。

五

江戸城は、隅田川、荒川、入間《いるま》川が江戸湾に注ぐ河口付近の高台にあり、さらにその東に流れる利根川と太日《ふとひ》川という二大河川の出入口を管制する役割を果たしていた。それゆえ品川湊で陸揚げされる荷が近隣で消費されるのと異なり、日比谷入江を通って江戸湊へと運ばれる荷は、いずれかの河川を使って関東内陸部へと運ばれていく。

海路だけでなく陸路でも、浅草や松戸を経て水戸まで抜ける鎌倉街道下道《しもつみち》、中野を経て岩付《いわつき》、古河、宇都宮に向かう同中道《なかつみち》、府中を経て甲斐《かい》まで抜ける古甲州道の合流点に、江戸は位置していた。

太田道灌が縄を打ったと言われる江戸城は、東側を蛇行しながら流れる平川の造る十余丈（約三十メートル）の河岸段丘上に築かれ、子城《しじょう》、中城《なかじょう》、外城《とじょう》の三つの曲輪《くるわ》から成っていた。

そこから見下ろす江戸湊には、大小の蔵が立ち並び、城門の前には常設の市が立ち、日よけの葭簀《よしず》を立て掛けただけの粗末な床店《とこみせ》も姿を見せていた。

かつて道灌は、中城に設けられた静勝軒《せいしょうけん》という居館からの眺めを、こう詠《よ》んだ。

わが庵《いお》は　松原つづき　海近く　富士の高根（高嶺《たかね》）を　軒端にぞみる

——眼下で繰り広げられる人々の営みと、それを見下ろす富士を見て、道灌殿は、ひとしおの感慨を抱いたことであろう。

そんなことを思いながら、信基は江戸湊に下り立った。

——これが名にし負う江戸城か。

四頭の馬を引き、大橋宿と呼ばれる江戸城直下の宿に入った信基は、高橋（現・常盤橋《ときわ》）から平川を渡り、行き交う人々と肩が触れ合うほどの繁華な一角を悠然と進み、平川門に至った。

少しでも目の利《き》く者は、擦れ違いざまに信基の引く馬たちを見て、感嘆のため息を漏らした。

平川門からは、本曲輪の東側中腹に築かれた泊船亭《はくせんてい》が見える。

泊船亭は三層から成る楼閣《ろうかく》建築で、唐破風《からはふ》を巧みに配した道灌好みの豪奢《ごうしゃ》な造りをしている。

西国の守護大名家にも劣らない扇谷上杉家の裕福さに、さすがの信基も舌を巻いた。

扇谷上杉家は江戸湾交易網を押さえているため軍資金に事欠かず、宿敵である関東管領《かんれい》・山内《やまのうち》上杉家との戦いを、ここまで有利に進めてこられた。

その富の象徴こそ、静勝軒、泊船亭、含雪斎《がんせっさい》などに代表される豪壮華麗な楼閣建築群である。

馬を厩番衆に預けた信基が、厩の近くで半刻（約一時間）ほど待っていると、多くの供侍を従えた貴人がやってきた。

信基が、いかにも恐れ多いといった仕草でその場に平伏すると、朝興とおぼしき甲高い声が聞こえた。

「そなたが馬商人の伊都屋五兵衛か」

「ははっ」

「いずれも見事な馬だ」

「ありがたきお言葉」

「厩に行って見てきたが、どの馬も歯の噛《か》み合わせがよく、口腔《こうこう》の色もいい。蹄叉《ていさ》も割れておらず健康で、色つやも至ってよし。関節痛も脚癖《あしぐせ》もないようだ。これほどの馬を、よくぞ集めたものだ」

脚癖がないとは、走る際に首を振るとか前かがみになるといった癖《くせ》のないことをいう。仔馬《こうま》の頃からしっかり調教していないと、こうした癖がついてしまう。

「お褒めに与《あずか》り、恐縮です」

「それで、どこで飼われていた馬なのか」

――此奴《こやつ》は意外に賢い。

単なる馬数寄の資高と違い、十ほど年上の朝興は世故に長《た》けているようだ。

「よほどの分限《ぶげん》でないと、これほどの馬を育てられぬからな」

上目づかいに見ると、床几《しょうぎ》に座した朝興が、疑い深そうな眼差しを向けている。

畏《かしこ》まったそぶりを見せつつ、信基は慎重に言葉を選んだ。

「わたくしは、これという馬の雑説《ぞうせつ》（噂）を聞きつければ、己の足でどこにでも赴きます。此度は西国のある貴顕《きけん》が没し、遺族がその趣味だった馬を一度に売りに出した次第。さすがにこうしたことは、そうそうありません」

「ほほう。そうだったのか。まあ、それはどうでもよい」

朝興がその貴顕の名までは聞いてこなかったので、信基は心中、安堵《あんど》の吐息を漏らした。

「われら武家は、戦が長引くと馬の疲弊《ひへい》が甚《はなは》だしい。良馬はいくらあっても足らぬものだ。もっと引いてこられるか」

「はっ、それが――」

「無理なのか」

「いや――」と言いつつ、信基はいかにも困ったという顔をした。

「何か差し障《さわ》りでもあるのか」

「はい、実は太田資高様も馬をご入用とのことで、次の廻船で来る馬は、太田様にお届けせねばならないのです」

「何だと」

朝興の顔色が変わる。

「かの者は、わが家臣ぞ」

「それは分かっておりますが、商人にとっては同じお客様ゆえ――」

朝興が床几を蹴《け》って立ち上がった。

――意外に短気なお方だ。

「構わぬから、こちらに回せ」

「とは仰せになられても、約束は約束です」

さすがの朝興も、商人の世界の仁義は分かっている。

「では、その次の船はいつ頃こちらに来る」

「いつ頃と仰せになられましても困ります。此度のようなことがない限り、良馬は、容易に手に入りません」

信基が顔を曇らせて首を左右に振る。

「致し方ないな。わしと同様に資高は無類の馬数寄。このまま取り合いをしていては、喧嘩《けんか》になってしまうわ」

「ご尤も」

信基がすかさず相槌《あいづち》を打つ。

「次の廻船で来る馬は資高に譲るとしよう。しかしその次はこちらに回せ」

「はっ、しかと心得ました」

信基は「よかった」とばかりに深く平伏した。

馬を扇谷上杉家の家臣に渡し、代金をもらった信基は、朝興に誘われるままに江戸城に何日か逗留《とうりゅう》した後、品川湊に戻っていった。

六

「いかがいたした！」

信基から「馬が来ない」という知らせを受けた資高が、品川湊の馬借まで駆けつけてきた。

「困ったことになりました」

縁に腰掛けて頭を抱えていた信基は、資高の姿が見えるや土間に平伏した。

「困ったこととは、まさか、馬を載せた船が難破でもいたしたか」

「いえいえ、無事にこちらに着いたことは着いたのですが――」

身の置き所もないといった様子で、信基が肩を落とす。

「それなら早速、馬を見せてもらおう」

「いや、それが叶わぬことになったのです」

「何だと。どういうことだ」

しばし躊躇した後、信基は思い切るように言った。

「こちらの手違いで、馬を載せ換えた平底船が江戸湊に入ってしまったのです。どうやら水路を誤ったようで――」

資高の顔色が変わる。

「それで馬はどうなった」

「陸揚げするや、朝興様の厩に引いていかれたとのこと。わたくしの許《もと》に、代金を取りに来いという使いが来ました」

「何ということだ」

資高が馬鞭《ばべん》を地に叩きつける。

「それでは、わしは待ちぼうけではないか」

「ああ、はい――」

信基が弱りきったという顔をしたが、資高の怒りは収まらない。

「朝興め、何たることか！」

「お待ち下さい。これは手違いゆえ、わたくしが事情を説いて馬を引いてきます」

「そんなことで、『はい、そうですか』と馬を渡すはずがあるまい！」

「そこを何とか頼み入ります。この場は短気を起こさず、わたくしにお任せ下さい」

信基は馬糞《ばふん》臭い土間に額を擦り付けた。

「本当に馬を取り戻せると申すか」

「商人の面目にかけても、やってみます」

「分かった。必ず引いてまいれ」

資高は苛立《いらだ》ちを隠そうともせず居丈高に命じると、御殿山に戻っていった。

夜になってから、信基は船で江戸に向かうと見せかけ、その途次にある愛宕山入江《あたごやまいりえ》に船を入れた。

季節は真冬で、雪もはらはらと降ってきている。それを見越してか、雪見酒を楽しもうという有徳人《うとくじん》たちの船が何艘《そう》か見える。

信基が身震いして小窓を閉めると、反対側の舷《げん》に船の当たる音がした。

――来たか。

続いて信基の船に景長が移ってきた。

「父上、首尾はいかがですか」

「うまくいっておる。そちらはどうだ」

「これは扇谷上杉家の家臣から聞いた話ですが、どうやら山内・扇谷両上杉家の和睦《わぼく》が成りそうです」

早雲が当主の頃、武蔵国南端の久良岐《くらき》郡まで押さえていた北条氏は、二代氏綱が当主となってから大永三年までに、武蔵国小机《こづくえ》領から同由井《ゆい》領の大石氏や勝沼領の三田氏までも傘下に収め、まさに江戸城を取り囲むように、南と西から扇谷上杉氏への圧迫を強めていた。

これに対して朝興は、長年にわたって敵対していた山内上杉憲房《うえすぎのりふさ》に、辞を低くして和睦を申し入れていた。

長らく長享《ちょうきょう》の乱を戦ってきた両者はいったん和睦していたものの、この頃、古河公《こが》方《ぼう》家の内訌《ないこう》に介入し、再び敵対関係となっていた。だがここにきて、扇谷上杉氏が北条氏の侵攻に耐えきれなくなり、同族の山内上杉氏に助けを求めることで、ようやく憲房も危機意識を持つようになった。

上野《こうずけ》国を本領としている憲房とて、北条氏の勃興《ぼっこう》に無関心でいられるはずがなく、扇谷上杉氏が滅亡に至る前に、新勢力の芽を摘んでおこうという方針に転じたのだ。

かくして両者は手を組むことになった。

「昨十日、朝興の家臣の太田永厳《えいげん》が憲房に膝を屈して頼み入り、ようやく和睦が認められたとのこと」

「そうか、それで双方の調印はいつになる」

「おそらく正月十四日頃かと」

和睦は、書状の交換だけでは有効に機能しない。双方の当主が顔を合わせて調印することで、初めて互いに信頼し合える関係となれる。そのためには申し入れた側の朝興が、憲房の許に出向き、調印せねばならない。

「それで朝興の様子はどうか」

「多くの名馬を手に入れて喜んでいたところに、永厳から和睦成立の一報が届き、至って上機嫌です」

「それならば、こちらの思惑通りに行きそうだな」

警戒心の強そうな朝興でも、よいことが続くと油断が生じるに違いない。

――人とは本来、そうしたものだ。

「子曰く、木に枝葉《しよう》あるがごとく、人に油断あり」

『孟徳新書』の一節を信基は思い出していた。

景長と別れて品川に戻った信基は、北条家から追加で送られてきた馬を引いて御殿山に向かった。

七

背後に五頭の木曾駒を従え、中庭で控えていると、知らせを聞いた資高が、渡り廊下を軋ませながらやってきた。

「伊都屋、よくぞ馬を取り戻したな！」

履物も履かずに中庭に飛び降りた資高は、さもうれしそうに馬のたてがみを撫でた。

「これまた、いずれ劣らぬ名馬ではないか」

「はっ、木曾の山中で、わたくしの眼力に適《かな》ったものだけを買ってまいりました」

「それはでかしたな。それにしても――」

首をかしげつつ資高が問う。

「手違いが生じたというだけで、よく朝興がこれだけの馬を返してきたな」

「ああ、はい」

「何か歯切れが悪いな。手違いがあったと告げて返してもらったのだろう」

「大筋はその通りですが――」

信基が奥歯に物の挟まったような言い方をすると、資高の顔に不安の色が浮かんだ。

「大筋とは、いかなることか」

「それは――」

信基は、うつむいて言葉を濁した。

「正直に申せ。朝興は、そうやすやすと己の懐《ふところ》に入ったものを返さぬ男だ」

「はあ」と言いつつ困った顔をしていた信基が、資高の顔色をうかがうようにして言った。

「江戸城から馬を引いてきました」

「何だと」

「厩司は当然のごとく、朝興様の了解は取れているのかと問うてきました」

「そ、それで何と答えた」

かっと目を見開いた資高が信基の肩を摑む。

「わたくしは、ただ『取れておる』と――」

「まさか、偽りを申して馬を引き取ってきたと申すか」

「ほかに手はありませんでした。この馬は元々、わたくしのもの。馬の代金をいただかなければ、煮て食おうが焼いて食おうが、わたくしの勝手です」

「この馬鹿者《ばかもの》が！」

襟首を摑まれた信基は資高に引き倒された。

信基は「ひいっ」と叫ぶや、いかにも無様《ぶざま》に転倒した。

「そんなことをすれば、朝興は、わしがそなたに命じたと思うだろう」

「さようなことは一切、申しておりません」

「申している申していないではない。朝興は思い込むと、その真偽を確かめもせずに疑う男だ」

――思い込みが激しいのは、そなたであろう。

信基は内心、可笑《おか》しくてならなかった。

「ああ、なんとお詫びしてよいか――」

苦悩を額ににじませながら、ひれ伏す信基の頭上で、資高が声を荒げた。

「諸門を固めよ。朝興の若党らが馬を取り戻しに来るぞ！」

その声を聞き、弾《はじ》かれたように家臣たちが散っていく。

合戦にはならなくても、こうした場合、双方の郎従《ろうじゅう》が入り乱れての喧嘩になることが多い。

「資高様」

資高の草鞋《わらじ》に額を押しつけつつ信基が言った。

「わたくしが事情を話し、許しを請《こ》いますゆえ、どうかこの場はお任せいただけませんか」

「もう、遅いわ。そなたを斬《き》って首を差し出すほか手はない」

そう言い放つや、資高が太刀《たち》を抜いた。

この時代の東国では、流行《はや》りの打刀《うちがたな》ではなく、鎌倉武士さながらの太刀を好んで佩《は》いていた。むろん古武士の風を好む資高の佩刀《はいとう》も太刀だった。

「ああ、ご慈悲を」

無様に這《は》いつくばる信基の胸倉を摑むと、資高が言った。

「覚悟せい」

「どうか、お許しを」

さすがの信基も、少し薬が効きすぎたと思った時である。

「上杉朝興様の使者が参られております」

走り寄ってきた家臣の一人が資高に告げる。

「使者だと。馬を返せと言うのだな」

「ああ、どうかお返し下さい」

両手を合わせて懇願する信基を斬ろうと、資高が身構える。そこに中門をくぐって使者がやってきた。

「資高殿、ご無沙汰《ぶさた》いたしておる」

「これは永厳殿ではないか」

使者は太田惣領家《そうりょうけ》の当主・永厳である。

同じ扇谷上杉家中にありながら、資高の太田家と永厳の太田家という二つの系統に、太田家は分かれていた。

かつて道灌が謀殺されたことで、扇谷上杉家を離反した資高の父・資康《すけやす》は、後に扇谷上杉家に復帰するが、惣領家の座は戻してもらえず、惣領は離反しなかった永厳の太田家となっていた。

「資高殿は、いつも物騒だな」

白刃《はくじん》を手に持つ資高を揶揄するように、永厳が言う。

「いやいや、これは戯《たわむ》れのひとつにすぎませぬ」

「昔から資高殿は、戯れるのがお好きだ」

親しく会話を交わしながら、二人は対面の間に上がっていった。

——助かったか。

ほっと息をついたのも束《つか》の間《ま》、信基は資高の家臣に両肩を取られた。

そのまま引きずられるように、中庭から連れ去られようとした時、ちらと資高の顔をのぞき見ると、その顔は、予想もしなかった言葉に驚いているものだった。

信基は、事がうまく運んでいると確信した。

八

十二日の朝、馬借の二階から海を見ていると、資高の使者がやってきて、すぐに御殿山まで来いと言う。

——手立ての遅い御仁だ。

そうした心中とは裏腹に、いかにも慌《あわ》てふためいた様子で御殿山に行くと、資高は脇息《きょうそく》に頰杖《ほおづえ》をつき、何かに思い悩んでいた。

「伊都屋五兵衛でございます」

「ああ、伊都屋か」

頰杖をつく資高の姿は、あたかも名将が沈思黙考しているように見える。

「いかがなされましたか」

すでにその答えを知っていながら、信基は恐る恐る問うてみた。

「実はな——」

その黒々とした美髯《びぜん》をしごきつつ資高が言う。

「永厳が申すには、山内上杉家との盟約が成ったので、これから朝興を奉じて上州へ赴き、憲房と調印の儀を行うというのだ」

「それは、よきことではありませんか」

手を打たんばかりに、信基が相好《そうごう》を崩す。

「まあ、そうなのだが、江戸城の留守居役をわしに託してきた」

「えっ」

「いや、戦以外で当主出馬の折は、太田家の者が留守居をすると決まっているので、不可解なことではないのだが——」

江戸太田家は、戦の場合は扇谷上杉家当主と共に戦場に赴くが、それ以外で当主が城を留守にする折は、城代として留守居を託されるのが慣例となっていた。

「かような時に、わしに留守居を託すのはおかしくないか」

「おかしいと仰せになられると」

「朝興はわしを江戸城に押し込み、討ち取ろうとしておるのやもしれぬ」

「まさか」

「馬の件が、ここまでこじれておるのだ。何をされるか分からぬ」

「さような無法を働けば、上方では信望をなくします」

政敵の暗殺や謀殺を図った者は、それが成功しようがしまいが周囲から孤立し、やがて破滅する。それは、嘉吉《かきつ》の乱や明応二年の政変等の例《ためし》を引くまでもなく、畿内や西国武士の常識となっていた。

「東国ではな、そうした理屈が通用しないのだ。現にわが祖父道灌も、同様の手口で殺された」

文明十八年（一四八六）、資高の祖父・道灌は、相模国の糟屋館《かすやかた》という当時の扇谷上杉氏の本拠に呼び出され、当主の定正によって暗殺された。それが資高の脳裏から離れないのだ。

「それは分かりましたが、なぜ、わたくしにそれを――」

今になって気づいたかのように信基が問うと、資高は「探りに行ってほしいのだ」と答えた。

信基は「とんでもない」と首を左右に振ったが、それで許してくれる資高ではない。

「資高に叱《しか》られ、馬を返しに来たとでも申せばよい。それならば城内に通してくれるだろう」

「かような仕事は、家中の方がいたすべきかと――」

「馬鹿め。何の用で家臣を送るのだ。そんなことをすれば怪しまれるだけだ。朝興は今や遅しと、わしが来るのを待っておるのだぞ」

——それにしても思い込みの激しい御仁だ。

朝興としては、憲房の気が変わらないうちに上州に赴いて調印を済ませたい。そのため、資高の来城を待っていると思い込んでいるのだ。

「しかし、馬を返しに来たというのも、さしたる用ではありますまい」

「これだから商人は困る。見栄《みえ》っ張りの朝興のことだ。名馬を連ねて憲房に会いたいというのが本音であろう」

「ははあ、そういうことでしたか」

辞を低くして和睦を請う立場の朝興が、せめて名馬を連ねて扇谷上杉氏の勢威《せいい》が衰えていないことを、山内上杉氏に示したいという気持ちは分からなくもない。

むろん信基は、そこまで気づいていた。さらに、馬を返すついでに江戸城内の様子を見てくるよう、資高から命じられると確信もしていた。

——さすが馬数寄どうしよ。互いの気持ちがよう分かっておる。

それでも歩み寄ろうとせず、疑心暗鬼を育てる資高が、信基には可笑しかった。

結局、資高の依頼を受ける形で、信基は江戸城に向かうことになった。

馬を連ねて江戸城に入った信基が、厩司に「太田資高様の命で、朝興様に馬を献上仕《つかまつ》ります」と告げると、早速、それを取り次いだ厩司が朝興の言葉を伝えてきた。

「主に恥をかかせまいとして、名馬を献上するとは、資高の天晴《あっぱれ》な心がけ。さすが道灌殿の孫」

その言葉を平伏して聞いた信基は、品川に取って返した。

「どうであった」

資高は、首を長くして信基の帰りを待っていた。

「やはり――」

「やはりとは」

「資高様は、城に入らぬ方がよろしいかと」

「それは真《まこと》か」

資高の顔色が蒼白《そうはく》に変わる。

「いかにも朝興様は、ご出馬の支度をなさっておられました。しかし、合戦と見まがうばかりに多くの武器を引き出し、足軽雑兵《あしがるぞうひょう》のごときも槍《やり》をしごいておりました」

「何だと」

「山内上杉方と合戦するとは思えず、おそらく資高様を謀殺するつもりでしょう」

信基は思い切って踏み込んでみた。確かにそれだけの光景で、資高が謀殺されるという根拠は薄い。しかし、実際に見てきた者の言葉は信ずるに値すると思うのが、人の心理である。

「朝興め」

資高の顔が怒りに紅潮《こうちょう》した。

「いかがなされまするか」

「決まっておろう。合戦だ」

「お待ちあれ」

いつの間にか譜代の重臣のようになっている己が可笑しかったが、頭に血が上っている資高は、そんなことに気づかない。

「怒りに任せて江戸城に攻め寄せても、落とすのは容易ではありません。朝興様が城を託すと言うのですから、ここはしたり顔で城に入り、その後、事を起こせばよいではありませんか」

「それはそうだが、朝興はわしが城に入った後、わしを殺すつもりだろう。朝興と真っ向からやり合えば、勝ち目はない」

確かに五千ほどの兵を擁する朝興と、一千ほどの太田勢が戦っても勝ち目は薄い。

「それならば、城外まで兵を進め、城内にいる朝興様に出陣を促し、朝興様が城を出た後に城に入り、そのまま乗っ取ってしまえばよろしかろう」

「疑り深い朝興が、先に城を出るはずがなかろう」

「わたくしが使者に立ちます」

「えっ」

ここに至り、資高はあらためて信基の顔をまじまじと見つめた。

「そなたは馬商人のはずだ。いかにして朝興を城の外に出す」

「そこはお任せ下さい」

そう言うと、信基は再び江戸城に向かった。

馬を献上してきたことで、資高に対する心証を良くしていた朝興が城を出ると、信基は確信していた。


翌朝、資高は城を出ていく朝興の隊列を見送った。

入れ替わるように、空き城になった江戸城に入った資高は、それでも謀反《むほん》を起こすことに逡巡《しゅんじゅん》しているようだ。

資高が迷っていることに気づいた信基は、その夜、資高の寝所《しんじょ》に赴いた。

「伊都屋か。何用で参った」

資高は、すでに信基を腹心のように扱っていた。

「朝興様が城を出ていった今となっては、資高様が殺される恐れはなくなりました。早々に城を乗っ取りなされよ」

「いや、そのことで迷うておる」

江戸城を資高に預け、朝興は城を出ていった。扇谷上杉家の留守居衆が残っているとはいえ、江戸城内の兵は太田勢の方が多くなり、資高が殺される心配はなくなった。だが資高には、なぜ朝興がこのようなことをするのか見当がつかない。

「資高様は、随分と甘いお考えのようですな」

「甘いとは無礼な」

資高が憤然とする。しかし信基には、すでに資高を制御する自信があった。

「これは罠《わな》ですぞ」

「罠だと。あえて江戸城を明け渡して、罠も何もあるまい」

「いや、明日にも北条方が攻め寄せてくるやもしれん。かような時に、城主が城を留守にするのは、おかしいと思いませんか」

確かに山内上杉氏との和睦調印も大事だが、北条方の勢力は玉川（多摩川）南岸まで迫っており、こんな時に、城主が城を空けるというのもおかしい。

「いかにも不可解だな」

「これは置き捨ての策では」

「置き捨ての策だと」

「古い漢籍《かんせき》に書かれている策のひとつです。道灌様の孫にあたる資高様であれば、むろんご存じだと思いますが」

「ああ、そうだな。どこかで読んだことがある」

虚勢を張るように資高が答える。

『孟徳新書』にも置き捨ての策などというものはなく、信基の出まかせだ。にもかかわらず見栄っ張りの資高は、さも知っているかのように答えた。

笑いを噛み殺し、信基が続ける。

「つまり朝興様は江戸城を捨て、河越《かわごえ》の線まで兵を引いたのでは」

「それは、どういうことだ」

「朝興様とて、河越城と並ぶ扇谷上杉家の要衝である江戸城を、ただで放棄するわけにはいきません。しかし江戸城内にいる状態で城を囲まれれば、身動きが取れません。下手をすると、そのまま落城全滅ということにもなりかねません。そこで、体よく資高様に江戸城の留守を任せ、資高様に防戦させている間に、己は山内上杉家と河越にいる残兵を集めて、後詰《ごづめ》に赴くという手はずではありますまいか」

「うむ」

資高はさも気づいていたかのように、その黒々とした美髯をしごいた。

「このままでは、資高様は図らずも籠城《ろうじょう》という羽目に陥ります」

「たかだか一千余の兵で籠城だと」

いかに堅固な縄張りが打たれていようと、その大きさに見合った兵力で守らねば、城は脆弱《ぜいじゃく》極まりない。広大な江戸城を一千余の兵で守るのは、困難を通り越して不可能だ。

「朝興様は資高様を囮《おとり》に使い、北条方を引き付け、背後から襲い掛かるつもりではありますまいか」

「それが、うまくいかなかったらどうなる」

「城は落ち、資高様は討ち死になさるでしょう」

何事かを考えるように、資高が脇息にもたれかかった。

――いよいよ切所《せっしょ》だ。

「資高様、そろそろ朝興様をお見限りなされたらいかがか」

「見限ると」

「いかにも。馬のことで、これだけ煮え湯を飲まされた挙句《あげく》、策を弄《ろう》され籠城までさせられたのでは、いかに重代相恩の主君とて見限るのは当然かと」

「しかし、北条方が攻めてこなければ、取り越し苦労ではないか」

その時、障子を隔《へだ》て奏者《そうじゃ》の声がした。

「たいへんです。物見に放っていた者が戻り、北条方が玉川を渡河し、品川に押し寄せてきておると申しております」

「何だと！」

資高が障子を開けると、ちょうど甲冑《かっちゅう》姿の別の使番が走り込んできた。

「敵水軍が日比谷口に上陸を始めました」

「まさか――」

すでに城の内外からは、防戦に走ろうとする兵たちの喧騒《けんそう》と、敵のものらしき喊声《かんせい》が聞こえてきていた。

「敵の攻撃が始まりました！」

次々と駆け込んできた使番が矢継ぎ早に報告する。

「何たることか」

広縁から外を眺めつつ啞《あ》然《ぜん》とする資高の背に、信基が言った。

「資高様の手勢だけで城を守るのは無理です。朝興様は、すでに上野国と武蔵国の国《くに》境《ざかい》辺りまで行っておるはず。猛然と馬を返してきても一日はかかります」

考え込む資高に、信基が畳み掛ける。

「朝興様も、これだけ早く北条方が攻めてくるとは思わなかったに違いありません。このままでは資高様は、城を枕《まくら》に討ち死にとなります」

「ああ――」

その双眸《そうぼう》を大きく見開き、資高は茜色《あかねいろ》に染まる城外の空を見つめていた。北条方の攻撃により、江戸城の外郭部から火の手が上がったのだ。

「もはや猶予《ゆうよ》はありません」

信基が資高の横に立つと、今更、気づいたかのように、資高が問うてきた。

「そなたは、いったい何者だ」

「ようやく気づかれたか」

信基が「やれやれ」といった顔をすると、一歩引いて身構えた資高は、腰の太刀に手をやった。

「よもや――」

「はい。馬商人の伊都屋は仮の姿。それがしは北条家の使者の大藤信基に候《そうろう》」

「何だと、それではこれは――」

「それがしが仕組みました」

「嘘《うそ》をつけ。そなた一人で、これだけのことが仕組めるはずあるまい」

「よろしいか――」

信基が険しい顔を資高に向けた。

「己の出自《しゅつじ》に驕《おご》り、人を人とも思わぬからこうなるのです」

「おのれ！」

太刀を抜こうとする資高を、その筋張った手で制した信基は、懐に手を入れると氏綱の書状を差し出した。

それをむしり取った資高は、声を出して読んだ。

「降伏開城すれば、これまでのことを不問に付し、家臣として迎え入れるとな」

「いかにも」と信基が言うや、書状を捨てた資高が太刀を抜いた。

「そなただけは、ここで斬って捨てる」

「それがしを斬れば、この話はなかったことになり、北条方は城を攻め取りますが、それでもよろしいか」

信基が諭《さと》すように続ける。

「それがしが仲立ちすれば、資高様の所領は安堵されます」

「此奴――」

太刀を構えたまま資高は迷っていた。

「わしは、父祖代々仕えてきた主家を裏切れぬ」

「その御主君が、道灌様を殺したのではありませんか」

「――」

「しかもその時、傍流から太田家の当主を立てたため、資高様は太田惣領家の当主にもなれずじまい」

「うるさい!」

「これほどの仕打ちを受けても、資高様は主家に忠節を尽くすおつもりか!」

信基の声音《こわね》には、童子《どうじ》を叱るような厳しさが籠《こ》もっていた。

「山内上杉家も扇谷上杉家も、室町体制の中で生きる守旧勢力にすぎません。長年にわたって民から糧《かて》を奪い、戦に明け暮れ、民の呻吟《しんぎん》や怨嗟《えんさ》の声にも、耳を傾けることはありませんでした。それに比べ、北条家先代の早雲庵宗瑞様は民を重んじる政治を行い、戦わずして多くの国衆を傘下に引き入れました。その存念こそ、新たな時代を切り開くものであり、それに力を貸すのが、道灌様の血筋を引く資高様の務めではありませんか」

信基の声音は確信に満ちていた。

しばらく逡巡した後、肺腑《はいふ》を抉《えぐ》るような声音で資高が問うた。

「この書状に書かれていることは真なのだな」

「わが命に懸けて保証いたします」

胸を張った信基は大げさな仕草で平伏した。

人質として景長を城内に残した信基は、城外に出ると氏綱の陣所に赴き、資高が降伏開城に同意したと告げた。

これにより大手門が開かれ、北条方は一兵も損じずに江戸城を接収した。

降伏した扇谷上杉家留守居衆は、抵抗しないことを条件にその場で解放されたが、十四日、板橋まで退いて抗戦の構えを取った。朝興が上州より戻れば、江戸城奪還も可能だからだ。しかし、いち早く北条方の攻撃が始まり、板橋陣は崩壊し、留守居衆の大半が討ち取られた。

朝興がこの知らせを聞いたのは、憲房との調印が済んだ後だった。山内上杉勢と共に急ぎ駆けつけた朝興だったが、江戸城の周囲には、すでに北条勢が幾重にも陣を構えており、板橋から南には入れなかった。

かくして北条氏は江戸城の奪取に成功した。

そして江戸城代に遠山直景《とおやまなおかげ》を据え、太田資高には、それに次ぐ地位を与えた。

資高は氏綱の娘の一人をもらい、一族衆として厚遇されるが、その子の代で、恩賞の不満から安房里見《あわさとみ》家の傘下に転じ、国府台《こうのだい》合戦で里見家ともども大敗を喫した挙句、没落《ぼつらく》を遂げることになる。


真冬であるにもかかわらず、海は穏やかだった。

小田原に向かう船は、順風を帆に受け、滑《すべ》るように江戸湾を疾走していく。

沖で行き交う船は夕日にその影を長く伸ばし、そろそろ家路に就こうかと、垂らし（錨《いかり》）を上げ始めている。

思い出したように背後を振り返ると、湾内を睥睨《へいげい》するように屹立《きつりつ》していた江戸城の高楼建築が、瞬《また》く間に小さくなっていく。

――あの城を取ったのだな。

城ひとつを取るために必ずしも多くの軍勢を必要としないことを、信基は証明した。

景長がうれしそうに言う。

「父上、見事、やりおおせましたな」

「これしきのこと、『孟徳新書』の知識をもってすれば、何でもないわ」

「それでも、江戸城を奪うなど並大抵のことではありません」

「いかにも容易なことではない。だが三郎よ――」

信基が景長を見据える。

「たとえ万余の軍勢の籠もる無類の要害《ようがい》とて、内懐《うちぶところ》深く入り込むことができれば、内から落とすことができるのだ」

「人の心とは、かように弱きものなのですね」

「ああ、弱い。いかなる勇者賢者でも、必ず心に隙《すき》や油断ができる。そこを突けば、必ず活路は見出《みいだ》せる」

「子曰《しいわ》く、木に枝葉《しよう》あるがごとく、人に油断あり、ですな」

「そうだ。用兵とは敵を攻めるのではなく、敵の心を攻めるのだ」

橙色《とうしょく》に染まった江戸湾に、父子《ふし》の笑い声が響いた。

当代無双

一

身の丈六尺（約百八十センチ）に及ばんとするその男は、赤地錦《あかじにしき》の直垂《ひたたれ》に、桐《きり》の裾《すそ》金物《かなもの》を打ち付けた唐糸縅《からいとおどし》の鎧《よろい》をまとい、梨地《なしじ》の鞍《くら》を置いた奔馬《ほんば》に乗っていた。

鬼月毛《おにつきげ》と呼ばれるその馬は、奥州葛西《おうしゅうかさい》氏から献上された奥《おく》六郡（奥州全域）一の駿《しゅん》馬《め》で、馬高《ばこう》は優に五尺（約百五十センチ）はある。

鬼月毛に載せられた鞍の左右からは紅《くれない》の大房《おおぶさ》が垂れ、その先端には鈴が付けられている。馬が一歩、踏み出す度にその鈴が鳴る。それは鎧の札《さね》や裾金物の擦れ合う音と共鳴し、神韻《しんいん》たる威厳を醸《かも》し出していた。

男は、三尺二寸（約九十七センチ）もある来国行《らいくにゆき》の大太刀「面影《おもかげ》」と、二尺七寸（約八十二センチ）はある足利《あしかが》家伝来の無銘の二振りを佩《は》き、背には「法城寺《ほうじょうじ》」と名付けた大長刀（薙刀《なぎなた》）を差していた。

前後を固める武将たちの装束《しょうぞく》も、源平時代もかくやと思わせるほど華やかだ。

街道筋に鈴なりになった群衆の中で、この行列を眺めていた一人の老人が、網代笠《あじろがさ》を少し上げて男を仰ぎ見た。

――これが小弓公方《おゆみくぼう》様か。

その男、小弓公方足利義明《よしあき》は黒々とした美髯《びぜん》を胸まで垂らし、鋭い視線を前方に向けていた。それは戦勝した武将の安堵感《あんどかん》とはほど遠い、緊張に満ちたものだった。

――これは侮《あなど》れぬお方やもしれぬ。

義明が老人の前を通り過ぎていく。老人は網代笠を目深《まぶか》にかぶると、行列から視線を外した。

――延徳三年（一四九一）の生まれと聞くが、となると数えで四十四か。関東を制するのに残された時間は、さほどないな。

義明の美髯の中に、滝水《たきみず》のような白いものが混じっているのを、老人は見逃さなかった。

天文《てんぶん》三年（一五三四）五月、小弓公方足利義明が、上総《かずさ》国衆・真里谷《まりやつ》武田家の内訌《ないこう》を収めてきた帰途のことである。

それから数日後、陣労も癒《い》えた義明は鬼月毛を走らせていた。

溢《あふ》れんばかりの生命《いのち》を謳歌《おうか》するがごとく、鬼月毛が筋肉を躍動させると、緑に覆《おお》われた野が、どんどん後景に退いていく。

だが義明は落馬の恐怖から、もう一鞭《ひとむち》が入れられない。

――わしも、もう四十半ばだからな。

若い頃より当代無双の英傑とたたえられてきた義明も、すでに壮齢を迎えていた。「人間五十年」と言われたこの時代、四十も半ばを過ぎれば、いよいよ人生の到達点も見えてくる。

――わしは、このまま朽ち果てるのか。いや、そんなことはない。

つい五年ほど前の享禄《きょうろく》年間初頭まで、扇《おうぎがやつ》谷上杉氏と手を組み、その版図《はんと》を下総《しもうさ》南部から上総一国まで広げ、「御家風、東国を覆う」とまで謳《うた》われた小弓公方家だったが、ここ数年、千葉・原・高城《たかぎ》氏といった下総国衆の頑強な抵抗に悩まされ、念願の古河《こが》公方府への侵攻も、思うに任せなくなっていた。

自らの年齢的限界を思い、義明は焦《あせ》っていた。

――もう一鞭入れられれば、わしは関東の覇者になれるのだが。

馬鞭《ばべん》を一打ちすれば、思うままに鬼月毛は応《こた》えてくれる。しかし無理をすれば、振り落とされるかもしれない。その危険を考えると、義明にはもう一鞭が入れられない。

すでに小半刻《こはんとき》も疾走しているので、鬼月毛の口からは白い泡が噴き出し、背後に飛ぶようになってきた。

——よしよし。もう少しだぞ。

ようやく馬脚を弱めた義明は、いつも小休止に使う荒れ果てた廃寺に入った。

この廃寺の井戸水がうまいので、遠乗りの際には、ここを休息場と決めている。

馬を下りた義明は手巾《しゅきん》で額の汗をふくと、空を見上げた。

幾重もの雲に覆われている空から、一筋の日が差している。それは雲という衣を振り払い、大地に生きる人々に慈愛の眼差《まなざ》しを注ごうとしているかのように見える。

——思えばわしの半生は、与えられた衣を次々と脱ぎ捨てていくことであった。

延徳三年、義明は古河公方足利政氏の次男として生まれた。古河公方家の名跡《みょうせき》を継いだ嫡男《ちゃくなん》の高基《たかもと》とは六歳違いである。

文亀《ぶんき》三年（一五〇三）、十三歳で出家得度させられた義明は、空然《こうねん》という法名をもらい、鶴岡八幡宮《つるがおかはちまんぐう》若宮別当とされた。

家督争いを未然に防ぐため、年の近い次男を鶴岡八幡宮寺に入れるのは、関東公方家の慣例である。

だがその頃から、空然は仏の教えよりも、武張ったことを好むようになった。武の家である足利家の男子としては当然のことだが、周囲は眉《まゆ》をひそめていた。人並み外れた体軀《たいく》と膂力《りょりょく》を持て余した空然は、武家上がりの僧侶《そうりょ》の指導により、ひそかに矢を射て、刀槍《とうそう》の技を鍛えた。

十代も半ばになると、「一町（約百十メートル）先の兎《うさぎ》をも射る」ほどの強弓《こわゆみ》を引くようになり、その噂《うわさ》が外に漏れ始めた。

だが次男である空然の名が騰《あ》がることは、兄の高基にとって気持ちのいいものではない。しかも高基は武よりも文を好み、内向的な上に狷介固陋《けんかいころう》な性格で、成長するにつれ、父政氏との関係も悪化の一途をたどっていた。

永正三年（一五〇六）、政氏と高基の確執が顕在化し、命の危険を感じた高基が、古河を出て宇都宮氏の許《もと》に身を寄せるという事件が起こる。

これを聞き、すぐさま政氏のいる古河に伺候《しこう》した空然は、己を後継の座に就けるよう政氏に迫った。その熱意にほだされ、政氏もそれを認めることで、空然は歴史の表舞台に躍り出る。

父と兄の仲違いという僥倖《ぎょうこう》に乗じて、世に出るきっかけを摑《つか》んだのだ。

釣瓶《つるべ》から汲《く》んだ水を馬柄杓《うまびしゃく》に移し、鬼月毛に飲ませていると、背後の堂内で人の動く気配がした。

義明は身を翻《ひるがえ》すと、堂に向かって怒鳴り声を上げた。

「何奴《なにやつ》！」

義明が太刀袋の紐《ひも》を解《ほど》くと、男が一人、朽ちかけた堂の観音扉を押し開けて姿を現した。

見ると、齢《よわい》七十に及ばんとする老僧である。

「これは、ご無礼仕《つかまつ》りました」

怯《おび》える風もなく慇懃《いんぎん》に頭を下げると、僧は恐れることもなく近づいてくる。

「そなたは何者だ」

腰の「面影」に手を掛けて義明が問う。

「旅の僧でございます」

裾の切れた僧衣と汗染《あせじ》みの浮かんだ襟、そして年季の入った笈《おい》を見れば、それは一目瞭然《りょうぜん》である。

「旅の者が、どうしてここにおる」

「路銀《ろぎん》がなくなり、近くの寺に一宿一飯を請《こ》うたのですが断られまして」

「そうであったか」

照れ臭そうに笑う僧につられて、義明も口端《くちは》を緩めた。

「脅かしてすまなかったな」

「いえいえ、拙僧くらいの年になれば、たいていのことには動じません」

「そういうものか」

「まあ、時には犬に吠《ほ》えられて逃げ回りますが」

義明が哄笑《こうしょう》したので、僧もそれに合わせて笑った。

「この辺りのご領主様であらせられますか」

「まあ、そんなところだ」

義明は、めんどうなので名乗るのを控えた。

「それにしても、これほどの名馬は見たことがありません」

「そなたに馬が分かるか」

「俗世におる頃、馬を扱う仕事をしておりましたので」

「ということは、生まれながらの僧ではないのだな」

「はい。五十を過ぎてから出家得度しました」

遠慮なく馬に近づいた僧は、鬼月毛の黄金色のたてがみを、いかにも愛《いと》おしそうに撫《な》でている。馬の扱いに慣れた者の手つきだ。

「馬が好きなのだな」

「はい。馬はよきものです」

「では、なぜ出家した」

己の柄杓で水を一飲みすると、義明はその柄杓に水を汲み、僧に渡した。

「人には、いろいろ苦い思い出があります」

会釈《えしゃく》して柄杓を受け取った僧は、皺深《しわぶか》い喉《のど》を鳴らして水を飲み干した。

義明はそれ以上、僧に何かを問うつもりはなかった。僧の身の上話を聞いたところで、退屈に違いないからだ。

「それでは、達者でな」

鐙《あぶみ》に足を掛けると、僧の声が聞こえた。

「恐れ入りますが、お武家様のお顔に、よからぬ卦《け》が現れております」

「何だと」

「いや、これはご無礼仕りました。お忘れ下さい」

「そなたは顔相《がんそう》も読むのか」

義明が鐙から足を外す。

「未熟ではございますが」

「聞こう」

手綱を近くの枝に掛けた義明は、僧を促して朽ちかけた堂の広縁に座した。

「拙僧が見るところ――」

僧が語り始める。

「このところ、思うように事が運ばぬのではありませんか」

「まあ、そうだな」

「両目の真ん中にある小さな黒芯《こくしん》は、お武家様が類《たぐい》まれな御運をお持ちであることの証《あかし》。また額にある黒芯は、尊きご使命を持っておられることを示しております。しかし――」

僧は一瞬、逡巡《しゅんじゅん》した後、思い切って言った。

「額上部の茶芯が、それらを頭から押さえ付け、御運とご使命をつぶしております。おそらく、その茶芯ができたのは、最近ではありませんか」

「ああ、気づかぬうちに現れ、次第に大きくなってきた」

「ははあ」

僧はずばりと言った。

「お武家様の敵は北におられる方ですな。おそらく血を分けたお方かと」

「面白い」

義明は膝《ひざ》を打つと立ち上がった。

「一宿一飯と言わず、飽きるまで、わが城におるがよい」

「へっ、城と――」

「そうだ。わしは小弓公方足利義明。わが城は小弓城だ」

「いやはや、これはご無礼仕りました」

僧が大げさに平伏する。

「わしはこれから馬を走らせてくる。食客《しょっかく》として養うゆえ、先に城に行っておれ」

「あっ、はい。分かりました」

義明が鞍にまたがると、鬼月毛は後脚立《こうきゃくだ》ちになっていないないた。

「そなたの名は何と申す」

逸《はや》る鬼月毛をいなしつつ義明が問う。

「宗円《そうえん》と申します」

それを聞いた義明は、ひとつうなずくと馬に鞭を入れた。

僧との出会いから時をさかのぼること二十五年前の永正六年（一五〇九）、関東管《かん》領《れい》・山内《やまのうち》上杉顕定《あきさだ》が仲介の労を取り、父政氏と兄高基の権力闘争は一応の落着を見た。しかし、このまま父と兄の確執が収まってしまえば、空然こと義明は関東公方になれない。

空然は政氏を説き、高基討伐の御教書《みぎょうしょ》を出させようとするが、政氏は首を縦に振らない。四十も半ばを過ぎ、高基を討つ気力が失《う》せつつあったのだ。

翌永正七年（一五一〇）、父政氏の煮え切らない態度に業《ごう》を煮やした空然は、父の許を去り、還俗《げんぞく》して義明と名乗ると、高基討伐の兵を挙げる。

この頃、顕定は越後《えちご》の反乱を平定するため、八千の大軍を率いて越後入りしており、関東には軍事的空白が生まれていた。

常であれば、容易に平定されてしまうに違いない義明の挙兵は、越後の長尾《ながお》為景《ためかげ》に呼応して蜂起《ほうき》した長尾景春《かげはる》と、同じく反旗を翻した早雲庵宗瑞《そううんあんそうずい》こと北条早雲の陰に隠れ、後回しにされた。

下野《しもつけ》国の有力国衆である小山《おやま》氏の後援を受けた義明は、その本拠である下野国の祇《ぎ》園《おん》城に入った。

かくして関東公方は、古河城の政氏、関宿《せきやど》城の高基（宇都宮城より移座）、祇園城の義明という三者鼎立《ていりつ》の時代を迎える。

その膂力と器量からして、義明は己こそ関東公方にふさわしいと思っていた。しかし、北関東国衆に擁立された高基の優位は動かず、父の政氏は張り合う意欲をなくして隠退した。それにより古河城に移った高基に恭順する国衆が相次ぎ、義明は孤立の一途をたどっていた。その様子を見た庇護者《ひごしゃ》の小山氏でさえ、煮え切らない態度を取るようになる。

そんな折、上総国西部に地盤を持つ真里谷城の武田恕鑑《じょかん》が、「房総に参りませぬか」と声をかけてきた。

追い込まれていた義明は、この話に乗った。

永正十四年（一五一七）、恕鑑に擁立された義明は、真里谷武田氏の兵を借り、下総国南部を本拠とする千葉氏被官の原氏を破り、原氏の本拠の下総小弓城に入った。

その後、房総半島に点在する古河公方の御料所を奪った義明は、それを基盤として小弓公方府を創設する。

房総半島の有力国人を従え、さらに扇谷上杉氏と結ぶことに成功した義明の軍事力は、古河公方家に匹敵するまでになっていく。

自ら鎮東《ちんとう》将軍と名乗った義明の勢いは、とどまるところを知らず、一時は、古河城の前衛にあたる関宿城まで攻め入り、高基の心胆《しんたん》を寒からしめたことさえあった。

義明の本拠である小弓城は下総国の南西端に位置し、上総から安房《あわ》へと続く房総半島の首根っこを押さえる形になっていた。

東の外房方面へは土気《とけ》往還が、南東の上総国内陸部へは茂原《もばら》街道が、すぐ西にある浜野湊《みなと》から南へは浜街道が、内房方面へとそれぞれ伸び、武蔵《むさし》国から上総・安房国方面への交通を遮断できる要衝に、小弓城はあった。

天文三年（一五三四）七月、小弓城に林立する高櫓《たかやぐら》を揺るがすほどの怒声が轟《とどろ》いた。

「恕鑑が殺されたと申すか！」

「はい。信隆めが突如として真里谷城に攻め寄せ、父を討ち取り、城を占拠いたしました」

武田氏の本拠の真里谷城から逃れてきた信応《のぶまさ》が、口惜しげに言う。

「恕鑑は、わが父にも等しき恩人だぞ」

義明の拳《こぶし》が震える。

上総国人の真里谷武田恕鑑は安房里見家と共に義明を守《も》り立て、その勢力伸張に貢献してきた。しかし今年になってから、高齢の恕鑑が病気がちになったことで、真里谷家中で家督争いが勃発《ぼっぱつ》した。

そのためこの五月、義明は真里谷まで出兵し、正室の子である信応の家督相続を確定させると、妾腹《しょうふく》長男の信隆を説き、信応を守り立てていくことを誓わせたばかりだった。

「何ということだ。わしの面目をつぶしおって」

義明が美髯を震わせて怒りをあらわにすると、信応が媚《こ》びるように続けた。

「信隆めは、いったん社家《しゃけ》様（義明）の言を入れたのですが、その後、千葉と原にそそのかされたらしいのです」

下総国人の千葉昌胤《まさたね》とその宿老の原胤清《たねきよ》は、義明に奪われた小弓領奪回を目指していた。

「しかも、その背後には――」

「伊勢《いせ》の小僧がおるのだな」

伊勢の小僧とは、早雲庵宗瑞の名跡を継いだ北条氏綱《ほうじょううじつな》のことだ。すでに氏綱は伊勢から北条に改姓していたが、義明をはじめとする反北条勢力は、氏綱とその一族のことを、いまだ伊勢と呼んでいた。

「そこまでは摑めておりませぬが、氏綱が千葉と原を後押ししている懸念《けねん》はあります」

「許せん。絶対に許せん」

義明は、胸底から湧《わ》き上がる怒りを抑えかねた。

「信隆は真里谷城におるのか」

「いえ、われらの反撃に備え、椎津《しいづ》城まで出張っております」

椎津城は上総国の北西端に位置し、下総国から上総国に通じる浜街道と、小櫃《おびつ》川沿いに上総内陸部に向かう久留里《くるり》街道の交差点にある要衝だ。真里谷城の前衛の位置を占める椎津城の攻略なくして、真里谷城に迫ることはできない。

「まずは椎津城に攻め寄せる」

「応!」

義明が立ち上がると、並み居る諸将は、板敷きを踏み鳴らすようにして大広間を後にした。

最後に義明が渡り廊に出ると、広縁の端に一人の僧が平伏している。

「そなたは、あの時の――」

「はい。廃寺でお目にかかった宗円でございます」

「今は、そなたと茶飲み話をしている暇はない。いずれゆっくり話をしよう」

その場から去りかけた義明の背に、宗円の言葉が追ってきた。

「実《じつ》を討つと思えば虚《きょ》に討たれ、虚を討つと思えば実に討たれる。戦とは難しきものですな」

義明が振り向く。

「何が言いたい」

「椎津城は、いくつもの丘が連なる丘陵地形に築かれた城です。主城を落とすことばかりに気を取られると、思わぬところに伏兵《ふくへい》が隠されておるやもしれません」

「伏兵とな。そなたは椎津の辺りに詳しいのか」

「旅の僧ですから――」

「尤《もっと》もだ。では、なぜ軍略に通じておる」

「通じておるわけではありませんが、若い頃、主《あるじ》の馬丁《ばてい》をしておりましたので、その際に主と宿老の方々のお話を、よく耳にしました」

「主とは誰だ」

一礼した宗円は、懐《ふところ》から大ぶりな数珠《じゅず》を取り出すと、それを両手で差し出した。

「これは——」

数珠は、肌理《きめ》の細かい鉄刀木《たがやさん》で作られた逸品《いっぴん》である。

その珠《たま》のひとつに、小さく名が刻んである。

「道寸《どうすん》とな」

義明は啞然《あぜん》とした。

「まさか、そなたの主は三浦道寸殿だったのか」

「はい。わが主は三浦道寸様でした。先ほどの『実を討つと思えば虚に討たれ、虚を討つと思えば実に討たれる』という言葉も、道寸様の口癖でした」

三浦道寸とは、早雲庵宗瑞と死闘を繰り広げた末に滅び去った三浦一族最後の当主のことだ。

「そうであったか」

数珠を宗円に返し、その場を去りかけた義明は、思うところがあって振り向いた。

「そなたの出家は、主君の菩提《ぼだい》を弔《とむら》うためだったのだな」

それには何も答えず、宗円がにこやかに平伏した。

「宗円、宗円はどこにおる！」

小弓城に帰還した義明は、館《やかた》に入ると大声で宗円を探した。

「はっ、ここにおります」

広縁に平伏する宗円の肩を、義明が抱き起こす。

「勝ったぞ」

「聞いております。真《まこと》に重畳《ちょうじょう》なことで——」

宗円の袖《そで》を取り、常の間（自室）に引きずり込んだ義明は、酒肴《しゅこう》を用意させると、手ずから宗円の盃《さかずき》に清酒《すみざけ》を注いだ。

「もったいない」

「何を言う。そなたの助言がなければ、今頃、わしは屍《かばね》を野辺に晒《さら》していたやもしれぬのだ」

義明が得意げに経緯《いきさつ》を話した。

椎津城は養老川の造る台地のひとつに築かれた城だ。本城は三叉《みつまた》になって南に伸びる台地の中央部に築かれており、別名五霊台《ごりょうだい》と呼ばれていた。それに対して、東の台地は正坊山《しょうぼうやま》、西の台地は根ノ上台と呼ばれ、この二つの台地にも出城が築かれていた。

当初、義明は主力勢を五霊台攻撃に集中させようとした。だがその時、宗円の言葉を思い出した。

「かような城など、一気にもみつぶしてしまおうと思うたのだが、出陣の直前になって、そなたの言葉を思い出したのだ」

「つまり『実を討つと思えば虚に討たれ』、という言葉ですな」

「そうだ。根ノ上台は、五霊台に近接しているため心配は要らぬが――」

「正坊山ですな」

義明がうなずく。

「主攻を五霊台に向けると見せかけ、ひそかにわしは、主力勢を率いて正坊山に向かった」

「それが図に当たったと仰《おお》せか」

「ああ、われらが五霊台に攻め寄せたところを側背から突こうと、敵は正坊山の山陰に息を潜めておった。ところが突如として現れたわれらに驚き、泡を食って逃げ出したわ。信隆を取り逃がしたが、逃げる敵を存分に討ち取った」

義明が大笑する。

この戦いは小弓公方方の一方的な勝利となり、信隆方は百余人をも討ち取られる惨《ざん》敗《ぱい》となった。その結果、椎津城だけでなく本拠の真里谷城をも放棄した信隆は、南上総に退き、峰上《みねがみ》・百首（造海《つくろうみ》）両城を拠点として抵抗を続けていく。

「真里谷城には信応を入れた。これで当面、信隆は立ち直れぬ」

宗円が満たすそばから、義明は盃を干し続けた。

「そなたの一言がすべてを決したのだ。何なりと褒美《ほうび》を取らそう」

「褒美など要りません」

「ははあ、殊勝な心がけだ。道心を起こした者は、そうでなければならぬ」

宗円が苦い笑みを浮かべつつ言った。

「それがしがほしいのは、亡《な》き主の仇《かたき》である氏綱の首だけです」

「よくぞ申した」

この瞬間、宗円は単なる食客から軍師となった。

三

殷賑《いんしん》を極める市川津《いちかわつ》の雑踏《ざっとう》を縫い、僧が入った馬借《ばしゃく》の二階には、先客がいた。

「これは父上、よくぞ城を抜け出せましたな」

息子の大藤《だいとう》三郎景長《かげなが》が、笑顔で宗円こと金谷斎信基《きんこくさいのぶもと》を迎えた。

天文六年（一五三七）四月、父子《ふし》は久方ぶりの再会を果たした。

「社家様に『武蔵の遠縁で不幸があり――』と申したところ、『それなら早く行け』と許しを得た。真に心映えのよきお方だ」

「ははあ、その口ぶりだと、社家様に男惚《おとこぼ》れしておりますな」

「ああ、まさに当代無双の勇者とは、かの御仁のことを言う」

『鎌倉公方九代記』では、義明のことを「其《そ》の心飽くまで不敵にして、骨太く力強く、早業打物《はやわざうちもの》の達者、当代無双の英雄なり」と評している。

「ということは、父上が男惚れするのは、あのお方以来ということになりますな」

「あのお方か」

二人が対座する馬借の二階からは、江戸湾が望める。連子《れんじ》窓《まど》越しに見える市川津の喧騒《けんそう》は、江戸や品川をも凌《しの》ぐものがある。

――あのお方は江戸湾交易が莫大《ばくだい》な富を生むことを知り、晩年を江戸湾制圧に費やした。

房総半島を制圧し、江戸湾を手中に収めようとした早雲庵宗瑞だったが、下総沿岸部を制しただけで、その寿命は尽きた。しかしその遺志は、息子の氏綱に引き継がれていった。

「よもや父上は、社家様を討つことに抵抗がおありなのでは」

「早雲庵様は足利家を尊崇《そんすう》すること一方《ひとかた》ではなく、あれほどの悪逆非道を行った茶々丸様を討った時も、その下剋上《げこくじょう》に恐れおののき、剃髪《ていはつ》するほどであった。それほど主筋を討つというのは重大なことだ」

かつて早雲は、幕府の正式機関である堀越公方府を襲い、家督を簒奪《さんだつ》していた茶々丸を討った。いかに庶腹とはいえ、茶々丸はれっきとした足利家の血筋だった。

「早雲庵様の主筋である足利家の血を引く社家様であっても、われらに敵対する限り、討たねばならぬのです」

景長が毅然《きぜん》とした口調で言う。それは父を戒めているようにも聞こえる。

――わしは、己が思っている以上に老いたのやもしれぬ。

信基が顔を引き締めた。

「分かっておる。それがわれらの仕事だ」

「それでは――」と言いつつ、景長が絵図面を広げる。

「五月十四日、それがし率いる三百余の兵が、夜陰に乗じて真里谷城に迫ります。むろん城を攻めず、まずは近くの天神台と呼ばれる台地に陣取るつもりです。それを知って慌《あわ》てた信応は、小弓城に助けを求めるはず」

「わしは社家様を説き、後詰《ごづめ》勢を派遣させるのだな」

「はい。社家様がわれらを攻めている隙《すき》に、背後から信隆殿と小田原衆が襲い掛かります」

「さすれば、社家様一派は逆包囲されるというわけか」

「そうなります」

すでに勝利を手にしたかのように、景長が微笑《ほほえ》む。

「待て」

信基は、策に死角がないかどうかを念入りに考えた。

――三郎は囮《おとり》となって社家様を引き付けるわけか。何かひとつ齟齬《そご》を来《きた》せば、危険な役回りだ。

「父上、何も懸念はありません。父上は社家様の背を押すだけです」

釈然としない思いを抱きつつも、氏綱らが入念に検討して決定した策に、信基一人が難色を示すわけにもいかない。

「分かった。やってみよう」

父子が同時にうなずいた。

四

五月十四日、北条勢が真里谷城近くの天神台に陣取り、城を攻めようとしているという一報が小弓城に入った。

ところが軍議の場で、義明は怒るどころか上機嫌なのだ。

——何かおかしい。

直感的にそう思った宗円だが、発言を控え、末座で黙していた。

上座の方では義明が、弟の基頼《もとより》や社家奉公人筆頭の逸見入道祥仙《へんみにゅうどうしょうせん》らと何事か論じ合っている。はっきりとは聞き取れないが、その内容から、どうも真里谷に繰り出すようには思えない。

「遂《つい》に掛かったな」

義明の一言に、末座にいた宗円の顔色が変わる。

——どういうことだ。

「よし、それでは峰上城を攻めるか」

——峰上城だと。

そう言いつつ立ち上がった義明に、宗円が真意を質《ただ》そうとした時、同じく事情を知らされていない別の家臣が問うた。

「攻め寄せるのは真里谷近くの天神台ではなく、峰上城と仰せか」

「そうだ。そなたらに伝えてはいなかったが、実はな――」

思わせぶりな笑みを浮かべると、義明が言った。

「里見義堯《よしたか》殿が北条方から離反したいというのだ」

――何だと。

勝ち誇ったように義明が続ける。

「それゆえ、真里谷周辺にいる北条の兵など気にする必要はない。それよりも、里見とわれらで南北から信隆を挟撃《きょうげき》する」

――そうか。小勢《こぜい》の三郎を無視して峰上を攻め落とせば、三郎らは、おのずと孤立するということか。

動きを掣肘《せいちゅう》されるのは、真里谷城の信応ではなく天神台の景長となる。

「此度《こたび》のことを、そなたらに語らなんだのは――」

不可解な顔で左右の者と顔を見合わせる家臣らに向かって、義明は言った。

「こうしたことは、秘密裏に進めないと結句、漏れることになる。それゆえ弟の基頼と逸見入道のほかには黙っていた」

義明が美髯を震わせて笑う。

――このままでは峰上城に攻め寄せられる。

この作戦を頓挫《とんざ》させるべく、宗円の頭が動き始めた。

「社家様、卒爾《そつじ》ながら――」

「おう宗円か、何なりと申してみよ」

「どうも話がうますぎます。里見殿が謀《ぼう》を打っておるのではありますまいか」

居並ぶ家臣の間から同意の声が上がる。

「わしも初めはそれを考えた。しかし義堯が使者として送ってきたのは、次男の堯元《たかもと》で、そのまま、わが陣に置いてくれというのだ」

「しかし次男を犠牲にしても、社家様をだまし討とうという策やもしれません」

「わしもそう思い、『堯元だけでは証として足らぬ』と申し伝えたところ、なんと義堯は三男の堯次《たかつぐ》も送ってきた」

――これは本気だ。

宗円が内心、舌打ちした。

「もはや里見を疑う余地はない」

何とか思いとどまらせようとしていた宗円も、引き留めるのをあきらめた。

「それでは出陣する」

「おう！」

義明が出陣するのを、宗円は黙って見送るしかなかった。

五

五月十四日、小弓城を出陣した義明は、十六日には信隆の籠《こ》もる峰上城に攻め寄せた。

この間、景長にこの動きを伝えようとした宗円だったが、その方法に頭を悩ませているうちに、義明の攻撃が始まってしまった。

瞬《また》く間に退路を断たれた景長は、長期戦を覚悟して天神台に城を築き始めた。

これが天神台城（新地《しんち》城）である。

十八日には、安房から里見勢も押し寄せてきた。

これにより峰上城での籠城《ろうじょう》戦をあきらめた信隆勢と北条勢は、江戸湾に面した百首城に退き、三浦方面からの迎えの船を待った。

この知らせを受けた氏綱は三浦郡から軍船を派遣し、信隆と自軍を乗せて引き揚げるしかなかった。不利な態勢で戦う愚を避けたのだ。

この結果、真里谷武田家の家督と所領は信応のものとなる。

一方、景長に率いられた三百の兵は天神台城に取り残された。

峰上城からの帰途、義明は信応と共に天神台城を囲み、今にも攻撃を始めようとしていた。


戦勝に沸く真里谷城の義明の許を宗円が訪れたのは、二十七日になってからだった。

「おう、こんなところまでどうした」

北条方勢力を房総半島から一掃した義明は、至って機嫌がよい。

「此度の勝利、祝着《しゅうちゃく》に存じます」

「ああ、戦わずして敵は退散いたしたわ。これにて上総一国を平定できた」

義明が宗円に盃を持たせ、なみなみと酒を注ぐ。

「わしは明日にも天神台に寄せるつもりだ。そなたは僧ゆえ合戦は好まぬと思うが、勝ち戦だ。見ていくがよい」

「いえ、そうもいかなくなりました」

宗円が書状を捧《ささ》げるように渡す。

「東慶寺《とうけいじ》の住持からだと」

「はい、拙僧は以前、東慶寺と親しくしていたことがあり、先頃、こちらで世話になっていると便りを出したところ、この書状が届いたのです」

松岡山《しょうこうざん》東慶寺は、弘安《こうあん》八年（一二八五）に開山された鎌倉尼五《かまくらあまご》山《ざん》第二位の名刹《めいさつ》である。開山以来、足利氏との縁が深い寺だったが、この時、たまたま義明の妹が住持を務めていたこともあり、北条家から義明の妹を通じて和睦《わぼく》仲介の依頼があったのを、宗円が取り次いだのだという。

そうした経緯を聞きつつ、宗円が渡した書状を義明が読んだ。

「これは――」

その書状には、氏綱が義明に従うことを条件に、天神台城にいる三百の兵を返してほしいと書かれていた。

「さらに、この願いを聞き届ければ、氏綱が生け捕ったわが家臣を返すというのか」

「いかにも」

信隆と北条勢は峰上城を奪取した際、降伏してきた吉田和泉守《いずみのかみ》、武信濃守《たけしなののかみ》、郷沢美《ごうざわみ》濃守《ののかみ》ら「峰上証人衆」を捕虜としていた。

「ならぬ」

義明が書状を投げ捨てる。

「それはいかなる理由《わけ》で」

「氏綱は表裏者だ。わしに従うなどと言っても、その場限りだろう」

「それでは、生け捕られた者どもはいかがなされますか」

「かの者らは、ろくに戦わず敵に降《くだ》ったのだ。煮て食おうが焼いて食おうが勝手にするがよい」

義明の言は、宗円の予想の範疇《はんちゅう》だった。

「お言葉はご尤もながら、人の上に立つ者には、仁恕《じんじょ》の心というものが大切です」

「仁恕だと」

「はい。寛大なお気持ちで目下の者たちの罪を許す心のことです。なるほど、かの者たちは、さしたる抵抗も示さず敵に降りました。しかしその非をなじっては、社家様はかの者たちと同列に堕します」

「何だと」

――ここが切所《せっしょ》だ。

それが怒りでも、何らかの感情を義明の心に巻き起こせば、付け入る隙が出てくる。

「かつて太田道灌《どうかん》公は、下剋上を行った長尾景春の与党に対し、仁恕の念をもって接し、悔い改めた者らの所領を管領殿に安堵《あんど》させました」

主君である山内上杉氏に反乱を起こした長尾景春だったが、道灌によって討伐された。その没落後、景春に与《くみ》した者たちが頭《こうべ》を垂れて詫《わ》びを入れてきた時、道灌はその罪を問わなかった。

「いかにも道灌は、情け深き御仁だったと聞く」

「太田道灌公のはるか上に立つ社家様であれば、下々の間違いを許すなど容易なはず。社家様の御徳を知れば、かの者らは忠義の塊となり、向後、社家様のために粉骨砕身《ふんこつさいしん》するでしょう。むろん、社家様の支配がいまだ十分に及んでいない上総南部の国衆も、これによって社家様の御徳を知り、忠節を尽くしましょう」

宗円の弁舌は精神論から実利にまで及んだ。

確かに、氏綱から出された和睦条件を踏みにじれば、北条方はそれを声高に叫ぶはずで、「峰上証人衆」の係累《けいるい》のみならず、房総国衆はこぞって義明の度量のなさをなじるに違いない。

「分かった」

しばし考えた末、義明が首肯した。

「そなたの申すことには、筋が通っておる。たかが三百ほどの雑兵を見逃すことで、房総国衆の支持が得られるのであれば、それに越したことはない」

「よきご判断！」

心中、大きなため息をつきつつ、宗円は平伏した。

翌日、和睦条件に同意した旨《むね》の書状を持った使者が、三浦郡に渡った。これにより、すでに乗船させていた「峰上証人衆」は、市川津から小弓城に送られた。

これを聞いた義明は、天神台城の囲みを解いて小弓城に帰還する。

天神台城に籠もっていた景長ら三百の兵は百首城まで引き、市川津から回された北条方の軍船に乗って、三浦郡に帰ることができた。

小弓城で義明を迎えた「峰上証人衆」が、涙を流して忠節を誓ったことは言うまでもない。

義明の情け深い決断は、野火のごとく房総一帯に伝わり、その威望は四海を覆《おお》うばかりとなった。

六

江戸湾から吹き込む風が心地よい。

市川津の馬借の二階で、潮の香りのする涼風を楽しみながら、ぼんやりと海を眺めていると、景長が入ってきた。

「お待たせしました」

「少しやせたな」

「そうですか」

景長が、おどけたように頰を撫《な》でる。

「何せ一年と三月《みつき》ぶりだからな」

「もう、そんなになりますか」

「ああ、長い入込《いれこみ》になった」

信基が感慨深げにため息をつく。

「入込」とは、何者かに化けて敵や仮想敵の内部に入り込み、信用を得た上で、味方に情報を流したり、攪乱《かくらん》工作をしたりすることだ。

「父上も、仕事はこれを最後になさって下さい。田原《たわら》の在所に隠居所もあるのですから」

相模《さがみ》国中郡田原には、北条家から拝領した大藤家の所領がある。

「そこで余生を送れればよいのだがな」

口端に笑みを浮かべる信基に、景長が言う。

「もう父上は十分に働きました」

「そう言ってくれるか。わしは幸せ者だな」

「何を仰せです。あの時、父上が機転を利《き》かさなければ、それがしは討ち取られていました」

景長が天神台城から退去できたのは、まさに信基の機転のおかげだった。

天神台城に孤立する景長と三百の兵を救った東慶寺からの書状は、信基が氏綱に依頼し、出してもらった。それが奏功したわけだが、どうなるかは分からなかった。

「いかにも、危ういところであったな」

「まさか、御屋形《おやかた》様（氏綱）のお力で家督に就くことのできた里見義堯が、寝返るとは思いもよりませんでした」

かつて義堯は北条氏の後援を得て、同族の義豊を倒して家督に就くことができた。

「この世は、何があるか分からぬ。あらゆる物事を勘案してもなお、思いもしなかったことが起こる」

北条家中の誰もが、里見義堯の離反など考えてもいなかった。しかし房総半島への北条氏の関与が深まるのを嫌った義堯は、不利を承知で勝負に出たのだ。

「里見殿の判断が正しいか否《いな》かは、次の一戦で決まります」

「ということは、社家様を決戦に誘い出す時が来たというのだな」

「いかにも」

景長が周囲の情勢を語った。

天文六年（一五三七）七月、北条氏綱は扇谷上杉朝定《ともさだ》の河越《かわごえ》城を落とし、朝定を松山城に追うと、翌天文七年（一五三八）二月には、扇谷上杉氏の重臣である大石氏の拠《よ》る葛西城を攻略した。これにより扇谷上杉氏の拠点は、難波《なんば》田《た》氏の松山城と岩付《いわつき》太田氏の岩付城だけとなる。

北条氏にとって葛西城の奪取は大きかった。これまでは、北条傘下《さんか》の江戸城と千葉氏の千葉城の間に葛西城があるため、双方は連携を欠いてきた。それがなくなることで、北条方は何の心配もなく小弓城を攻められる。

「それゆえ社家様は、前衛拠点として市川国府台《こうのだい》城を取り立て、そこに兵を入れた」

義明は先手勢《さきて》を市川の国府台城に入れ、北条方勢力の攻撃に備えていた。

「だが、これだけ不利な情勢となれば、社家様は守りを固めて形勢を観望するに違いありません」

扇谷上杉氏という後ろ盾の勢力後退により、自らも危機に陥った義明が、慎重になることは当然と思えた。

「つまりわしの仕事は、手を尽くして社家様にご出陣いただくということだな」

「はい。社家様を国府台城近辺まで誘い出してほしいのです」

「容易なことではないぞ」

「いかにも」

父子が同時にため息を漏らしたので、期せずして二人の口元がほころんだ。

それで吹っ切れたのか、信基が言った。

「考えていても仕方がない。とにかくやってみよう」

「お願いします」

この夜、二人は一献傾けただけで、翌朝には別れた。むろん次に会えるのは、いつになるか分からない。

七

天文七年（一五三八）九月下旬、小弓城での軍議は荒れに荒れていた。

出兵に反対する弟の基頼が板敷きを叩《たた》く。

「かような時に出陣するなど、あまりに無謀。ここは扇谷上杉殿の窮状を救うことよりも、防備を固めて敵に付け入る隙を与えぬことが、肝要とは思いませぬか」

「わしは、扇谷上杉殿を救うために兵を出すのではない」

「では何のために――」

「北条方は松山城や岩付城まで攻め寄せており、こちらまで手が回らぬ。今こそ千葉・原・高城らを蹴散《けち》らし、古河まで攻め上る千載一遇の好機ではないか」

むろんこれは、宗円の入れ知恵である。

「しかし――」

逸見祥仙が膝を進める。

「国府台城に入れている椎津隼人佐《はやとのすけ》によると、葛西城の動きが慌《あわただ》しくなってきたとか。城内の篝《かがり》も多くなったようで、増援の兵を入れているやもしれませぬ」

「それは、普請作事のために徴用された地下人《じげにん》どもだろう」

奪ったばかりの葛西城の防備を厳にすることは、十分に考えられる。

「よいか、ここで何もせねば扇谷上杉殿は滅亡する。さすればわれらは房総に孤立し、やがて海陸にわたる北条方の攻撃を一手に引き受けることになる。その前に千葉らを滅ぼし、さらに古河公方の晴氏《はるうじ》を斃《たお》し、わしが関東公方の名跡《みょうせき》を継ぐことができれば、北条とてわれらに従わねばならなくなる」

天文四年（一五三五）に病死した高基の跡は、息子の晴氏が継いでいた。

宗円が義明に吹き込んだ策は、千葉らを蹴散らして一気に古河まで攻め上り、古河公方府を滅ぼすことにより、北条氏が関東で戦う大義名分をなくすことにあった。つまり戦う相手は北条氏ではなく、あくまで古河公方だというのだ。

「それはご尤もながら――」

基頼はなおも食い下がろうとしたが、義明がそれを制した。

「わしには天が味方しておる。これまでも天のご加護により勝利してきた」

それを言われると、基頼も黙らざるを得ない。

「わしも四十半ばを過ぎた。ここで思い切った手を打たなければ、朽ち果てることになる」

わずか二十有余年で、小弓公方家がここまでの勢力を築けたのは、ひとえに義明の力による。次代を担《にな》う義明嫡男の義純《よしずみ》は義明に似て勇猛な武将だが、その将器は未知数だ。それゆえ義明は、体力と気力が頂点にある今、大きな勝負に出たかった。

「宗円、何か言いたいことはあるか」

「はっ」と言うや、宗円が膝をにじる。

「その昔、魏《ぎ》の曹操《そうそう》は申しました。『地の利は天の時に如《し》かず』と。たとえ地の利を敵が占めても、社家様には天の時があります。天の時を手にしている者が、地の利だけを占めている者を討つは必定」

「皆、聞いた通りだ。わしには天の時がある」

基頼をはじめとした幕僚は黙すしかない。皆、これまで不敗を誇った義明の実績を前にして、何も反論できないのだ。

「よし、国府台まで出馬する」

すでに義明は、里見義堯、土気酒井定治、真里谷武田信応ら与党国衆に対して陣触れを発していた。だが応じた者は少なく、小弓勢と里見ら加勢衆合わせて二千余という兵力しか集まらなかった。

扇谷上杉氏の退潮と歩を一にして、小弓公方にも見切りをつける者が多くなり、兵を出してきた者たちも、全兵力を率いての参陣とはなっていない。

それでも十月朔日《さくじつ》、義明は小弓城を後にし、その日の夕方には国府台城に入った。

一方、十月二日、義明出陣の報を受けた小田原では、氏綱自ら五千の兵を率いて出陣した。

五日、江戸城で軍議を開いた氏綱は、「成り行きを見守るべし」という意見を一蹴《いっしゅう》し、葛西城と国府台城の間に横たわる太日《ふとひ》川を渡河することに決めた。

氏綱は葛西城に陣を移すと、先手勢を北方に大きく迂回《うかい》させ、猿俣《さるまた》の渡しから太日川を渡らせ、松戸台に陣を布《し》かせた。それに続いて、氏綱率いる主力勢も渡河を始めようとしていた。この時、主力勢は葛西城に後詰勢二千を置いてきたので、三千となっている。

六日早朝、先手として松戸台の北の相模台に入っていた椎津隼人佐が、「敵の渡河途中を襲うべし」と進言してきた。

義明はこれを諒《りょう》とし、全軍に出陣を命じる。

ところがしばらくして、出陣の支度をする義明の許に宗円がやってきた。宗円は自ら望んで義明に随行してきていた。

「此度の出陣は、見合わせた方がよいと思われます」

小姓に胴丸を着けさせていた義明が目を剝《む》く。

「何だと」

「社家様は由緒ある足利家の血筋を引いております。渡河途中を襲って敵に勝ったとて、それが何になりましょう。形勢を観望している関東の国衆は、『社家様は、まともに北条と戦って勝つ自信がないのだ』と口々に申すでしょう」

「しかし戦には、軍略というものがある」

「なるほど軍略とは聞こえよき言葉です。それでは足利尊氏《たかうじ》公が、敵の渡河途中を襲うような戦をなさいましたか」

義明が苦々しい顔をする。

「武家の棟梁《とうりょう》は、ただ勝てばよいわけではありません。勝ち方があります。源氏の長者として堂々たる勝ち方をしてこそ、勝利を得た後、国衆はひれ伏すのです」

「源氏の長者か――」

源頼朝嫡流の血筋が途絶えて後、実質的な源氏長者の座は足利氏になっていた。足利氏の血を引く人々はそれを誇りにしてきた。

「軍略上、渡河途中を襲うことが正しいのであれば、拙僧は何も申しません。ただ源氏の血筋を引くお方には、しかるべき戦い方があると申し上げたかったのです」

躊躇《ちゅうちょ》する義明に、宗円が駄目を押した。

「敵の渡河も本日中には終わるはず。敵が陣を構えるのを待ち、明日、堂々と押し出して戦うべし。それこそが小弓公方家の戦でございます」

「そうかもしれぬな」

「しかも社家様は、広大な版図《はんと》を築く相が現れております。額の上部にあった茶芯《ちゃしん》も、薄れてきていることにお気づきか」

義明が小姓の手から手鏡をひったくる。

「そう言われれば、そのようにも見える」

言われてみれば、確かに薄れてきたような気がする。

「これこそ勝利の瑞兆《ずいちょう》!」

「よし、分かった」

義明は自ら胴丸を外した。

敵の渡河途中を襲うという義明の命を受け、出陣の支度をしていた諸将は、攻撃の中止を聞いて啞然とした。しかも明日、兵力的に勝る敵に正面から当たるという。

いまだ国府台城に着いていない味方もおり、基頼や逸見祥仙が「せめて、それを待ってからにしては」と諫《いさ》めたが、義明は「建武三年十月七日は、わが祖である尊氏公が九州から巻き返し、新田義貞と南朝軍を京から追った日である。それゆえ決戦は明日とする」と宣言し、耳を貸さなかった。

むろんこれも、宗円が足利家の過去の事績を調べ、義明に伝えたものだった。

八

十月七日早朝、義明は国府台城を出陣し、矢切《やぎり》にある西蓮寺《さいれんじ》に陣を布いた。西蓮寺のある台地は、国府台城から半里の距離にある松戸台との、ちょうど中間にあたる。

松戸台を隔てて指呼《しこ》の間には、椎津隼人佐らの籠もる相模台があり、松戸台に陣取る敵を、西蓮寺の主力勢と相模台の先手勢で挟撃する態勢が布けたことになる。

西蓮寺で開いた軍議で、まず口火を切ったのは弟の基頼である。

「敵の様子が分かってきました。敵は小田原衆を中心にした三千余。われらは集まりが悪く、いまだ二千余。こちらから攻撃を仕掛けるべきではありません」

逸見祥仙が言葉を引き取る。

「基頼様の仰せの通り、この場は戦うにしても、こちらから仕掛けるに及ばず。これで十分に敵への威嚇《いかく》もなりました。この上は堅固な国府台城に戻り、敵の攻撃を受けて立つに越したことはありませぬ」

彼らの話を瞑目《めいもく》して聞いていた義明が言う。

「合戦とは、一歩引けば虎《とら》も鼠《ねずみ》となり、一歩踏み出せば鼠も虎となる」

兵の心理状態こそ合戦の帰趨《きすう》を左右することを、義明は経験から知っていた。

「かような敵を打ち破れぬでは、わしの先も知れたものだ。天がわしに託しているものを見極めるためにも、こちらから敵に当たるべし。のう、宗円」

「はっ、天の星の卜占《ぼくせん》によると、社家様の勢威は四海を覆うほど騰《あ》がっております。この勢いを削《そ》ぐようなことをすれば、逆に天の怒りを買い、いかに優位な態勢であろうと、戦に勝つことはできません」

「兄者《あにじゃ》」

基頼の堪忍袋《かんにんぶくろ》の緒が切れた。

「かような卑《いや》しき僧の言葉を真に受けるのですか。この者は顔相を見たり、天の星を眺めたりして、益体《やくたい》もないことばかりを並べたてますが、元は馬の口取りではありませぬか」

「黙れ。卜占ばかりでなく、この者の言うことには理《ことわり》があり、現にすべてその通りになってきたわ」

「お待ち下され」

今度は、逸見祥仙が身を乗り出す。

「この者は、敵の遣わした乱破《らっぱ》（忍）ではありませぬか」

居並ぶ諸将の視線が一斉に宗円に注がれる。

「ふふふ」

宗円が笑みを浮かべた。

「もしそう思われるなら、この場で首を刎《は》ねられよ。この年になれば、俗世に何の望みもなし。笑って死出の旅路に就きましょう」

「逸見入道、この者は、こうしてわれらと行を共にしておる。亡主の仇を取りたいという一念からだ。しかもこれまで、この者のしてきた助言は味方を利するものばかりだった」

「いや、しかし――」

「わしが戦うのは、この者の卜占によるわけではない。勝機があるから戦うのだ」

「ご決心は変わらぬのですな」

「変わらぬ」

それを聞いた逸見祥仙は、基頼と視線を交わすと言った。

「ならば、われら逸見勢に先手をご命じ下され。それがしが死を懸けて松戸台を攻め落としましょう」

「あい分かった」

それで方針は決した。

「よし、それでは先手は基頼と逸見入道に申し付ける」

「おう！」

「二の手は佐野勢と二階堂勢」

「おう！」

「太郎はここにとどまり、戦機が熟したと見たら後詰せよ」

「はっ」

太郎とは、今年二十歳になる義明の嫡男・義純のことだ。

「宗円、太郎の後見を頼む」

「承知しました」

「よいか太郎、勝ち戦なら松戸台に後詰せよ。万が一、負け戦となれば速やかに兵を引け。その頃合いは宗円に問え」

「分かりました」

これにより、後陣に控える百ほどの兵が、宗円の軍配に従うことになった。

「よし、出陣だ！」

「おう！」

義明の命令が発せられると、小弓勢が動き出した。

松戸台に向かう小弓勢の顔には、決死の覚悟が表れていた。しかも義明に対する信頼は厚く、全軍一丸となり、死地に赴く空気が醸《かも》されてきている。

——これが将たる者の器量か。

宗円の心に一抹の不安がよぎった。

九

国府台城の北方四半里、松戸台の南方四半里の距離にある矢切の西蓮寺は、微高地上にあるため、松戸台や国府台はもとより、太日川を隔てた対岸の葛西方面まで見渡せる。そこから見える松戸台の光景は、宗円の心胆を寒からしめるものだった。

——このままでは、お味方は負ける。

基頼と祥仙が烈火のごとく松戸台を攻め上げているらしく、その喊声《かんせい》は西蓮寺まで聞こえてくる。頃合いを見計らい、義明率いる主力勢が戦線に参加すれば、手もなく松戸台は落ちるだろう。

「宗円、さすが父上だ。此度も勝ち戦のようだの」

「そのようです」

「となれば、逃げる敵の首をひとつでも多く取るのが、われらの務めだな」

「仰せの通り」

にこやかな面と裏腹に、宗円は気が気でなかった。

松戸台には、主君の氏綱と景長も入っているからだ。

――思っていた以上に手強《てごわ》い。

しかし、その強さが義明一個に支えられていることを、宗円は知っていた。

同じ頃、相模台でも戦いが始まっていた。葛西城に置いてきた北条方の後詰勢がやってきたのだ。

これにより双方は総力戦となった。

――事を急がねばならぬ。

その時、宗円の視野に合図の黒煙が捉《とら》えられた。

「若、相模台のお味方は劣勢のようですな」

相模台には椎津隼人佐ら小弓方の先手衆が入っており、松戸台に北方から掛かる手はずとなっている。しかし逆に、敵に攻め立てられているようにも見える。

義純も床几《しょうぎ》から立ち上がり、手庇《てびさし》を作って相模台の方を見るが、ちょうど松戸台の陰になって、よく見えない。

「宗円には、なぜ分かる」

「すでに黒煙が上がっております。これはお味方の陣が燃えている証《あかし》」

確かに松戸台では上がっていない黒煙が、相模台では上がっている。

城攻めにおいて黒煙が上がるということは、建築物が矢頃（射程）に入ったということを意味し、遠方からでも落城寸前と見て取れる。

「ここは、社家様の後詰に向かうよりも、相模台のお味方を助けに行くべきかと」

「なぜだ。父上から、そういう命は受けておらぬ」

「臨機応変に動くのが浮勢《うきぜい》（遊撃部隊）の役目。こうした際は、浮勢であるわれらが戦線を支えねばなりません」

「とは申しても――」

義純には決断がつかない。

「若、一刻の猶予《ゆうよ》もありません。相模台が落ちれば、お味方は崩れ立ちます」

「戦とはそういうものか」

「そういうものです。『実を攻めると見せて虚を攻める』、これが戦の極意です。まさに今、父上は敵の実を攻めております。ところが敵は、お味方の虚を討つことで退勢の挽回《ばんかい》を図ろうとしております。ひとつ間違えば、お味方は虚を討たれることで瓦解《がかい》するやもしれません。ここはお味方の虚を支えるためにも、出馬すべきです。ここで若が駆けつければ、椎津らの意気は騰がり、敵を押し返すことでしょう」

「よし、分かった！」

頰を紅潮させつつ義純がうなずく。

「それがしは若の動きを社家様に告げるべく、松戸台に向かいます」

「そうしてくれるか」

「お任せあれ」

宗円は、義純を急《せ》き立てるようにして出陣させた。

赤白だんだらの吹貫《ふきぬき》が風に翻り、精兵百騎が西蓮寺の陣を飛び出していく。

——これで思惑通りだな。

宗円は馬を借りると、義明のいる北に向かった。

「社家様！」

南東方面から松戸台を攻め上げていた義明の許に、宗円が馬を飛ばしてきた。

「おう、どうした！」

「社家様、目を離した隙に、若が抜け駆けを――」

「何だと！」

義明が床几を蹴って立ち上がる。

「どうやら松戸台の西を通り、相模台に向かったようです」

「どういうことだ」

「いや、拙僧が『相模台に黒煙が上がっている』と申したところ、若は『すぐに後詰に向かおう』と仰せになられました。ご存じの通り、西蓮寺からは、松戸台が邪魔になって相模台がよく見えません。それゆえそれがしは『しばしお待ちを』と申し上げ、相模台の様子を探るべく物見に出ました。しかし戻ってみると――」

「太郎がおらぬというのか」

「は、はい」

いかにも無念げに宗円が唇を嚙《か》む。

「宗円、わしの命と言って、太郎を連れ戻してきてくれぬか」

「承知しました」

宗円は義明の前から馬を飛ばして駆け去ったが、途中で馬首を返すと、義明の許に戻った。

「社家様、たいへんです！」

「どうした」

「赤白だんだらの吹貫が敵に囲まれております」

「何だと！」

義明の形相が一変する。

「場所はどこだ」

「松戸台と相模台の間にある根小屋《ねごや》（集落）です」

「よし分かった」と言うや、義明は背後の小姓に大声で命じた。

「馬を引けい！」

「何を仰せか」

懸命に押しとどめようとする近習《きんじゅ》や馬廻を押しのけ、義明は小姓から受け取った兜《かぶと》をかぶると、鬼月毛にまたがった。

「兄者、何をしておる！」

そこに、義明出陣の一報を受けた基頼が戻ってきた。馬を飛び降りた基頼は、すかさず鬼月毛の口を押さえる。

「放せ！　これから太郎を救いに行くのだ！」

「何を馬鹿《ばか》な。大将が敵中に突入するなど言語道断！」

「わしには天が味方しておる。かような敵に討たれるはずがない」

義明の目は正気を失っていた。

「兄者、それは無茶というもの」

「どけ」

「それなら、それがしが行きます。兄者は、ここに腰を据えていて下され」

「いや、そなたは松戸台への攻撃を続けろ。わしが太郎を助けに行く」

「なりませぬ！」

「分かった。それなら一緒に来い！」

そう言うや、義明が鬼月毛に鞭《むち》を入れたので、思わず基頼は転倒した。

立ち上がった基頼は、無念げな顔で「皆、社家様を追え！」と怒鳴るや、自らも馬に飛び乗った。

その時である。

「宗円、兄者をたぶらかしおって！」

基頼の薙《な》いだ太刀が鼻先をかすめた。

「何をなされる！」

「そなたが乱破かどうか、今は分からぬ。これからそれを確かめ、乱破であったなら必ずやここに戻り、その皺首《しわくび》を落としてやる。それまでここで待っておれ！」

「拙僧は逃げも隠れもいたしません」

「覚悟しておれ！」

そう言い残すや、基頼は疾風のごとく去っていった。

すべての兵が出払ってしまった陣所には、宗円一人が取り残された。

――これで終わった。

だが、宗円は苦い思いを嚙み締めていた。

松戸台と相模台の間に誘い込まれた義純は、瞬く間に周囲を取り囲まれた。

北条方は、葛西城に残してきた後詰勢二千を投入して相模台を奇襲し、すでに椎津隼人佐ら小弓方先手衆を壊滅させていた。だが、それだけでは義明を討ち取れない。

そこで北条方は、義明が松戸台を制圧する前に、義純を根小屋の隘路《あいろ》に誘い込み、義純を囮《おとり》として義明を呼び寄せようとしたのだ。

信基の立てた策は物の見事に当たった。

義純の周囲を取り囲む北条勢の真っただ中に、義明は斬《き》り込んだ。

この時の義明の活躍には凄《すさ》まじいものがあった。白泡を吹く鬼月毛と共に敵中に乗り入れた義明は、鐙の先が触れるのを幸いに雑兵たちを弾《はじ》き飛ばし、「法城寺」と名付けた薙刀で斬りまくった。

「法城寺」が刃こぼれすると、「面影」という大太刀を右手に、足利家伝来の無銘を左手に持ち、鬼神のごとく暴れた。

義明の行くところ屍《かばね》の山ができ、その流す血は太日川を赤く染めた。

「われこそは小弓公方足利義明。死に急ぐ者は来い！」

義明の首を取れば大手柄となる。その大音声《だいおんじょう》に吸い寄せられるように、多くの将兵が群がり寄る。しかしそのことごとくが、一瞬後には屍となっていた。

「死ねや！」

北条方の安藤某《ぼう》という剛勇の士が、大太刀を頭上で振り回しつつ義明に迫った。

「これぞよき敵」

しかし義明の顔には、余裕の笑みさえ浮かんでいる。

安藤は擦れ違いざま太刀を一閃《いっせん》させたが、その一撃を馬の左側に体を寄せてよけた義明は、大地を蹴った勢いを利して太刀をひとなぎし、安藤の首を兜の錣《しころ》ごと打ち落とした。

これを見た北条方の将兵が青くなって逃げ散る。

北条方は義明一人に圧倒されていた。

それでも義明とて人である。

すでに義純のいる場所も分からず、基頼ともはぐれていた。

それゆえ、いったん見通しのよい場所に出て基頼と義純を探そうとした。だがこの時、義明は背後から迫っている敵に気づかなかった。

「お待ちあれ！」

義明が振り向くと同時に、「関八州《かんはっしゅう》に並ぶ者なき強弓《ごうきゅう》引き」と謳《うた》われた三崎城代・横井《よこい》神助《しんすけ》が矢を放つ。

次の瞬間、矢は見事に義明の胴を貫き、義明は落馬した。

「おのれ！」

それでも太刀を支えに起き上がろうとした義明だったが、群がり集まった北条方の雑兵に取り囲まれた。

「無念！」

しばしの間、「面影」を振り回していた義明だったが、遂に力尽き、どうとばかりにその場に倒れた。

義明の死によって瞬く間に小弓勢は瓦解し、乱戦の中で基頼も義純も討ち取られる。

一方、松戸台を攻めていた逸見祥仙は、義明の死を知ると速やかに兵を引き、家臣に命じて義明次男の頼純《よりずみ》を脱出させた。そして敵を引き付けるべく扇を高く差し上げ、「わが首を取って褒美にせよ！」と喚《わめ》きつつ、敵中に突入した。

結局、この戦いだけで「大弓（小弓）上様御一門悉御滅亡（小弓公方様御一門、ことごとく滅亡）」（『快元僧都記《かいげんそうずき》』）となり、二十有余年にわたり房総半島に覇を唱えた小弓公方府は、呆気《あっけ》なく消滅した。

十

北風の吹く庭には、秋の間に落ちた紅葉がいまだ積もっていた。

——盛時《せいじ》はいかに華やかでも、いつかはこうして地に落ち、やがて土と化していく。

紅葉も人も同じことだ。
　そんなことを思いつつ信基が庭を眺めていると、渡り廊下をやってくる足音が聞こ
えた。
　北条氏二代当主の氏綱である。
　数えで五十二になる氏綱は、武蔵・相模・伊豆三国を支配する大名家の当主として、
すでに貫録も十分だった。
「金谷斎、此度は大手柄であったな」
「危ういところもありましたが、何とかやりおおせました」
「社家様は見事な最期《さいご》であったそうな」
「それがしは早々に戦場から離脱しましたので、委細は存じませぬが、当代無双と謳
われたお方にふさわしい最期だったと聞いております」
「そうか、それがせめてもの手向《たむ》けだな」
　氏綱が悲しげに呟《つぶや》く。
「本来であれば、社家様は公方様（古河公方）を支えて関東に静謐《せいひつ》をもたらすべきお
方だった。だが、あれだけの器量と膂力《りょりょく》を持っていれば、人の頂《いただき》に立つことを望むの
も無理からぬことだ」

「はい」とうなずきつつ、信基が苦い顔をする。

「それを逆手に取る見事な策配であった」

信基は義明の強固な自負心と年齢的な焦《あせ》りを知り、そこを突破口として、自ら墓穴を掘らせることに成功した。だが一人の男として、割り切れない思いも抱いていた。

「すでに源平の世は遠く去った。もう英傑一人が国を統《す》べる時代ではないのだ」

氏綱が己に言い聞かせるように言う。

「つまりあのお方は、最後の英傑だったのですな」

「ああ、そうかもしれぬ」

「御屋形様は、英傑にはなろうとは思いませぬので」

口端《くちは》にわずかな笑みを浮かべつつ、氏綱が答える。

「わしは父上（早雲庵宗瑞）の足元にも及ばぬ男だ。そんな父上でも、己を英傑とは思っていなかった。これからの時代は、人の和によって国を統べるのだ」

「それが、北条家のあり方だと――」

「そうだ。己一個を恃《たの》む者は、道を誤った時、国を滅ぼすことになる。しかし衆を恃む者は、己一個が誤っても、国を滅ぼさずに済む」

氏綱の言は確信に満ちていた。

「強く見える者ほどもろく、もろく見える者ほど強い。人とは実に難しきものです」

「それを『孟徳新書』から学んだか」

「いえ、それがしが、つまらぬ人生から会得した理にございます」

「そうか。すでにそなたも、『孟徳新書』の一冊も書ける年だからな」

「いえいえ。無駄飯を食らってきただけのつまらぬ老人です」

ひとしきり世間話をすると、「これからはゆるりと休め」と言い残し、氏綱は去っていった。

いつしか末枯《うらが》れの庭には、雪が降ってきていた。

それを眺めつつ、信基は人の春秋を思った。

――わしも、そろそろ引き時だな。

その時、氏綱が去った後の眼前の座に、義明が座している気がした。

信基は平伏すると、心中で義明に語りかけた。

――社家様、あの時、それがしは「地の利は天の時に如かず」と申し上げました。しかし実は、「天の時は地の利に如かず」と曹操は申しました。さらに曹操は、「地の利は人の和に如かず」と続けました。

つまり、天の時を得ている者でも軍略には敵《かな》わず、軍略も人の和には敵わないと、曹操は言い残したのだ。

雪は、一人たたずむ信基の心に深々《しんしん》と降り積もっていった。

落葉一掃

一

「公方《くぼう》様、今こそ起《た》つべきですぞ！」

簗田《やなだ》高助《たかすけ》が板敷を叩《たた》いて叫ぶ。

板木が張り裂けんばかりの音に驚かされた古河《こが》公方・足利《あしかが》晴氏《はるうじ》は、丸《まる》茣蓙《ござ》から一寸は飛び上がった。

「まあ、待て」

浮かない顔をする晴氏に、高助が追い打ちを掛ける。

「公方様は、関東諸国人の頂点に君臨するお方ですぞ。関東公方府の栄華を取り戻すためには、今を措《お》いて起つべき時はありませぬ！」

関東公方とは、室町幕府が関東十カ国の統治のために任命した将軍の代理職のことだ。晴氏は八代目関東公方の地位にあり、公方府が鎌倉から古河に本拠を移してからは、数えて四代目にあたる。

——何とも難儀なことよ。

戦嫌いの晴氏にとって、戦国の世は難儀以外の何物でもなかった。

天文十四年（一五四五）十月一日、下総《しもうさ》国の古河城では、古河公方家の命運を左右する軍議が開かれていた。

関東管領《かんれい》の山内上杉《やまのうちうえすぎ》氏と相模《さがみ》守護職の扇谷《おうぎがやつ》上杉氏が、敵対する北条氏の河越《かわごえ》城を囲み、公方晴氏に出馬を請《こ》うてきたのだ。

関東管領とは関東公方を補佐し、その政務を代行する職のことだ。ただし任命権が京都の将軍にあるため、双方の軋轢《あつれき》は絶えなかった。

この頃の関東では、家職として長らく関東管領を務める山内上杉氏と、小弓《おゆみ》公方足利義明《よしあき》を討った功績で関東管領に任命された北条氏の二者が、互いの正統性を主張して相争う形になっていた。

しかし晴氏は、北条氏二代目当主の氏綱《うじつな》の娘、すなわち現当主氏康《うじやす》の異母妹を正室とし、周囲からは親北条派と見られていた。つまり上杉方に味方するということは、外交政策の大転換を図ることになる。

居並ぶ重臣たちは、関東公方府が鎌倉にあった頃から忠節を尽くしてきた関宿《せきやど》・水《みず》海《うみ》領の簗田氏、岩付《いわつき》領の渋江氏、栗橋領の野田氏、幸手《さって》領の一色氏といった面々だ。

彼らは室町幕府の制度にちなみ、公方奉公衆と呼ばれていた。

「公方様は、これまでの屈辱をお忘れになられたのか。かの他国の兇徒《きょうと》は、北条などと名乗っていても元を正せば伊勢《いせ》氏の傍流。かような者どもが、公方様の上位に君臨するなど決して許せませぬ！」

北条氏は始祖の早雲庵宗瑞《そううんあんそうずい》が西国から下向してきたことから、関東諸国人の間では「他国の兇徒」と呼び慣らわされていた。

「お待ちあれ」

右手を挙げて高助を制した後、渋江徳陰斎《とくいんさい》が声を荒げる。

「公方様は北条氏綱の息女を娶《めと》っており、ご嫡男《ちゃくなん》までおるのですぞ。今更、上杉方に寝返るなどもってのほか！」

晴氏は、北条氏から輿入《こしい》れした室との間に嫡男の梅千代王丸《うめちよおうまる》（後の義氏《よしうじ》）を授かっていた。

徳陰斎の言に対し、高助が赤ら顔をさらに赤くして反論する。

「御台所《みだいどころ》様とご子息は、小田原に引き取ってもらえばよい」

「何と乱暴な――」

顔をしかめる徳陰斎を尻目《しりめ》に、高助が熱弁を振るう。

「公方様、この機を逃せば、関東公方府の威権を取り戻す日は、未来永劫《えいごう》ありませぬぞ！」

高助は古河公方奉公衆筆頭として、自らの娘を晴氏に嫁がせていた。その娘は、藤《ふじ》氏《うじ》を筆頭に四人の男子を生んでいたが、北条氏から氏康の異母妹・芳子《よしこ》が嫁いでくることにより、側室に格下げされた上、芳子が生んだ梅千代王丸を嫡男とされた。力関係から致し方ないこととはいえ、これでは高助が収まらない。

それでも徳陰斎は納得しない。

「いかに両上杉が公方様にご出馬を請おうと、応じてはなりませぬ。北条を侮《あなど》ると、後で痛い目に遭いますぞ」

徳陰斎は北条氏との手筋（外交窓口）を担《にな》っていた。小田原にも幾度となく行っているため、その士気の高さや実力のほども知っている。そのため、早い段階で旗幟《きし》を鮮明にすることを危ぶんでいた。

だが高助も譲らない。

「氏康は今川によって駿河《するが》方面に釘付《くぎづ》けにされ、河越方面に兵を向けることはできませぬ。この機を逃さず、両上杉に馳走《ちそう》して河越城を落とせば、北条の攻勢も一気に衰えます」

早雲庵宗瑞が今川氏の当主だった氏親《うじちか》の外叔《がいしゅく》という関係から、北条・今川両家は親密な関係を続けてきた。しかも二代氏綱が、氏親の死後に勃発《ぼっぱつ》した家督争いで現当主の義元を支援したことにより、義元は当主の座に就くことができた。そのため双方の関係は、さらに深まるものと思われた。

ところが、義元が甲斐《かい》武田氏から当主信虎《のぶとら》の娘を正室に迎え、外交政策を親武田に転換することで、北条・今川両家は決裂した。

折しもこの九月、駿府《すんぷ》を出陣した今川義元は、北条氏の西の最前線・吉原城を落とし、長久保城を包囲していた。

これに対し、氏康は長久保城付近まで出陣したが、十月に入って、晴信《はるのぶ》（後の信玄）が当主となった武田勢が義元に合流したため、三島まで退却して矢留《やどめ》（停戦）を呼び掛けていた。

徳陰斎が首を左右に振る。

「いかにも今、北条は二面作戦を強いられて苦境にあります。しかしながら、かの若き当主は英明を謳《うた》われており、いかなることを考えているか、予想もつきません」

「お待ちあれ」

高助が、その分厚い手を前に出して徳陰斎を制した。

「北条の敵は、北に山内・扇谷の両上杉、西に今川と武田、東南に里見《さとみ》。この状況下で、北条領の北東に位置するわれらが挙兵すれば、まさに四面楚歌《そか》。どれほど英明を謳われようと、間違いなく息の根を止められます」

この機に乗じ、里見義尭《よしたか》は安房《あわ》国から上総《かずさ》国東部へと侵攻を始めており、金谷《かなや》城の奪還に成功していた。

すなわち北条氏は三方に敵を抱え、身動きが取れない状況に立ち至っていた。

「それは理《ことわり》だが、理だけで語れぬのが戦というもの。ここは、しばし様子見を決め込むのが上策でしょう」

徳陰斎も容易には引かない。

「しかし、両上杉だけの力で河越城を落とされてしまえば、われらの立場は何も変わらぬ。ここは両上杉に恩を売る意味でも、早急に河越城まで出馬し、勝利の一端を担うべし！」

この時をさかのぼること八年前の天文六年（一五三七）、氏綱は河越近郊で行われた扇谷上杉勢との合戦に勝利し、その余勢を駆って河越城を奪った。以来、北条氏の持ち城となった河越城には、北条幻庵《げんあん》や同綱成ら三千の兵が籠《こ》もっている。幻庵とは氏康の叔父、綱成は妹婿《いもうとむこ》にあたる。

「簗田殿、それでは北条に成り代わり、両上杉が関東に君臨するだけではないか」

「いやいや、北条さえ駆逐してしまえば、山内と扇谷の両上杉は再びいがみ合いを始めます。その時、われらはどちらにも加担せず、双方を焚《た》きつけて衝突させ、双方が疲弊したところで攻め滅ぼしてしまえばよいだけのこと。とにかく喫緊《きっきん》の課題は、北条勢力の掃討にあるのです」

簗田高助と渋江徳陰斎の議論の焦点は、どちらに付くかではなく、支援を要請してきた両上杉氏に対して、すぐに応《こた》えるのか、ひとまず様子を見るかにあった。つまり積極的に北条氏に味方するという考えは、すでに奉公衆の誰一人として持っていなかった。それほど北条氏の置かれている状況は厳しいものだった。

「公方様」

高助が威儀を正す。

「何卒《なにとぞ》、本日中にご決断いただけますよう、お願いします」

「とは申してもな――」

「戦は時ですぞ。時を味方にした者は勝ち、時を逃した者は敗れるだけ。関東公方府の栄華を取り戻すために、今こそ起つべきです！」

「分かった。もうよい」

「分かったということは、上杉方に馳走するということで、よろしいですな」

「いや、しばし猶予《ゆうよ》をくれ。わしは一人で考えたい」

「致し方ありません。それでは一刻《とき》ほど後、再びここに集まりましょう」

奉公衆たちからも異議は出ない。

「公方様、それでは後ほど、ご英断を賜りたいと存じます」

うやうやしく高助が頭を下げると、奉公衆たちもそれに倣《なら》った。これで軍議はいったんお開きとなり、奉公衆たちは三々五々、城内にある宿館へと引き揚げていった。

ふらふらと座を立った晴氏は、小姓の開ける帳台構えを抜けて御座所に向かった。

その時、胃が締め付けられるような悪寒《おかん》に襲われた。晴氏の持病である気鬱《きうつ》の病の前兆である。

「少し横になる。寿泉庵《じゅせんあん》を呼べ」

小姓に医家の寿泉庵を呼ぶよう命じると、晴氏は御座所の襖《ふすま》を開けた。

ところが誰もいないはずの室内に、正室の芳子がいるではないか。

芳子は二十五歳。三十八歳になる晴氏とは、十三もの年の差がある。だが北条家から嫁いできたこともあり、遠慮というものを知らない。

ため息をつきつつ、晴氏が襖を閉める。

「公方様、ご無礼は承知ながら、こちらで待たせていただきました」

「わしは横になりたい。用があるなら早く言え」

いかにも迷惑そうな顔で晴氏が座に着く。

「用件は、本日の評定についてです」

「女性《にょしょう》が口を挟むようなことではない」

晴氏が不機嫌そうに顔を背けたが、芳子は構わず続ける。

「まさか公方様は、わたくしの実家を見限るつもりではありますまいな」

「評定の内容をなぜ知っている」

「あれだけ大声で論じ合っておられたのですぞ。すでに城内では、水仕女《みずしめ》（台所女中）から釜焚《かまたき》の爺《じい》まで知っております」

——高助め。

激すると戦場錆《さ》びの効いた大声を張り上げるのが、高助の悪い癖だった。そうなれば反対意見を持つ相手も大声になり、自然、周囲に聞こえてしまう。

「して公方様、まさか上杉方としてお起ちになられるのではありますまいな」

「それを今から考えるのだ」

「何と──、それでは、そのことも考えの内なのですね」

甲高い声が襖を震わせる。

「いや、そんなことはない」

「では、どちらに付くのです」

「わしは、そなたを愛《いとお》しく思うておる」

「それでは答えになっておりませぬ」

「少し時間をくれ」

その時、襖の向こうから小姓の声がした。

「寿泉庵殿が参られました」

「おう、通せ」

「ご無礼仕《つかまつ》る」という落ち着いた声がすると、襖が静かに開いた。

そこには、宗匠頭巾《ずきん》に濃藍《こあい》の十徳を着た四十絡《がら》みの男が座していた。

「これは、お邪魔でありましたかな」

「いや、芳子はもう行く。構わぬから入れ」

「それでは公方様、お心を翻《ひるがえ》しませぬよう」

そう言い残すと、次の間で待たせていた女房たちを引き連れた芳子は、何事か話しながら速足で長廊を遠ざかっていった。

二

芳子が去るのを待ち、寿泉庵が口を開いた。

「いろいろ、ご心労が多いようで」

「ああ、見ての通りだ」

「今日はいつにも増して、お顔色が冴《さ》えぬようですな」

「そうなのだ。気がふさいできた上、胃も痛い」

「布団《ふとん》を敷かせましょうか」

「そうだな。そうしてくれ」

寿泉庵が次の間に控える小姓に声を掛けると、小姓たちが布団を運び込んできた。

小姓たちの作業が終わると、晴氏は待っていたかのように布団にもぐり込んだ。

「まずは脈を」

晴氏の出した手首に寿泉庵が触れる。

「かなり弱くなっております」

「もう死ぬか」

晴氏は戯《ざ》れ言《ごと》のつもりで言ったが、寿泉庵は真顔で答えた。

「このままでは、身罷《みまか》られることもあり得ます」

「何だと」

「唐国《からくに》の言葉に『病は気から』というものがあります。多くの病は気鬱に発し、それが心気《しんき》から実体に移り、人の体が本源的に持つ抗《あらが》う力を奪い、死を招きます」

「いかなる病になるというのだ」

「最も多いのが膈《かく》、続いて多いのが痞《つかえ》でございます」

膈とは胃潰瘍《いかいよう》や胃《い》癌《がん》のことで、痞とは嚥下《えんか》が困難になる病全般のことだ。

「それらの病は痛みを伴うのか」

「はい。残念ながら激しく痛みます」

「何とかならぬか」

晴氏は泣きたくなった。

「わたくしは心気を専《もっぱ》らとする医家です。病が実体に移ってしまえば、わたくしの扱いから離れます」

寿泉庵は、気鬱の持病がある晴氏が京都の将軍家奉公衆の小笠原氏に相談し、派遣してもらった医家である。心の病を専門とするので、晴氏の話を丹念に聞き、薬草を調合することが主な仕事になっている。

「その膈とか痞とかいう病にかからぬようにするには、どうすればよい」

「そうですな」

しばし考えた末、寿泉庵が言った。

「まず、心に懸かる雲を取り除くことです」

「心に懸かる雲と――」

「そうです。公方様の心中にある懸案を取り除かねばなりません」

「懸案と申すか」

晴氏の懸案といえば、このまま北条方としての立場を貫くか、上杉方に転じて公方家の威権を取り戻すかのどちらかだ。

「おそらく、こういうことでは――」

寿泉庵が晴氏の懸案を推測した。

「その通りだ。よく知っておるな」

「城内で知らぬ者はおりません」

「どうやら、そうらしいな」

晴氏がため息をつく。

「で、どうなさるおつもりで」

「どうすべきだと思う」

「勝つとお思いになられる方にお付きになるのがよいかと。さすれば心の重しが外れ、膈や痞も去っていきます」

寿泉庵は恬淡《てんたん》としてそう言うと、持ち込んだ手文庫から乾燥させた薬草を取り出し、調剤を始めた。

「まずは、上杉方の勝ちだと思うが、どうだろう」

「わたくしには政治も軍事も分かりません。公方様がそうお思いなら、上杉方に付くべきかと」

そんなことをすれば芳子が猛然と反対するのを、晴氏は思い出した。

「実は、わしも上杉方に馳走したいのだが、知っての通り、芳子が――」

「それは、お気になさらぬ方がよろしいでしょう。何を措いても公方様のお体が第一です。何なら、わたくしが御台所様にお話ししましょうか」

寿泉庵は乳鉢の中に何種もの薬草を入れ、薬研《やげん》で丹念にすりつぶしている。

「そうしてくれるか」

「もちろんです」

すりつぶした薬草を茶碗《ちゃわん》に落とした寿泉庵は、それに湯を入れて煎《せん》じた。

心地よい香りが漂ってくる。

「これをお飲み下さい。心が落ち着きます」

「いつもの薬だな」

「はい。鹿子草《かのこぐさ》にイカリ草を混ぜた煎じ薬です。お顔色から察するに、今日は胃の腑《ふ》の調子もお悪いようなので、唐花草《からはなそう》も加えておきました」

鹿子草は神経衰弱や精神不安に、イカリ草は苛立《いらだ》ちや不安の解消に、唐花草は胃痛の鎮静に、それぞれ効くという。

寿泉庵が来た当初、こうした煎じ薬に晴氏は半信半疑だった。しかし寿泉庵の煎じた薬を飲むと、なぜか地の底にいるように落ち込んでいた気分が、たちどころに高揚してくるのだ。

「では、しばしお待ち下さい」

「どこへ行くのだ」

「御台所様と話してきます」

「そうか。そうであったな」

寿泉庵から渡された茶碗を取ると、晴氏は喉《のど》を鳴らして飲み干した。

しばらくまどろんでいると、芳子が寿泉庵を伴って現れた。

「公方様」

「ああ、どうした」

「寿泉庵から話を聞きました。公方様のお体のことも知らず、ご無礼仕りました」

芳子は、やけに殊勝である。

「今、公方家は存亡の岐路《きろ》にある。残念だが北条と手切れし、上杉方として起たねば、われらは没落を余儀なくされる。それゆえ、わが決断を支持してくれ」

晴氏は次の瞬間に落ちるはずの雷鳴を予期し、図らずも布団の縁を摑《つか》み、顔を隠そうとした。

「分かりました」

ところが芳子は、しおらしく首を垂れるではないか。

「えっ」と言いつつ、晴氏が鼻まで隠れていた布団から顔を出した。

「これも戦国の世。致し方なきことです。ただ――」

「ただ何だ。何なりと申せ」

「梅千代王丸の身が立ちゆくようにだけはして下さい」

「分かった。何があろうと梅千代王丸の身は守る」

「仏門に入れるなどとは、仰《おお》せになられませぬな」

「ああ、それはない。北条が没落した後、公方家の家督は藤氏に取らせるが、梅千代王丸は、渋江の家にでも養子入りさせる」

渋江氏は親上杉派の簗田氏とは仲が悪く、どちらかと言えば親北条なので、梅千代王丸の身は安泰となるに違いない。

「どうか、よろしくお願いします」

「分かった。案ずるな」

芳子が下がっていくと、晴氏は布団から出た。

「うまくいったな。芳子に何と言ったのだ」

「わたくしは真摯《しんし》に説いただけです」

「それだけで納得したのか」

「芳子様は賢いお方です。物の理を説けば、ご納得いただけます」

「なんだ、そんなものか」

晴氏は拍子抜けした。

「それより、ご気分はいかがですか」

「薬が効いてきたのか、極めてよい」

「それは祝着《しゅうちゃく》」

寿泉庵が、いかにもうれしそうな笑みを浮かべる。

「よし、評定の場に赴くぞ」

「もちろん上杉方に付くのですな」

「ああ、われら二万の兵が上杉方となれば、一気に勝負は決せられる」

「それは妥当なご判断。これで公方様の気鬱の病も、平癒するに違いありません」

「そなたも一緒に来てくれるか」

「河越にですか」

「そうだ。嫌か」

「公方様の命とあらば、地獄でもお供いたします」

先ほどとは見違えるような顔色で、晴氏は評定の場に向かった。

その結果、評定は上杉方として出兵と決し、諸将はすぐに出陣準備に取り掛かることになった。だが、それぞれ国元に帰ってから陣触れを発し、兵を連れて古河に集まってくるので、すぐというわけにはいかない。

そのため諸将の古河城への参集は十月二十四日、出陣は翌二十五日とされた。

三

出陣を十日後に控えた十月十五日、取次役から告げられたその名を聞き、晴氏は愕《がく》然《ぜん》とした。

「氏康の使者だと！」

「引見《いんけん》なさいますか」

「いや、病と申して追い返せ」

「はっ」と言うや、取次役は去っていった。

——いったい、わしに何の用があるというのだ。

それを考えると、気鬱の虫が再び頭をもたげてくる。

「寿泉庵はおるか！」

「はい」と言って、寿泉庵が次の間からやってきた。

「氏康の使者が来ているという」

「ほほう」

寿泉庵は、さして関心がなさそうに脈を取っている。

「追い返してやったわ」

「ははあ、そうなされましたか」

「何かまずいか」

「わたくしに政治向きのことは分かりませんが、何の用で来たのか分からないまま相手を帰らせてしまうと、ずっとそのことが気にかかり、気鬱の病は悪化します」

「そういうものか」

「はい。気鬱の病を退散させるには、心に懸かる雲を払拭《ふっしょく》するのが一番。お会いになられて、用件だけでも聞いておいた方がよかったのですが」

――いかにも寿泉庵の申す通りだ。このまま使者を返してしまえば、わしは、ずっとそのことが気になり、鬱々とした日々を送らねばならぬ。

「よし、呼び戻せ」

近くに控えていた近習《きんじゅ》が長廊を走り去ると、しばらくして取次役が戻り、「使者は庭に控えております」と告げてきた。

「行くか」

「それがよろしいかと」

「そなたも来い」

簗田高助ら奉公衆たちは、出陣の支度で国元に帰っているため、すぐに呼び集められない。そのため晴氏は、相談役として寿泉庵を同座させることにした。

布団を出た晴氏は、素襖《すおう》を着て侍烏帽子《えぼし》をかぶると、太刀持ちの小姓と寿泉庵を従え、使者が待つという間に向かった。

素襖は大紋《だいもん》に次ぐ武家の礼装で、面談の相手が無位無官の武士の場合に着用する。

使者は諏訪右馬亮《すわうまのすけ》と菅谷隠岐守《すがやおきのかみ》の二名で、庭に敷かれた畳の上に拝跪《はいき》していた。

諏訪は北条家の直臣で、菅谷は古河の土豪で手筋の役を担っている。

「口上を述べよ」

取次役が命じると右馬亮が口を開いた。

「公方様のお耳にも届いているとは思いますが、駿河守護の今川殿（義元）が北条領に侵攻し、われらのみならず領民も多大な迷惑をこうむっております。今川殿の所業は東国の静謐《せいひつ》を乱すものなので、東国の主《あるじ》たる公方様のご威光により、兵を引かせていただけますよう、北条左京大夫（氏康）に成り代わり、お願い申し上げます」

――調子のよいことを申しおって。

こうした苦境に際しても建前論を持ち出す氏康に、晴氏は憤《いきどお》りを覚えた。

「つまり、わしに仲介の労を取ってほしいというのだな」

「はい。今川殿が和睦《わぼく》に応じるよう、一筆、書いていただきたいのです」

――氏康も、相当に苦しいのだな。

晴氏は、氏康に二度ほど会ったことがある。その不敵な面構《つらがま》えと自信に溢《あふ》れた態度に反感を抱いたことを覚えている。その氏康が泣きを入れてきたということは、かなり手詰まりになっているに違いない。

――これなら、かの者どもでも勝てるやもしれぬ。

山内上杉憲政《のりまさ》と扇谷上杉朝定《ともさだ》の顔が脳裏に浮かんだ。無能を絵に描いたような連中だが、関東に根強く残る室町幕府体制の威権に拠《よ》り、万余の兵をかき集めることはできた。しかも遅れじとばかりに、今も北関東各地から国人や土豪が集まってきている。すでに空洞化しているとばかり思っていた室町幕府の威権にも、意外な求心力があることに、晴氏自身が驚いていた。

「それは、ちと難しいな」

「なぜですか」

右馬亮が驚く。

「勝手に戦を始めておいて、不利になったから仲介の労を取ってくれなど、虫がよすぎるではないか」

「いやいや、わが主は勝手に戦を始めたわけではありません。同盟を反故《ほご》にしたのは今川殿の方です」

「何を申すか。駿河一国の守護職は、足利家御一家衆の今川家であるぞ。その一部を勝手に奪ったのは、北条ではないか」

「とは申しましても――」

「柳営《りゅうえい》（幕府）の意向を確かめもせず、勝手に侵攻するなど言語道断。北条に駿河国の一部を領有する権利などない」

「それはそれとして、そこを何とか――」

「知らん。自分の頭の蠅《はえ》は自分で追え」

気分が高揚しているので、言いたいことが何のためらいもなく口をついて出てくる。

「どうしても、お聞き届けいただけませんか」

「ああ、もってのほかだ」

氏康の苦しむ顔を思うと、心が晴れ晴れとしてくる。

「公方様」

その時、背後で誰かの声がした。振り向くと、寿泉庵が「話がある」と言わんばかかりに目で合図している。

「しばし待て」

使者を待たせた晴氏は、寿泉庵を御簾《みす》の傍らまで呼んだ。

「何用だ」

「考えてみたのですが、今川殿に一筆、書いたらいかがでしょう」

「なぜだ」

「氏康と今川殿が和睦すれば、氏康は必ず河越城の救援に出向いてくるはず。そうなれば氏康は、飛んで火に入る夏の虫ではありませんか」

確かに寿泉庵の言うことにも一理ある。

――氏康を斃《たお》さぬ限り、関東の覇権を取り戻すことは叶《かな》わぬ。河越城を落とせば、わが方が俄然《がぜん》、有利になるやもしれぬが、氏康は小田原に拠って激しく抵抗してくるはずだ。それならば氏康をおびき出し、上杉の馬鹿《ばか》どもの兵を使って討ち取ってしまうのが上策だ。

晴氏は、目まぐるしく知恵を働かせた。

「いかにも、その通りだ」

「この機を逃せば、氏康を討ち取る好機はめぐってきませぬぞ」

「よし」

晴氏が御簾を出ると、使者は畏《かしこ》まった。

「此度《こたび》だけは特別に、今川治部大輔《じぶのたいふ》への書状を書こう」

「あ、ありがたきお言葉」

右馬亮が満面に笑みを浮かべて平伏する。

晴氏は和睦を勧める書状をしたためると、右馬亮に託した。

――これでよい。

晴氏の直筆書簡をもらい、二人の使者は弾むように去っていった。

「このことを、上杉にも伝えねばならぬな」

独り言のようにそう言うと、寿泉庵が「恐れながら」と言いつつ首を左右に振った。

「このことを伝えれば、両上杉殿は、氏康が来る前に河越城を落とそうとしますぞ」

「えっ」

「もしも城を落としてしまえば、氏康はやってきません」

「しかし、これから味方となる者どもだ。伝えておかねば、まずいのではないか」

「いかにもその通りですが、公方様は、『氏康が来る前に城を落とす』と息巻く二人を抑えられますか」

晴氏は痛いところを突かれた。

確かに上杉一族の上位に君臨する古河公方家だが、あくまで格式上のことであり、実際の軍事力では大いに劣る。しかも公方勢といっても、古河周辺の国人土豪の寄せ集めにすぎず、直属軍はせいぜい二千ほどしかいない。

――つまり、わしの発言力はその程度なのだ。

「この戦の眼目は河越城を落とすことではなく、氏康の首を獲《と》ることです」

「そうは申してもな――」

「それでは河越城を落とすことで、公方様に、どのような利がおありか」

「利と申すか」

「城は扇谷上杉殿（朝定）の手に戻り、山内上杉殿（憲政）は、武蔵国《むさし》にある北条領の一部をわがものとするでしょう。しかし公方様は、何を得られるのですか」

確かに河越までのこのこ出ていっても、公方家と両上杉家との間で「国分け」についての条件を煮詰めていないため、何ら得るところがないかもしれない。つまり三者連合で河越城を落とせても、ただ働きの可能性さえある。

「上杉の兵をうまく使い、氏康を討ち取らせる以外、公方様に利はありません」

寿泉庵の言葉には、いちいち説得力がある。

「氏康を討ち取れば、公方様の気鬱の病も立ちどころに消え失《う》せます」

寿泉庵が、うやうやしく平伏する。

晴氏は何も答えず、自室に引き揚げた。むろん何の指示もしなかったということは、寿泉庵の意見に従ったことになる。

――果たして、これでよいのか。

晴氏の頭は混乱の極みにあった。

四

十月二十五日、二万余に膨れ上がった公方勢が古河を出陣した。

栗橋と関宿を経て、友軍である太田氏の岩付城に一泊した後、上杉憲政の要請に従い、河越城の一里ほど東に着陣した。

――なんと川や湿地の多いことか。

河越近郊は緑溢れる沃野《よくや》と聞いていたが、河越城の東方は低地で泥湿地《でいしっち》や沼沢地《しょうたくち》が多く、負け戦となった時、進退に窮することも予想される。

武蔵国の中央部に位置する河越の地は、南北関東を結ぶ河川流通の中継地として栄えていた。それゆえ荒川、入間川、越辺川《おっぺ》など、いくつもの川を越えねばならないことから、「河越」という地名が生まれたと言われる。それほど河川が集まる地であり、肥沃であっても耕作地は意外に少ない。

入間川の作り出す氾濫原《はんらんげん》に、南以外の三方を守られた河越城は、比高十メートルほどの舌状《ぜつじょう》台地の突端に築かれており、周囲は湿地だらけで、極めて攻《かた》めるに難い城となっていた。

この地に太田道真《どうしん》・道灌《どうかん》父子が城を築いたのは、長禄《ちょうろく》元年（一四五七）のことだった。その後、天文六年（一五三七）まで八十年にわたり、太田氏の主君の相模守護職・扇谷上杉氏の本拠となっていた。ところが八年前、北条氏に奪われて以来、北条氏の武蔵侵攻の策源地となっていた。

山内上杉憲政と扇谷上杉朝定の二人は、晴氏の参陣に狂喜した。すでに二人は河越近くに進出しており、憲政は河越城から二里半ほど南西の柏原に、朝定は一里ほど西の上戸《うわど》に陣を構えている。

また河越城の北方二里の伊草には、太田資正《すけまさ》が布陣している。資正は兄の太田全鑑《ぜんかん》の代理として出陣してきていた。ただし資正が河越に至るには、越辺川と入間川を越えねばならず、その点からすると、戦意のほどは測り難い。

どの陣も河越城から離れているが、周囲は湿地帯に囲まれ、河越城への経路は限られているので、これで包囲網は完成していた。

憲政と朝定の二人は軍議と称した祝宴を開くべく、この日の夜、重臣を伴って晴氏の陣にやってきた。

「公方様、よくぞいらしていただけました」

憲政は手放しの喜びようである。

山内上杉憲政はこの時、二十三歳。かつては、武蔵、上野《こうずけ》、下野《しもつけ》、上総、安房、伊豆の守護職を兼ね、関東諸国人を率いる立場にあったが、北条氏の圧迫を受け、この頃は、上野一国を保持するだけで精いっぱいとなっていた。

「今こそ積年の恨みを晴らしましょうぞ」

二十一歳になる扇谷上杉朝定が、力を込めて言う。かつて相模守護職として、相模・武蔵両国に堅固な勢力基盤を築いていた扇谷上杉氏だが、北条氏によって相模国から追われ、武蔵国の一部を領有する小国人程度にまで勢力を縮小させていた。

三人が座に着くと、小姓や近習が、酒壺《さかつぼ》と衝重《ついがさね》に載せた朱塗りの大盃《たいはい》を運び込んできた。

「われらと公方様の軍勢を合わせると八万余。これだけの兵がおれば、あの城を落としたも同じですな」

「北条も、これで終わりですぞ」

二人は、すでに勝ったかのように談笑している。

「まずは一献」

長柄の付いた諸口《もろくち》で、憲政が晴氏の持つ大盃に清酒《すみざけ》を注ぐ。

戦の前ということもあり、晴氏は少し口を付けただけで盃《さかずき》を置いた。ところが二人は、互いに酒を注ぎ合い、水のように飲み干している。

——かような者らと手を組んで、本当に勝てるのだろうか。

大口を開けて笑う二人を見ていると、不安の虫が頭をもたげてくる。

「山内殿、果たして氏康は、ここまで来るだろうか」

「公方様は、そのことに気を揉《も》んでおられたか」

とぼけたように憲政が答える。

「その件は、今川と武田に根回しを行っておるゆえ、案ずることはありません」

「どのような根回しか」

「氏康が泣き言を言ってきても、決して聞かぬようにと釘を刺しておきました」

朝定が得意げに言う。

「つまり氏康は、いつまでも駿河で足止めを食らい、こちらにはやってこられないはずです」

「それならよいのだが」

――やはり、あのことを告げずによかった。

晴氏は、寿泉庵の忠告が正しかったと知った。しかし味方に対して、後ろめたい気分になったのも確かだ。

朝定が高笑いしながら盃を掲げる。

「たとえ氏康が来ようと、何も恐れることはありません。われらは公方様に率いられた八万の大軍。対する北条は、一万も集められるかどうか」

朝定に続いて憲政も、晴氏の背を押さんばかりに言う。

「われらは圧倒的兵力の上、関東諸国人の頂点に君臨する公方様のご出馬が叶ったのです。これで負けるわけがありません」

関東公方は室町幕府の政務を代行する機関であり、関東公方が味方したということは、上杉方が大義を得たことになる。

「とは申してもな――」

「軍略はわれらの仕事。公方様は、ここにでんと腰を据えていただければ、それで十分です」

朝定が諸口を取り、再び晴氏の盃を満たす。

――此奴《こやつ》らと組んだのは、間違いではなかったか。

不安になってきた晴氏は、少し口を付けただけで盃を置いた。

「公方様、いかがなされましたか。お体でもお悪いのですか」

「多少、気鬱がしてな」

「それならば酒が効きます。唐国《からくに》には『酒は百薬の長』という言葉があるくらいです」

憲政が高笑いすると、朝定がそれに追随する。

「酒だけではありません。われら武人にとって病を吹き飛ばす最上の妙薬は勝ち戦です」

「扇谷殿は、実にうまいことを言う」

今度は朝定の言葉に憲政が同意し、二人は呵々大笑《かかたいしょう》している。

――此奴らに任せておいて、本当に大丈夫なのか。

晴氏の胸内に広がった黒雲は、次第に大きくなっていった。

夜も更《ふ》けた頃、二人は足元をふらつかせながら、それぞれの陣所に帰っていった。それを見送った後、仮御所としている寺の宿坊に戻ると、寿泉庵が待っていた。

「まだ起きておったのか」

すでに時は、子《ね》の刻（午前零時頃）を過ぎている。

「はい。公方様のお体を案じておりました」

「すまぬな。わしの体を気遣ってくれるのは、そなただけだ」

「わたくしはお付きの医家ゆえ、当然のことです」

「そうだな」

「早速、脈を取らせていただきます」

布団の上に胡坐《あぐら》をかいた晴氏が腕を差し出すと、脈を取りながら、寿泉庵は難しい顔をした。

「よくないか」

「はい。脈が弱く、動きも一定していません」

「さもありなん」

「と、仰せになられますと」

「かの者らと手を組んで、果たして勝てるのか心配になってきたのだ」

「ははあ」と言いつつ、寿泉庵が煎じ薬の支度を始めた。

「勝負はどうなるか分からん」

「しかし、この機に氏康を屠《ほふ》らねば、公方様が出張ってきた甲斐はありません」

「それはそうだが、思惑通りに行くかどうか——」

「仰せの通り」

寿泉庵から渡された煎じ薬を飲むと、次第に気分がよくなってきた。

「そなたに勧められ、こうしてここまで出てきたものの、気に病むことが増えるばかりだ」

「それなら勝てばよろしいのです」

「そなたは何も知らぬゆえ気安く言うが、戦に勝つのは容易なことではないぞ」

それは、北条氏に圧迫されてきた晴氏の骨身に染《し》みていることだった。

「公方様は、お迷いでは」

「ああ、迷うておる」

「しかし、お味方は八万余というではありませんか。よもや北条方が、それだけの兵を集められますまい」

「多分な」

薬湯《やくとう》を飲み終わった晴氏は、茶碗を衝重に乗せると布団に身を横たえた。高揚感の後に訪れる心地よい懈怠感《けだいかん》が全身を包む。

「何もかもお忘れになり、お休み下さい」

「ああ、そうする」

睡魔はすぐにやってきた。不安を振り払うように、晴氏は深い眠りに落ちていった。

五

「おお、こんなに取れたか」

その百姓が持ってきた大笊《おおざる》の中には、様々な薬草が盛られていた。

「これはよかった。それでは分けるので手伝ってくれ」

百姓を後に従えた寿泉庵は、薬草の臨時保管庫とした小屋に入った。

「ここまで来るのは、たいへんだったろう」

「さほどのこともありません。上杉方の関は〝たが〟が緩んでいるのか、百姓姿をしていれば、さして調べもせずに通してくれます」

その百姓は手拭《てぬぐ》いを取ると、それで顔を拭った。

「それよりも兄者《あにじゃ》――」

百姓の姿に身をやつしていたのは、大藤佐七郎秀信《だいとうさしちろうひでのぶ》だった。

「公方様の書状が義元に届き、義元が和睦を了承しました」

「それはよかった」

寿泉庵こと、大藤三郎景長《かげなが》が大きなため息をつく。

「随分と高くつきましたが」

「義元は、われらの足元を見てきたか」

「はい。北条方が占拠した富士川以東の駿河の地と長久保城を明け渡せ、と言ってきました」

「義元め」

景長が舌打ちする。

「背に腹は代えられません」

秀信がため息をつく。

「それなりの代償を払ったのだ。こちらの方で取り返さねばならぬ」

「その通りです」

「で、御屋形様《おやかた》はいつ頃、こちらに着く」

御屋形様とは、北条氏三代当主の氏康のことだ。

「十月二十二日に義元と調印を行い、十一月六日に長久保城から兵を退去させましたが、この冬場は兵を出せません」

「なぜだ」

「いかに和睦したとはいえ、義元の動きは定かでなく、また甲斐の武田晴信への備えも厳にしておかねばなりませんからな」

「では、どうする」

「何のかのと言い募り、城を攻撃させぬようにしてほしいと、御屋形様は仰せです」

「致し方あるまい。何とかやってみよう」

「お願いします」

「それで、父上の様子はどうだ」

父上とは、金谷斎《きんこくさい》信基《のぶもと》のことだ。

「ご心配には及びません。いまだ矍鑠《かくしゃく》としており、兄者のことを案じておりました」

応仁元年（一四六七）生まれの信基は、七十九歳という高齢になっている。

「わが室はどうだ」

を知らない。

景長は古河に一年半ほど前から「入込《いれこみ》」しているため、本領の相模国田原郷の様子

景長と秀信の兄弟は、父の信基が会得《えとく》した「『孟徳新書《もうとくしんしょ》』流入込術」を幼少の頃から叩き込まれていた。

「こうして父上の仕事を継いではみたものの、父上のようにはうまくできん」

「そんなことはありません。兄者なら、どのような難題をもやり遂げられます」

「なぜ、そう思う」

「父上がそう仰せでした」

二人は声を合わせて笑った。

その後、景長は公方府や河越陣の様子を詳しく秀信に伝えた。

「それでは、そろそろご無礼仕る」

一通りの話が終わり、秀信は戻るという。

「ああ、そうだ。次は、フジの茎《くき》を多めに頼む」

「公方様の煎じ薬の中に混ぜる分ですね」

「まあな」

「お元気です」

景長がにやりとした。

「しかと承りました」

フジの茎を乾燥させて煎じると興奮効果がある。芥子《けし》ほどの強い中毒性はないが、それを常用していると、体が自然と求めるようになる。

「それでは、くれぐれもお気を付け下さい」

「そなたも道中、気を付けるのだぞ」

「分かっております」

秀信は、百姓のように腰をかがめて小屋から出ていった。

――またしても厄介事を押し付けられたな。

この難題の解決策を考えつつ、景長は薬草の分類を始めた。


十一月二十四日、河越城の東方にある晴氏の陣所に、山内上杉憲政、扇谷上杉朝定、太田資正らが集まり、軍議が開かれた。

「敵は身動きが取れません。ここは一気に攻め寄せ、河越城を落とすべし！」

かつての持ち城を一刻も早く取り戻したい朝定が息巻く。

「扇谷殿の申す通り。いかに今川と和睦したとはいえ、氏康めは今川と武田が怖くて小田原を動けないようです。それならば河越の城を一気に屠りましょうぞ」

憲政も朝定と同意見だ。

——此奴らの言うことにも一理ある。このままの態勢で氏康をおびき出そうと思っていたが、彼奴《きやつ》は臆病風《おくびょうかぜ》に吹かれたのか小田原に籠《こ》もったきりだ。出てこぬなら河越城を落として引き揚げる方がよい。

「公方様、お二人が仰せになる通り、ここは城攻めを行うべきかと」

簗田高助が脅すように言う。

「そうだな。そうするか」

その時、背後で咳払《せきばら》いが聞こえた。

「すまぬが薬湯を飲む時間なので、しばし待ってくれ」

「薬湯と仰せか」

憲政と朝定が顔を見合わせる。

「ああ、すぐに済む」

「仕方ありません。それでは小半刻ばかり休みといたしましょう」

高助が首を左右に振りつつ、小休止を宣した。

晴氏は宿坊に入ると、寿泉庵を呼び寄せた。

「何だ。もう彼奴らは止められぬぞ」

「それは分かっておりますが、何もここまで詰めておいて、城攻めに掛かるのは愚策ではないかと思いまして」

「どうしてだ」

「城攻めは、城方もさることながら寄手にも多大な損害を強います」

「何が言いたい」

「ここで痛手を負っては、後々まで響きます」

「城攻めの主力は両上杉だ。われらは後詰《ごづめ》に回されるだろう」

「果たしてそうでしょうか。共に攻めることになるのでは」

そう言われれば、自信がない。

「しかも、われらは東方から城に攻め上る形になります。河越の城は東側が台地の突端となっており、極めて攻め難い地形。となれば多大な犠牲を払うのは、われらになります」

——いかにもその通りだ。

憲政のいる柏原も朝定のいる上戸も、河越城のある台地に接近するのに、それほどの苦労は要らない。ところが、晴氏のいる場所から攻撃を仕掛けるのは容易でない。

「では、どうせいと言うのだ」

「こうした場合の常套《じょうとう》手段はひとつ。兵糧《ひょうろう》攻めです」

「今更、兵糧攻めだと」

「はい。おそらく城内の兵糧は尽き始めておるはず。敵は食べ物が尽きれば、打って出るしかなくなります。そこを叩けば、城を攻めるよりも、はるかに少ない損害で敵を屠れます」

「うーむ」

「しかも河越城が兵糧攻めされているにもかかわらず、氏康が後詰に来なければ、氏康は関東中の笑い者になります。さすれば初代早雲庵以来の北条の信望は失墜し、もう誰も北条に味方いたしません」

「そういうことか」

「万が一、氏康が出てくれれば、当初の予定通り、その素っ首を叩き落とせばよいだけのこと」

寿泉庵の話は、軍略に通じているとしか思えないほど理路整然としている。

「そなたは、やけに軍略に詳しいな。どこかで学んでいたのか」

「わたくしは心気を専らとする医家ですが、公方様のお体を案じるあまり、いろいろと知恵がわき出てくるのです」

「そいつはすまぬな」

「それよりも、公方様が断固たる姿勢で、この策を説けば、必ずや両上杉は納得するはず」

――やってみるか。

考えてみれば、何の得があるか分からない城攻めに参加し、痛手を負えば、晴氏自身の信望が失墜してしまう。氏康が出てこなければ、古河からやってきた意味はないのだ。それなら、戦わずして敵を屈服させるに越したことはない。

寿泉庵の煎じた薬湯を喫した後、軍議の席に戻った晴氏は、寿泉庵から授けられた策を断固たる態度で語った。その迫力に気圧《けお》された両上杉は、さしたる反論もできなかった。

しかも太田資正まで、「城を攻めあぐみ、兵が疲弊したところに、氏康率いる北条主力が現れれば、危ういことになりますぞ」と言って強硬策に異を唱えたため、方針は兵糧攻めと決まった。

六

年が明けて天文十五年（一五四六）になった。

河越城に至る経路は連合軍が完全に封鎖し、兵糧は一切、城内に運び込まれていない。しかし、河越城内は静まり返ったままで、こうした場合によくある夜間の苅《か》り働きや略奪も行われない。どうやら河越城内には、予想を超えた量の兵糧が蓄えられているらしい。

逆に連合軍の方こそ、兵糧が枯渇《こかつ》し始めていた。やはり八万もの大軍を食わせていくのは容易ではないのだ。

河越周辺では、連合軍の兵による略奪や押し買いが横行していた。蔵に貯蔵していた端境期《はざかいき》向けの糧秣《りょうまつ》を根こそぎ奪われた領民たちは、耕作地を放棄して流民《るみん》と化し、北条領へと逃げていった。

参陣してきた国衆の中には、長陣に疲れ果て、勝手に陣払いしてしまう者も出始め、連合軍将兵の士気は急速に落ちてきていた。

いつまで待っても氏康が来る気配はなく、このままでは、連合軍の方が先に自然崩壊してしまうかもしれない。かといって、兵糧攻めと決めたからには動きようがなく、連合軍は漫然と城を包囲し、兵糧の尽きた城方が降伏してくるのを待つような雰囲気になってきた。

三月、桜も咲いたので軍議と称して花見の宴を張った連合軍諸将は、明日にも河越城の兵糧が尽きるという希望的観測の下に、兵糧攻めの継続を確認し合っただけに終わった。

晴氏が陣所に戻ると、いつものように寿泉庵が待っていた。

「お疲れのようですな」

「ああ、馬鹿どもの相手をするのは本当に疲れる」

晴氏は、すでに敷かれている布団に横たわった。体が鉛のように重い。

——わしも、もうすぐ四十だからな。

城を囲むだけで何もしていないとはいえ、長陣は晴氏の体にも負担を強いていた。

「お疲れのところ申し訳ありませんが、腕をお出し下さい」

「ああ」と言いつつ青白い腕を出すと、脈を取る寿泉庵の顔が曇ってきた。

「よくないか」

「はい。正月の時分は随分とよくなったように感じられたのですが、ここに来て、また悪くなってきております」

「それもこれも、上杉の馬鹿どものおかげよ」

しかし兵糧攻めを勧めたのは晴氏であり、それを思えば、そんなことを言えた義理はない。

――寿泉庵の言に従い兵糧攻めをしてみたが、いっこうに効果はない。城内にどの程度の兵糧が蓄えられているか分からないからこうなるのだ。もしや此奴は、それを知って兵糧攻めをさせたのではないか。

ここのところ、ずっと頭の隅にあった疑問が頭をもたげ始めた。

――もしや寿泉庵は間者か。

それを疑うと、そう見えてくるから不思議だ。

「ときに寿泉庵、京はいかなところか」

「はい。春には桜が咲き乱れ、秋には街路に紅葉の地敷《じしき》が広がり、実に美しき都にございます」

「そなたは小笠原家に出入りしていたというが――」

晴氏は様々な角度から京都や小笠原家について問うてみたが、寿泉庵は穏やかな笑みを浮かべて澱《よど》みなく答える。何か知らないことがあっても「それは知りません」と言い、とくに慌《あわ》てる様子も、話を変えようとすることもない。しかもその語り口は、いかにも懐《なつ》かしげだった。

——やはり間者ではないな。

寿泉庵は、いつものような〝したり顔〟で薬湯の支度を始めている。

「早くせい」

身を起こした晴氏は、つい催促していた。

寿泉庵の手元を見ていると、早く薬湯が飲みたくなる。どのような草も苦いだけでうまくないのだが、なぜか、すぐに胃の腑《ふ》に収めたくなるのだ。それは薬湯を飲みたいというよりも、薬湯を飲んだ後の高揚感と、その後に訪れる安堵《あんど》感《かん》に浸りたいからだと、晴氏も気づき始めていた。

「そなたの薬湯には、習慣になるようなものが入っておるのか」

「いいえ。これらは、どこの山野でも採れる野草ばかりです。唐国伝来の薬草書に従い、公方様のご様子を見て、それらを調合しておるだけです」

「そうか。分かったから早くせい」

寿泉庵が湯を注ぐと、乾燥させた薬草独特の飼葉《かいば》のような匂《にお》いが、部屋に満ちた。

「どうぞ」

寿泉庵の差し出す茶碗を受け取った晴氏は、「あちち」と言いながらも瞬《また》く間に飲み干した。

胃の腑から心地よい感覚が立ち上る。全身に血がめぐり、英気が満ちてきた。

「どうやら氏康めが、ようやく重い腰を上げようとしておるようだ」

「ほほう」

無性に何か話したくなった晴氏は、この日に憲政から聞いた話をした。しかし寿泉庵は、関心がないようなそぶりで受け流している。

「憲政の放った草の者が、小田原に近隣の兵が集まっているのを見たという」

「はあ」

「憲政は、『やはり氏康が来る前に河越の城を落とし、岩付辺りまで進出し、氏康を迎え撃つのが上策』などと申しておるが——」

「愚策ですな」

「なぜだ」

「河越の城を落としてしまえば、氏康は来ません」

寿泉庵の口調には断固たるものがある。

「やはり、そう思うか」

「われらは、ここまで待ったのですぞ。いましばらくの辛抱ではありませんか」

「とは申してもな」

すでに晴氏は戦陣に飽き、古河に帰りたくなっていた。

「公方様、戦は辛抱ですぞ。辛抱の先に光明が見えてきます」

「そういうものか」

「そういうものです」

次第に心地よい気分が満ちてきた。晴氏は、もうどうでもよくなってきた。

「公方様、次の軍議で、兵糧攻めの継続を訴えるのですぞ」

「ああ、分かっておる」

「そろそろお休みになられますか」

「うむ、そうする」

すでに晴氏は夢境に半ば足を入れていた。


こうした日々が永遠に続くかと思われた四月十九日、氏康率いる北条勢が、河越城の南三里余にある砂窪《すなくぼ》付近まで迫っているという一報が届いた。

これを聞いた連合軍は、蜂《はち》の巣をつついたような騒ぎになった。しかし次々と放った斥候《せっこう》が、北条勢は八千ほどでしかないと報告してきたので、すぐに落ち着きを取り戻した。

翌二十日早朝、諏訪右馬亮と菅谷隠岐守の二人が、再び晴氏の陣にやってきた。

この時も、簗田高助をはじめとした公方奉公衆が周辺の守備に就いているため、晴氏が単独で会うことになった。

「今更、何用か」

あえて居丈高に問う晴氏に対し、右馬亮は、氏康が「和睦の仲介の労を取ってほしいと言っています」と告げた。

「また、和睦の仲介か」

「はい。もしも城兵を解放していただけるなら、河越の城を明け渡し、河越領三十三郷からすべての兵を引くと、わが主は申しております」

「それで、わしに何の得があるというのか」

「もちろん、それが成ったあかつきには、北条方が押さえる足立郡南東部十七郷を公方様に献上いたします」

「何だ、そんなものか」

「はっ、今、何と――」

「いや、何でもない。しばし待て」

使者を寺の庭に待たせた晴氏は、本堂に入ると寿泉庵を呼んだ。

「聞いた通りだ。いかがいたす」

「かような詫《わ》び言《ごと》、聞いてはなりません」

案に相違して、寿泉庵は和睦の仲介に反対した。

「なぜだ」

「ようやく氏康が来たのです。かの者の首を落とす千載一遇の好機ではありませんか」

寿泉庵が声を潜める。

――やはり此奴は間者ではないな。

北条方の息のかかった者ならば、氏康の申し出をのむよう勧めてくるはずだ。

実はこちらに来てから、手の者にそれとなく寿泉庵の様子を探らせていたが、怪しいところは一切なかった。

「では、氏康の申し出を断れと申すのだな」

「はい。河越の城には、氏康の敬愛する幻庵老や幼い頃から共に育った綱成が籠もっております。氏康はかの者らを見捨てることはできません。必ずや先に仕掛けてくるはずです。それを周囲から取り囲んで攻め立てれば、破るのは容易では」

「それもそうだな」

「公方様、ここが切所《せっしょ》ですぞ」

――この者の申す通りやもしれぬ。

寿泉庵の言うことには、常に寸分の隙《すき》もない。

「よし、断わろう」

「よくぞ仰せになられました。これで公方様は再び東国の頂点に君臨し、その名を青《せい》史《し》に刻むことになります」

「それほどでもあるまい」

自然と笑いが込み上げてくる。

――わしの名が青史に刻まれるのか。

関東公方府中興の祖として、晴氏の名は青史に燦然《さんぜん》と輝くのだ。

勇んで立ち上がった晴氏は、近習に寺の観音扉を開かせ、使者の前に姿を現した。

「氏康願いの筋、全くもって言語道断。事ここに至れば、弓矢の沙汰《さた》で決着をつけるほかに道はなし！」

「公方様、本当にそれでよろしいのですか」

一瞬、唖然《あぜん》とした後、右馬亮は続けた。

「これにて当家と公方様は、全くの手切れということになりますが」

「当然のことだ」

「それでは当方が勝ちを収めた時、公方府の仕置は一切、任せていただきますが、それでもよろしいですな」

この時代の仕置とは、領国統治政策や後継ぎの決定などの政務全般を指す。すなわち氏康か北条一族の誰かが、公方府の家宰的立場に就くと宣言したのだ。家宰の下には多くの奉行が配されるが、それらも北条方から派遣される。

「それは氏康の言か」

「申すまでもなきこと。わが主は『最後に公方様に確かめておきたい』と申し、それがしを派遣しました」

晴氏の心に不安が生じた。たとえ口約束とはいえ、氏康が勝てば、晴氏は自領の仕置も含めたすべての権限を取り上げられ、ただのお飾りとされる。それならましな方で、隠退を勧められても、嫌とは言えない立場に追い込まれる。

その時、咳払いが聞こえたので、ふと視線を寿泉庵に向けると、寿泉庵は首を左右に振っている。

「ちこう」

「はっ」と言いつつ、寿泉庵が膝行《しっこう》してきた。

「どうする」

「お断りなされよ。公方様は、氏康の十倍の兵を擁する上杉方に属しておるのですぞ。負けるはずがありません」

「それもそうだな」

兵力差を指摘されると、いつも安堵感が込み上げてくる。

――いくら馬鹿どもに指揮されているとはいえ、二倍や三倍ではなく、十倍の兵力があるのだ。負けることはあるまい。

「よし」と言うや、晴氏は本堂の前から怒鳴った。

「わしが激怒し、『言語道断もってのほか』と言っていたと、氏康に伝えよ」

「はっ、分かりました」

すでに覚悟していたのか、意外にあっさりと右馬亮らは去っていった。

七

それから半刻ほどすると、憲政の使者が簗田高助に伴われてやってきた。高助によると、山内上杉勢が氏康のいる砂窪と河越城の間に兵を出し、氏康の行く手を遮るようにしたので、公方勢も近くまで移動してきてほしいという。

――かつては、「ここにでんと腰を据えていただくだけで十分」などとほざいておったくせに、今になって出張ってきてくれというのか。

憲政が万全を期したいのは分かるが、考えもなく泥湿地の真ん中に出ていくことにでもなれば、勝っても負けても相応の痛手をこうむる。

使者が居丈高に告げる。

「これにより敵味方の間は、一里の内となりました。何がきっかけで戦端が開かれるか分かりません。わが主が申すには、ここで公方様にご出馬いただき、お味方衆の士気を高めていただきたいとのこと」

「兵を出すのはよいが、わしは行かぬぞ」

「ぜひとも公方様に、ご出馬願いたいとのこと」

「わしが、そこまで出張ることもあるまい」

高助が焦《じ》れるように口添えする。

「公方様は、この地に合戦をしに来られたのではありませんか」

「それは分かっておる。だがな――」

「これは青史に残る一大決戦となります。この戦いの帰趨《きすう》により、おそらく向後、百年にわたり、東国の覇権が確立するのですぞ！」

高助が声を荒げると、使者が諭すように言う。

「わが主も扇谷殿も、また太田殿も軌を一にして兵を進めております。これで公方様にご出馬いただければ、北条のかき集めた国人土豪の中には、裏切る者やひれ伏す者も出てきましょう。それだけ公方様のご威光は、この東国で輝いております」

――そういうものかな。

晴氏も徐々にその気になってきた。

「しばし待て」

二人にそう申し渡し、寿泉庵に目配せした晴氏は本堂内に入った。

「高助らは、あのように申しておるが、どう思う」

「それは公方様のお考え次第」

ここに至り、寿泉庵は突き放してきた。

「では、出張ってみるか」

「その前に、どのような得と損があるかを考えてみましょう」

寿泉庵は冷静な口調で語った。

このような沼沢地で前線に出張ることは、勝ち戦となっても戦場が混乱した場合、退却が困難となって不慮の事態も考えられること。また、公方勢が死にもの狂いで戦ったところで得るものは少なく、味方で功を挙げた者には、公方府の蔵から褒美《ほうび》を出さねばならないことなどを並べ立てた。

「それでは損ばかりではないか。得はあるのか」

「あまりあるようには思えません」

「氏康の首をわが手の者が取れば、たいへんな武功ではないか」

「何を仰せか。公方様は武家の上に君臨するお方ですぞ。そうした功を挙げようなどとすれば、国人土豪と同列に落ちます。つまり褒美をやる立場から、褒美をもらう立場になるのですぞ。ましてや憲政あたりから、『足立郡の何郷かを差し上げましょう』などと言われては、公方様の面目は丸つぶれではありませんか」

「それも一理ある」

確かに、関東管領から関東公方が褒美をもらうなどという話は聞いたことがない。そんなことをすれば、著しく公方府の威権を貶《おとし》めることになる。

「では、ここから動かぬ方がよいな」

「はい。ただ何もなさぬわけにもいきませんから、簗田殿を先手とし、少々の兵を付けて派遣するのがいいでしょう」

「そうだな」

晴氏は元来、よく言えば折衷《せっちゅう》案、悪く言えば妥協案を好む。

「ひとまず、そうするか」

使者に「後で駆け付ける」と告げると、使者は弾むように帰っていった。

一方の高助には、手勢を率いて先手として砂窪に向かうよう命じた。

高助は疑い深そうな顔で、「ゆめゆめ、お言葉を違《たが》えませぬよう」と言い残し、二千余の手勢を率いて出陣していった。

——これでよい。

あらゆることが、うまく回り始めた気がする。

「寿泉庵、気持ちを引き締めるためにも、いつもの薬を少し多めにくれ」

「よろしいので」

「構わぬ」

このままいけば、晴氏が出馬せずとも氏康は首になる。

寿泉庵からもらった薬湯は少しぬるかったので、一気に飲み干した。

「もう一杯」

茶碗を差し出すと、苦笑しながら寿泉庵はもう一杯作った。

「寿泉庵、気分がいいぞ。今なら何でもできる気がする」

しばらくとりとめのないことを話していると、うとうとしてきた。ちょうど日も沈んできており、これで今日一日は何事もなく終わるに違いない。

脇息《きょうそく》に寄りかかり、一休みしていると、先ほどの使者が息せき切って戻ってきた。

その姿は一変し、甲冑《かっちゅう》は着崩れ、袖《そで》には複数の折れ矢が突き刺さっている。

「何だ、もう終わったか」

「いや、たいへんなことになりました。お味方が大苦戦しております。わが主は、公方様にすぐにご出馬いただきたいとのこと！」

「何だと」

晴氏は絶句した。上杉方は、負けるはずのない戦に負けようとしているのだ。

「どうする」

左右に問うたが、侍《はべ》っているのは小姓や近習ばかりで、相談相手になるような者はいない。諸将は簗田高助と一緒に砂窪に行ったか、渋江徳陰斎らと共に周辺の防備を固めているのだ。

晴氏が寿泉庵に目を止めた。

「寿泉庵、致し方ない。残る兵を率いて出陣するぞ」

「お待ち下さい」

「味方が苦戦しておるのだ。何を待つ」

「苦戦と申しても、実際は、どれだけ苦戦しているか分かりません」

寿泉庵がしたり顔で続ける。

「たとえ苦戦していても、少しくらい両上杉を苦しませた方がよいでしょう。さすれば彼奴らも、向後、公方様に頭が上がらなくなります」

「とは申しても、負けたらどうする」

「兵力面から負けるはずがありません」

「それもそうだな」

「現にそれだけ苦戦しておるのなら、簗田殿の使者が来てしかるべきではありませんか。公方府家宰の簗田殿が先手に出ている限り、その意向を確かめずして、兵を動かすことは避けるべきかと」

確かに寿泉庵の言う通りだった。今は味方とはいえ、永享《えいきょう》の乱から享徳《きょうとく》の乱まで、公方府と長らく戦ってきた上杉方の使者の言うままに兵を動かしていては、公方の威権などあったものではない。しかも危急の折は、家宰の高助の判断を聞いてから動くのが常道でもある。

「のこのこ戦場に出ていけば、お味方が大勝利を収めていても、公方様の身がどうなるかは分かりません」

「どういうことだ」

「狡猾《こうかつ》な憲政のことです。『北条の後詰が来たと思った』などと言い、公方様に攻め掛かってくるやもしれませんぞ。此度の後詰要請も、もしかすると罠《わな》かと――」

「わ、わしが憲政に討たれるというのか」

「あくまで万が一の話ですが、戦国の世に油断は禁物。憲政に身のほど知らぬ野心があれば、どさくさに紛れて公方様を討とうとするでしょう」

「それは困る」

実際は「困る」どころではないのだが、晴氏には別の言葉が浮かばない。

「それゆえ、まずは簗田殿に使者を出し、意向を確かめるべし」

「分かった」

使者の前に姿を現した晴氏が、「まずは高助の判断を待つ」と言ったところ、使者の顔面は蒼白《そうはく》となり、何とか後詰してほしいと哀訴してきた。

「ま、まかりならん」

もはや晴氏には、それ以外の言葉などなかった。

そこに、急を聞いた渋江徳陰斎が駆けつけてきた。

「公方様、何をしておられる。お味方が危ういと聞きましたぞ！」

「分かっておるが、高助の使者を待っておるのだ」

「何と悠長なことを」

「渋江殿」

背後から寿泉庵の声がした。

「いずれにせよ正説（正確な情報）を待つのが、こうした場合の常道では」

「この狐《きつね》め。公方様をたぶらかしおって！」

徳陰斎が太刀を抜き放ち、本堂まで駆け上がろうとしたので、晴氏は「誰ぞ出合え！」と叫んで逃げようとした。

徳陰斎が瞬く間に小姓や近習に取り押さえられる。

「公方様、その者は敵の間者ですぞ！」

押さえ付けられながらも、徳陰斎が喚《わめ》く。

「そんなはずはない」

背後にいる寿泉庵の方を振り向くと、寿泉庵は憤怒《ふんぬ》の形相で言った。

「物の理を語る者を、間者などと罵《ののし》るは無礼千万！」

本堂の屋根に穴が開くかと思われるほどの怒声が響きわたる。

「しかも公方様自ら出張ってしまえば、万が一、当方が敗れた際、氏康に言い訳ができなくなるではありませんか。渋江殿は、公方様が隠居幽閉されても構わないと仰せか！」

「えっ、幽閉だと！」

晴氏の肝が縮み上がる。

「寿泉庵」

ようやく徳陰斎が落ち着きを取り戻した。

「いかにも、そなたの言う通りだ。事ここに至れば、公方様は、この戦にかかわらぬ方がよいかもしれぬ」

「お分かりいただければ、それで結構」

その時、にわかに戦場の喧騒《けんそう》が近づいてきた。馬のいななきや人の喊声《かんせい》が、はっきりと聞こえてくる。

「どうしたのだ。どうなっておる」

晴氏は心底、恐ろしくなってきた。

そこに高助が走り込んできた。

「公方様、無念！」

「まさか――、負けたのか」

「はい。お味方は総崩れいたしました！」

「どうしてだ。われらは八万の大軍ぞ。負けるはずがあるまい」

「その話は後です。まずは、ここから退《しりぞ》くしかありません」

「すぐに退《の》き陣に移りましょう」

徳陰斎も腰が引け始めている。

「どうにもならぬのか。挽回《ばんかい》は無理なのか」

「山内上杉勢は総崩れ。その余波で扇谷上杉勢も逃げ散りました」

「太田勢はどうした」

「太田勢は、戦わずに岩付城に引き揚げていきました」

「何だと、まさか太田は――」

「はっきりしたことは分かりませんが、どうやら逆心を抱いていたようです。つまり早々に退き戦に転じねば、古河への退路がふさがれます」

古河への退路には、太田氏の居城の岩付城がある。

「何と言うことだ」

晴氏は愕然として天を仰いだ。この瞬間、東国に君臨した関東公方も関東管領も、すべての室町体制が瓦解《がかい》したのだ。

「公方様」

寿泉庵が膝を進めた。

「かくなる上は、わたくしが公方様の影武者となってここにとどまります。いつか正体はばれるでしょうが、少しでも時を稼げれば、敵の追撃も鈍ります」

「やってくれるか」

晴氏は、寿泉庵の忠節に涙が出そうになった。

「申すまでもなきこと」と言いながら、寿泉庵は懐《ふところ》から分厚い書付を取り出した。

「これには、わたくしの学んできた薬草調合法のすべてが書かれております。もちろん公方様の薬の調合もあります。これをわが形見として――」

寿泉庵が涙を堪《こら》え切れず、突っ伏した。

「寿泉庵、そなたの忠節は忘れぬぞ」

「公方様のお側近く仕えられ、これほどの果報はありませんでした。しかも公方様の身代わりとして死ねるとは、本望以外の何物でもありません」

その間も戦場の喧騒は迫ってきていた。

「ささ、お早く」

徳陰斎に促され、晴氏は豪奢《ごうしゃ》な甲冑を脱ぐと雑兵の甲冑に着替えさせられた。

一方、寿泉庵は晴氏の甲冑を着て、床几《しょうぎ》に腰掛けた。

「後は頼んだぞ」

「公方様、いつまでもお達者で」

徳陰斎に背を押されるようにして、晴氏は陣所を後にした。殿軍《でんぐん》に簗田勢が付く。

右往左往していた兵も瞬く間にいなくなり、寺は奇妙な沈黙に包まれた。

——さてと、そろそろ消える頃合いだな。

晴氏の甲冑を脱ぎ捨てた寿泉庵、すなわち大藤景長は、闇《やみ》の中に溶けるように姿を消した。

世に名高い河越合戦は、北条方の圧勝に終わった。

北条方の挙げた首は三千余に及び、首実検ができないほどだったという。足利晴氏と山内上杉憲政は、かろうじて本拠まで逃げ戻ったが、扇谷上杉朝定は討ち死にし、扇谷上杉氏は滅亡した。

四季を通じて暖かい小田原にも冬は来る。箱根の山々にも薄衣《うすぎぬ》のような初雪が降り、小田原にも、寒気を含んだ北風が吹くようになっていた。

小田原に戻っていた景長は一月末、秀信と共に氏康に拝謁《はいえつ》する機会を得た。

「河越では大儀であったな」

「ははっ」

対面の間に颯爽《さっそう》と現れた氏康の言葉に、二人が平伏する。

「その後、金谷斎はどうしている」

氏康の問いに秀信が答える。

「お陰様で達者にしております」

「そうか。それはよかった」

「此度のことは伝えたのか」

「はい。耳が遠くなったので苦労しましたが」

景長の答えに氏康が笑う。

「金谷斎の働きは父上（氏綱）からよく聞かされた。そなたらも金谷斎の教えをよく守り、此度は見事な働きであった」

「ありがたきお言葉」

「それにしても、公方様を担《かつ》ぎ出しておいて戦わせないという至難の業を、よくぞやりおおせたな」

「さようなお方は、人にだまされたことがないので、人を疑いません」

景長の言に、三人が声を合わせて笑う。

「古河に潜入し、信用を得るまでも見事だったが、河越の陣に入ってから、よくぞあれだけうまく公方様を操ったものよ」

「わたくし、いや、それがしも、これほどうまくゆくとは思いませんでした」

「であろうな」と笑うと、氏康が続けた。

「それにしても諏訪らを使者で遣わし、最後の確認を取った時は、よくぞわしの意図を察したな」

「はい。あの状況下で、御屋形様が和睦の仲介を望むなどとは思いもよらぬこと。それゆえ、当初の打ち合わせ通り、公方様に断わらせました」

「よくぞわしの意図を見抜いた」

氏康は小姓に合図し、脇差《わきざし》を二本持ってこさせると、それらを二人に下賜《かし》した。

「お礼の申し上げようもありません」

「もちろん褒美はこれだけではない。そなたには新知《しんち》として武蔵国河越領内に二百貫文、弟の秀信には同じく百貫文相当の所領を与える」

「ありがとうございます」

しばらく談笑した後、氏康が座を立った。その時、ふと足を止めた氏康は、広縁まで出ると末枯《うらが》れの庭を眺めた。

ちょうど庭では、お庭番の老人が落葉を掃いていた。氏康が見ているのに気づくと、老人は下がろうとしたが、氏康は「構わぬ」と言って仕事を続けさせた。

「落葉は、あのようにひとつところに集めてから火をつけるものだ」

氏康が独り言のように言う。

二人は何のことだか分からず、顔を見合わせた。

「地に落ちた葉は、もう用をなさない。用をなさぬものは、ひとつところに集めて焼いてしまえばよい」

ようやく氏康の言わんとしていることを理解した景長と秀信は、笑みを浮かべて平伏した。

対面の間を辞した二人は、城下に通じる石段を歩いていた。

「兄者、フジの茎のことは、公方様に渡した書付に記しておいたのですか」

「いや、わしはそこまで悪人ではない」

「となると、公方様は——」

「さぞや、わしを探しておることだろうな」

二人の笑いが、北風に運ばれて相模湾の方に流れていった。

この戦いの後、氏康の晴氏に対する圧力は徐々に強まり、天文二十一年（一五五二）十二月、晴氏は梅千代王丸に家督を譲って退隠せざるを得なくなる。

同年に、山内上杉憲政も本拠の上野国を捨てて越後《えちご》国に退去したため、関東公方と関東管領による東国支配体制は終焉《しゅうえん》を告げ、関東は北条氏を軸にした新たな政治体制へと移行していく。

同二十三年（一五五四）、思い余った晴氏は息子の藤氏と共に反旗を翻すが、瞬く間に鎮圧され、小田原近郊に幽閉された末、永禄《えいろく》三年（一五六〇）に病没する。享年は五十三だった。

晴氏は室町幕府の東国支配体制を崩壊させた関東公方として、その名を青史に刻まれることになる。

一《いち》期《ご》の名折れ

一

その一報が入った時、大藤景長《だいとうかげなが》は的場で弓弦《ゆづる》を引き絞っていた。

「申し上げます。松山城包囲陣にいる佐七郎《さしちろう》様より急使が入り、御隠居様（氏康《うじやす》）がお待ちとのこと！」

佐七郎とは景長の弟の秀信《ひでのぶ》のことだ。

「ご隠居様からだと。いかがいたした」

景長は弦を引き絞ったままでいた。若者でも引き絞れないという強弓《こわゆみ》を、景長は平気で引く。これも日頃の鍛錬の賜物《たまもの》だ。

「使者は、房総一件とだけ申しております」

弦の軋《きし》む心地よい音が耳元で聞こえる。同様に筋肉も軋み、矢が放たれる瞬間を今か今かと待っている。

「よし、分かった」

そう言うと同時に指を放した。弓弦から放たれた矢は、風を切り裂いて的の中央に当たった。

だが景長は、矢の行方を見ずに身を翻《ひるがえ》していた。

――房総一件、か。

すでに齢《よわい》六十になる景長には、何のことかおおよその見当はつく。

厩《うまや》から引かれてきた愛馬に乗ると、供の者数騎を従えた景長は、本拠の相模《さがみ》国中郡の田原城を出て、武州松山城を目指した。

永禄五年（一五六二）十一月、今年最初の北風が温暖な相模の国にも吹き始めていた。

この時をさかのぼること約二年前の永禄四年（一五六一）二月、越後《えちご》守護代の長尾景虎《かげとら》（後の上杉謙信）は、越後と北関東で召集した十一万余の軍勢を率いて小田原を目指していた。

三月十一日には小田原城を包囲し、周辺に火を放って北条方を挑発した。

景虎は「室町秩序の回復」を政治目標とし、関東公方《くぼう》や関東管領《かんれい》といった守旧勢力を元の座に戻し、関東を室町幕府最盛期と変わらぬ支配体制に戻そうとしていた。

これに対して小田原北条氏三代当主の氏康は、初代早雲庵宗瑞《そううんあんそうずい》以来の「祿壽應穩《ろくじゅおうおん》」思想を掲げ、民から搾取《さくしゅ》するだけの守旧勢力を駆逐し、上下がこぞって平穏に暮らせる世を築こうとしていた。

「祿壽應穩」とは、「祿（財産）と壽（命）は應《まさ》に穩《おだ》やかなるべし」という意味で、領民すべての禄と寿を、北条氏が守っていくという政治宣言だった。北条氏はこの旗印を掲げ、関東の守旧勢力の搾取から、民を解放することを標榜《ひょうぼう》してきた。

小田原近辺まで攻め寄せた景虎は小田原城を包囲するが、氏康は籠城《ろうじょう》策を選択し、この挑発に乗らなかった。

大軍は、すぐに兵糧《ひょうろう》が尽きてしまうため持久戦に弱い。しかも各地から集まる兵糧を、北条方が途中で奪うことを繰り返したので、補給に窮した景虎は三月二十日、鎌倉へと兵を引いた。

この頃、房総半島では、安房《あわ》の里見《さとみ》義堯《よしたか》・義弘父子《ふし》やその与党の正木一族が、北条方の千葉・原・高城《たかぎ》氏らとの間で、一進一退の攻防を繰り広げていた。

景虎が鎌倉に入ったと聞いた里見方は、江戸湾を押し渡って三崎に上陸し、鎌倉に腰を据えた景虎の許《もと》に伺候《しこう》する。景虎と里見義堯は同心する関東諸侯も交えて軍議を行い、北条氏打倒を申し合わせた。

六月、鎌倉鶴岡八幡宮《つるがおかはちまんぐう》で関東管領就任式を行った景虎改め政虎は、関東公方に任官させた足利藤氏《あしかがふじうじ》、前関東管領の山内上杉憲政《やまのうちのりまさ》、関白の近衛前久《このえさきひさ》を古河《こが》城に入れ、新たな関東の支配体制を樹立した後、越後に帰国した。

この時、里見義尭らは、古河城の三人と手を携えて新たな関東の秩序を守ることを政虎から命じられる。ところが政虎が越後に去るや、北条方に帰参する国人たちが続出した。

永禄五年二月には、憲政と前久の二人は越後へ、藤氏は里見父子を頼って安房へと落ち、事実上、政虎の築いた関東支配体制は瓦解《がかい》した。

これにより里見方の政治目標は、藤氏の古河復帰になる。

同年四月、北条氏康は江戸城の東にある葛西《かさい》城を奪取し、房総計略の足掛かりを得ると、十一月には武田晴信と共同作戦を実施し、武州岩付《いわつき》城主・太田資正《すけまさ》の属城の松山城を囲んだ。これを資正からの書状で知った越後の政虎は、里見義尭と太田資正に松山城まで出陣するよう告げると、自らも越後の兵を率いて関東に入り、三軍合同して松山城に後詰《ごづめ》を掛けようとしていた。

景長が松山の本陣に伺候すると、すでに御隠居様こと氏康が待っていた。

——これは容易ならざることだ。

景長が礼式通りに時候の挨拶《あいさつ》を終えると、氏康が「佐七郎、これへ」と言って、弟の秀信を呼んだ。

秀信は氏康に付き従って松山まで来ている。

「兄上、お久しぶりです」

陣幕をくぐって現れた秀信は、一人の人物を伴っていた。

「これは——、帯刀《たてわき》ではないか。いったいどうしたというのだ」

秀信が伴っていたのは、玉井帯刀という相模国中郡の地侍だった。帯刀は長らく大藤家の同心を務めている。

同心とは特定の重臣の下に付けられる寄子《よりこ》国衆のことだが、より家臣に近い関係にある。

「そなたは、土気《とけ》の酒井殿の許にいたのではないのか」

土気の酒井殿とは、上総《かずさ》国の内陸部にあたる山辺《やまべ》郡南部を所領とする酒井胤治《たねはる》のことだ。上総国には、同族で山辺郡北部を所領とする東金《とうがね》酒井氏がおり、区別するために土気酒井氏と呼ばれていた。

玉井帯刀は、土気酒井氏の指南役として酒井氏の本拠の土気城に常駐していた。

北条氏の場合、国人が傘下《さんか》に入ると、取次と監視を担当する指南役という家臣を派遣する。玉井帯刀の場合、かつては大藤氏の同心だったが、今は土気酒井氏の指南役となっていた。

「帯刀、事情を説明してやれ」

氏康が帯刀に促す。

「実は、それがしは土気酒井氏の許から逃げてきたのです」

帯刀が肩を落とす。

「つまり、土気酒井が寝返ったというのか」

「仰《おお》せの通り」

帯刀によると、里見氏の軍勢が北上を始めたという一報が届いたので、その動きを阻止すべく、土気酒井氏に出陣を促した。ところが突然、捕縛されて土牢《つちろう》に押し込められた。それでも隙《すき》を見て何とか逃げ出し、市川まで出て船で小田原に渡ろうとした。ところが、すでに市川の国府台《こうのだい》城まで里見軍の先触れを担《にな》う正木大膳亮《だいぜんのすけ》・大炊助《おおいのすけ》父子の軍勢六百余が進出していると聞き、とても渡れないと思い、陸路を使って何とか松山城までたどり着いたという。

市川から松山城まで、敵に見つからないよう各所に潜伏しながら、二昼夜かけてきたという。

「それは苦労をかけたな。いずれにせよ、無事でよかった」

「はい。土気酒井の離反を知らせることができ、ほっとしております」

肩の荷が下りたように、帯刀がため息をつく。

これまで北条傘下だった土気酒井氏が敵方に転じたとなれば、力の均衡は一気に崩れ、里見方が優位に立つ。

――里見の北上を許せば、松山にいるわれらは、北から上杉、南東から岩付太田、南から里見らに迫られる。そうなれば、松山城攻撃どころではなくなる。

氏康が怒りに声を震わせた。

「土気酒井は許せぬが、まずは里見勢の北上を阻止せねばならない」

「仰せの通り」

景長と秀信が和す。

「里見勢の先触れは江戸湾沿いの海岸線を制圧し、市川の国府台城まで来ている」

「つまり何らかの手を使い、里見勢を国府台城に足止めせねばならないのですね」

秀信の言に氏康がうなずく。

「そこでだ。これは小金《こがね》の高城父子からの注進だが、里見勢は松山進出にあたって、兵糧を用意してから向かうよう、越後の痴《し》れ者から命じられたらしい」

小金の高城父子とは、市川の北に本拠の小金城を構える高城胤吉《たねよし》・胤辰《たねとき》父子のことで、越後の痴れ者とは上杉政虎のことだ。

「ということは、先触れの正木父子は市川津《いちかわつ》で兵糧を調達せねばならないわけですな」

「うむ。急だったので領内の米を集められなかったのだろう。商人から米を買っているらしい」

「それを利用して足止めを食らわすと――」

「そうだ。米商人にでも化けて時間を稼いでもらいたいのだ」

景長と秀信が笑みを交わす。

「お安い御用で」

「その隙に乗じ、われらは軍勢を国府台城に差し向け、奇襲を掛けて追い散らす」

「それは、よきお考え」

「ただ、痴れ者の動きが気になるので、われらはここを動けない。そこで江戸衆に奇襲を行わせるつもりだ」

この頃、北条氏は松山城包囲陣にいる氏康、小田原にいる氏政《うじまさ》、江戸城にいる遠山綱景《つなかげ》の三方面に主力勢を分けていた。

「分かりました。それでは高城勢に嚮導《きょうどう》役を任せ、それがしが続きます。わが手勢を率いるのは久方ぶりなので、腕が鳴ります」

大藤一族は入込《いれこみ》による諜報《ちょうほう》活動を専《もっぱ》らとするものの、諸足軽衆頭という役割上、実戦に参加することもある。

「では、それがしは米商人に化けることにします」

秀信が阿吽《あうん》の呼吸で、入込役を引き受けた。

「よし、任せたぞ」

氏康の断が下った。

二

江戸湾から太日《ふとひ》川に入り、行徳《ぎょうとく》の干潟《ひがた》を越えると、東から西に伸びる市川砂洲《さす》が見えてくる。その西端に、市川の津、宿、市《いち》がある。

永禄五年の十二月も押し迫った頃、帆に追い風を受けた船は、市川津を目指して太日川を北上していた。帆柱に掲げられた大四半旗には、丸に三ツ星の家紋と「大湊《おおみなと》角屋《かどや》」と大書《たいしょ》されている。「大湊角屋」とは、実際に存在する老舗廻船問屋《しにせかいせんどんや》のことだ。この季節になると、西国で余った米を買い上げ、運んでくる伊勢《いせ》商人は多いが、角屋は名だたる大店《おおだな》で、関東でもよく知られていた。

「子《し》曰《いわ》く、捕らわれると思えば捕らわれ、捕らわれざると思えば捕らわれることなし」

かつて父信基《のぶもと》から、そらんじるまで叩《たた》き込まれた『孟徳新書《もうとくしんしょ》』の一節が口をついて出た。

——米商人になりきるのだ。そなたは伊勢の米商人なのだ。

秀信は己に言い聞かせた。

船団には、米三百石分の四斗俵が積まれている。

この時代の兵は一日、三合の飯を食べているので、一石だと兵三百三十人分の一日の食料が賄《まかな》える。すなわち三百石だと、一日あたり九万九千人分の食料が事足りる。この分量は、総勢一万余の上杉・太田・里見連合軍の約十日分の食料になる。これは米だけを食べるという仮定の計算なので、実際には、それ以上の日数は持たせられる。

やがて市川津が見えてきた。追い風に乗った船団は、滑るように湾内に入っていく。

——ここからは敵地だ。

秀信は気を引き締めた。

船団を桟橋に着けると、早速、正木の手の者らしき武士がやってきた。

「伊勢の商人か」

「へい。伊勢大湊の角屋でございます」

「ということは、船賃積みではなく買取積みだな」

「もちろんです」

この時代の交易方法には、廻船問屋が荷主から頼まれて荷を特定の場所に運ぶ船賃積みと、荷の所有権を有したまま、どこかに運んで売りさばく買取積みの二種類があった。角屋くらいの大店になると、自前の廻船を備え、どこかで戦があると聞いては、そちらに米を運んで高値で売りさばいていた。

「運び込んだ米の買い手はどうなっておる」

「野暮なことは聞きなさんな。こちらで戦があるというから、運んできたんだ」

わざと馴《な》れ馴れしく言うと、武士が血相を変えた。

「その口の利《き》き方は何だ。無礼であろう！」

「無礼も何もあるかい。こっちは米を売りに来ただけだ」

身分制度の確立されていないこの時代、商人は武士に対しても対等に口を利く。

「それは分かっておるが――」

「この米を小田原で売りさばいても、わしらは構わないんだ」

「何だと」

「わしらは商人だ。高く買ってくれるところに運ぶだけだ」

そう言われてしまうと、武士も言い返せない。こんなところで商人と喧嘩《けんか》して臍《へそ》を曲げられ、大切な米を敵方に運ばれてしまっては、里見方にとって大きな痛手となる。

秀信はそうした立場を踏まえ、正体がばれないように強気に出ていた。

「では、値段次第で売ってくれるというのだな」

「へい、もちろんです」

秀信は豹変《ひょうへん》したように下手に出る。このあたりの呼吸はよく心得ている。

家業となった「入込」を教えてくれた父の信基は、かつてこう言っていた。

「交渉事は強く出るだけでは駄目だ。相手の立場を推《お》し量《はか》りながら引くべきところは引く。そうするとなぜか相手は、同じ交渉の座に着いた者として、仲間意識を抱いてくれる」

人間洞察力に優れた父らしい言葉だと、秀信は思った。

「では商人、わが主《あるじ》と直接、談合してもらえぬか」

「主と仰せになられますと」

「正木大炊助様だ」

「市は通さなくてもよろしいんで」

「市に話はつけてある」

——正木らは、市を通す暇もないほど急いでいるのだ。

このことから、里見方の兵糧調達がうまくいっていないのは明らかだった。

その後、武士たちに引っ立てられるようにして、秀信は国府台城に連れていかれた。

——ここが国府台城か。

むろん中核部には入れてもらえないが、城のある台地南端の寺に案内された。

日蓮宗の真間山弘法寺《ままさんぐほうじ》だ。

「ここで待っておれ」

寺内の一室で半刻《はんとき》ばかり待っていると、甲冑《かっちゅう》姿の大兵《だいひょう》の武士が、小姓や配下を引き連れて入ってきた。

「伊勢大湊角屋の手代、松右衛門《まつえもん》に候《そうろう》」

「正木大炊助だ」

大炊助は、傲慢《ごうまん》無礼と思われるほど横柄《おうへい》な態度だった。秀信を商人と見くびっているのか、交渉の駆け引きを知っているかのどちらかだと思われる。

「米はすべて相場で引き取る」

「相場と言いますと、いかほどで」

「一斗百文ではどうか」

――三百石だと四斗俵が七百五十個。一俵四百文としても、相場より少し安く買おうとしておるな。

「それでは運び賃も出ません」

「何だと。そなたとて商人なら、相場ぐらいは知っておろう。わしの言っている値段は法外なものではないはずだ」

「仰せの通りで」

秀信がけろりと言い放ち、笑みを浮かべたまま黙ってしまったので、大炊助は焦《じ》れるように問うた。

「では、いくらなら売る」

「一斗三百文で売ってこい、と主は申しておりました」

「話にならん」

大炊助が鼻で笑う。

「そうですか。それでは残念ですが——」

一礼すると、秀信は退室しようとした。

「おい、待て。待たぬか！」

大炊助が戦場錆《さ》びの利いた声で呼び止める。

「何なら、そなたらをこの場で斬《き》り、荷も船も奪ってもよいのだぞ」

「ははあ、そうなされますか」

秀信は、あらためて平伏すると言った。

「それは了見違いというもの」

「何だと」

「われら商人から荷を奪えばどうなるか、正木様なら、よくご存じのはず」

武士が力に物を言わせて商人から荷を奪えば、その武士は二度と交易ができなくなる。必要な物資も情報も手に入らず、領内の経済も停滞し、自領で穫《と》れた余剰米も、容易には売りさばけない。つまり自給自足せざるを得なくなるのだ。そのため武士が、商人に無法を働くことなどなかった。

「ははは」

大炊助が高笑いする。

「肝の据わった商人だ。気に入った」

大炊助は、そう言って脅したことをごまかそうとした。

「今のは戯《ざ》れ言《ごと》だ。忘れてくれ」

「そうだと思っていました」

秀信は笑みを浮かべて揉《も》み手をした。

「だが、一斗三百文は出せぬな」

「困りましたな」

「こちらも困っているのだ。悪いようにはせぬ。少し考えてくれないか」

「分かりました。番頭たちと談合してみます」

「よし、われらも値積もり（予算調整）をしておく。明日、また来てくれ」

「承知しました」

この日の交渉は、それで終わった。

これから何日も、こうした埒《らち》もない交渉を続けていくのかと思うと、馬鹿馬鹿《ばかばか》しくなってくる。

――だが、それでもやらねばなるまい。

秀信は気持ちを引き締めた。

その後、ずるずると交渉を長引かせた秀信だったが、小田原から「支度が整ったので、一月八日に奇襲を掛ける」という密書が届いた。

これにより七日、秀信は「根負けしました」と言って、米を売ることを承諾する。

米は翌八日に陸揚げし、正木勢の荷駄隊に引き渡すことになった。

交渉が妥結したことで正木方も大いに喜び、秀信の「祝い酒を振る舞わせていただきます」という申し出を受け入れた。秀信は、大量の酒を城やその周辺にいる正木陣に運び込んだので、正木の将兵は酒を浴びるほど飲んだ。

それを確かめた秀信は七日の夜、夜陰に紛れて米と共に逐電《ちくでん》した。

作戦は思惑通りに運んだ。

――後は、兄上らが城に奇襲を掛けるだけだ。

秀信はこの奇襲が九分九厘《りん》、うまくいくと思っていた。

三

永禄六年（一五六三）一月八日未明、葛西城を出た北条勢は、国府台城を目指して兵を進めていた。

北条方の葛西城から国府台城までは一里もなく、指呼の間と言ってもいい。だが、その間には利根川と太日川が横たわり、河川敷も泥湿地で、行軍には困難が伴う。それでも何とか二つの川を渡河した北条軍は、太日川左岸で待っていた高城勢と合流し、国府台城に迫った。

先手には嚮導役を任せた高城勢二百、二の手には景長率いる大藤勢二百、中軍には江戸城代の遠山綱景勢三百と葛西城主の富永康景《やすかげ》勢二百、後備《うしろぞなえ》には北条氏繁《うじしげ》勢二百という行軍順序だった。さらに万が一の負け戦に備え、からめきの瀬（矢切《やぎり》の渡し）を押さえて退《の》き陣を助けるべく、太田康資《やすすけ》勢二百を太日川河畔に残した。

太田康資とは今は亡《な》き道灌の曾孫《そうそん》で、この頃は北条氏に従属していた。同じく道灌の子孫で、岩付城を本拠とする岩付太田氏と区別するため、康資の系統は江戸太田氏と呼ばれている。

南関東とはいえ真冬の風は冷たい。しかも渡河する際に船橋を架けたのだが、川が荒れて飛沫《しぶき》がひどく掛かったので、皆、濡《ぬ》れ鼠《ねずみ》になっていた。

船橋とは、横につなげた船の上に板を渡して作られる急造の橋のことだ。

――体が乾くまで、戦うことはできそうにない。

いまだ夜明けまでには一刻ほどある。何とか衣服を乾かすことはできそうだが、この状態で城に打ち掛かれば、はなはだ動きが鈍くなり、死傷者が多く出るに違いない。

その時、行軍が止まると、前方から馬が一頭、駆けてきた。

「大藤殿！」

先頭を進んでいた高城胤辰が馬を飛ばしてきた。

「どうも様子が変です」

「様子が変――、とはどういうことです」

「お気づきになられたと思いますが、先ほど太日川を渡河した際、からめきの瀬に、敵は物見を置いていませんでした。同じように国府台城近くまで迫っても、敵の気配はありません。逆に、これはおかしいのではないかと思ったのです」

「それは真《まこと》ですか」

「はい。いくら何でもここまで警戒を怠っているのは、おかしいと思います」

「大藤殿」

傍らにいた玉井帯刀が口を挟む。

「佐七郎殿の策が、うまくいったのではありませんか」

「酒か」

交渉が成立したら大量の酒を振る舞うと秀信が言っていたのを、景長は思い出した。

「そうでしたか。それなら、それがしの杞憂《きゆう》かもしれません」

胤辰が安堵《あんど》のため息を漏らす。

「敵は末端の兵まで寝入っているはず。ここでぐずぐずしていては、夜が明けてしまいます」

帯刀が景長を急《せ》かす。

「待て」

それでも景長は空気に違和感を抱いていた。

――静かすぎる。敵が鳴りを潜めておるような。

その時、後方から馬が走ってきた。

「遠山丹波守様の使者に候。丹波守様は、なにゆえ行軍を止めるのかと仰せです。すぐに行軍を再開し、すみやかに国府台の城に打ち掛かるべしとのこと」

「大藤殿、遠山殿もかように仰せです」

帯刀は、いつになく積極的だった。

「分かった。遠山殿に『すぐ城に向かう』と返事をしてくれ」

「はっ」

使者は馬を飛ばして戻っていった。

――致し方ない。

景長は軍を進ませることにした。

からめきの瀬から国府台城に向かってしばらく進むと、真間ノ入江に差し掛かる。ここは市川砂洲の北にある小さな湾で、その陸岸部の大半は、深田《ふかだ》か泥湿地《でいしっち》という危険な一帯だ。

――こんなところを襲われたら、ひとたまりもないな。

そんなことを思いながら真間ノ入江を通り過ぎると、国府台城が見えてきた。先頭を行く高城隊は、もう国府台城北方の真間坂下に着いているはずだ。

その時、突如として喊声《かんせい》がわき上がった。

「敵か！」

どうやら喊声は後方から聞こえてくる。真間ノ入江辺りで中軍が襲われたのだ。

景長が配下に命じる。

「どうやら敵が奇襲を仕掛けてきたらしい。だが、われらには気づいていないようだ。今から反転し、中軍を助ける！」

「おう！」

北条勢が通っていたのは、泥湿地の中を貫く細い道だ。縦列になってしまうので、反転すれば荷駄隊が先頭になる。そのため駆け付けたくても、すぐに駆け付けられない。

「荷車を捨てろ！」

長期にわたる包囲攻城戦を想定し、一月分《ひとつき》ほどの兵糧を運んできたが、もはやそれどころではない。路上の荷車が米俵ごと左右の泥田に捨てられる。

ようやく反転できると思った時、今度は高城勢のいる真間坂下の方から、軍勢のぶつかり合う声が聞こえてきた。

――しまった。挟撃されたか。

これには徒士《かち》や足軽といった雑兵たちも気づいたらしく、われ先にと逃げ出そうとする。むろん元来た道を引き返せないので、左右の泥田に入るのだが、一度入れば、膝《ひざ》くらいの深さはあるので、容易には抜け出せない。

「逃げるな。泥田に入ったら抜けられないぞ！」

景長は懸命に怒鳴るが、雑兵たちは慌《あわ》てて泥田に飛び込み、泳ぐようにして逃げていく。

やがて国府台城方面からも、高城勢が逃げてきた。城から飛び出してきた敵に散々に打ち破られたらしい。

怒号と絶叫が錯綜《さくそう》する。

「待て。落ち着《か》け！」

景長は声を嗄らして叫んだが、聞く耳を持つ者はいない。後方の道がふさがれていると知った高城勢も、左右の泥田に入り、懸命に逃げていく。

——このままではまずい。

こんなところで敵に襲い掛かられれば、ひとたまりもない。

「よし、道を引き返し、真間ノ入江に向かうぞ！」

そう命じたものの、高城勢に押されるままに、自然に大藤勢は退き陣となっていた。

致し方なく、景長もその流れに身を委《ゆだ》ねた。国府台城方面から敵が迫っているらしく、喊声が聞こえてくる。

——われらの奇襲は勘付かれておったのだ。しかしなぜだ。敗走する自軍の中で、景長は思った。

——まさか。

その時、ようやくその理由に気づいた。

「帯刀はおるか！」

それに応《こた》える者はいない。

——しまった。帯刀に謀《たばか》られたか。

景長は無念の臍《ほぞ》を噬《か》みつつ、激戦が展開されている真間ノ入江に突入した。

真間ノ入江では、敵味方相乱れての大乱戦が繰り広げられていた。景長は敵を蹴散《けち》らして退路を確保しようと、自ら槍《やり》を取って奮戦するが、泥土に足を取られて転倒した時、敵の槍を脾腹《ひばら》深くに差し入れられた。

観念した景長は、体の力を抜き、とどめを刺されるに任せた。

——やはり、かの者に謀られていたのだ。だとしたら、何という皮肉か。敵をだますことを家業としてきた大藤家が、それを逆手に取られたのだ。これ以上の名折れはない。

——致し方ない。佐七郎、後は任せたぞ。

首筋に衝撃が走ると、すべては一瞬にして終わった。

北条方に潜入させた内通者から、一月八日に夜襲が行われることを聞いた正木大膳亮は、息子の大炊助を真間ノ入江付近の葦原《あしはら》に隠し、敵の中軍が前を通った時に奇襲を掛けさせた。

一方、国府台城にいる大膳亮自身は、敵の先手が迫ってきた時、一気に城を打って出た。これにより北条方は大混乱に陥る。

逃げようにも逃げられない深田や泥湿地にはまり、正木勢の射る矢を受けた北条方の将兵は、次々と討たれていった。

遠山・富永の両将も討ち取られた。しかし動きが取れないのは、奇襲を掛けた正木勢も同様で、鬼神のごとく暴れまわった大炊助も、最後には討ち死にを遂げる。

一方、奇襲失敗を聞いた後備の北条氏繁は、救援に駆け付けようとしたが、からめきの瀬を押さえる太田康資の裏切りに遭い、背後からの激しい攻撃に晒《さら》された。

氏繁は何とか逃れたものの、からめきの瀬まで逃げてきた将兵の大半が、太田勢によって討ち取られた。

北条方は「北条家名字の士馬上武者百四十騎、雑兵九百余人討《う》たれて、残兵退散したりけり」（『関八州古戦録』）と記されるほどの惨敗《ざんぱい》を喫した。

しかし里見方も、この大合戦の痛手によって進軍が滞り、結局、松山城への後詰は叶《かな》わなかった。

同じように上杉政虎も松山城救援に間に合わず、二月、松山城は降伏開城する。

四

「兄上、無念でしたな」

小田原にある景長の墓前で、秀信が頭《こうべ》を垂れた。もちろん中に遺骨はない。

兄景長との様々な思い出が駆けめぐる。秀信は六十一歳で没した景長より十五歳も若い四十六歳なので、兄には随分と可愛《かわい》がってもらった。

邸内の端に造った仏堂で、父の信基は二人の息子に様々な話をしてくれた。その大半は、十五も年長の兄に向けられたものだったが、兄との問答が終わると、父は秀信にも分かるように説いてくれた。

そうした貴重な話の中でも、十歳頃に聞いた話は、今でもよく覚えている。

はじめ父は、「正義とは何か」を兄に説いていたが、やがて論争になった。

父が「正義を貫くことは理想だが、現実はそれだけではない」と言うと、兄は「それでも、われらは正義を貫かねばなりません」と反論した。

「正義を貫くことだけが、この世を王道楽土にする早道ではない」

「では、そのために悪を働くと仰せか」

「悪ではなくても、われらは殺生《せっしょう》をせねばならない。その相手が、ただ田を耕し、正直に生きてきた農民でも、邪悪な将に従わされたというだけの罪で、その農民を殺さねばならない。それが現世《うつしよ》というものだ」

「それは間違っています」

「現世を見据えず、正しいかどうかだけで物事を判断する方が、よほど間違っている。それでは、そなたは武人を否定するのか」

武人として戦うのは当然なので、景長に言葉はない。

「存念だけで世は立ちゆかぬ。わが領国と領民を守るため、また新たな地に楽土を築くため、われら武士は罪なき敵国の農民をも殺さねばならぬ」

「武人とは辛《つら》い稼業《かぎょう》ですな」

「そうだ。この世では、理や道義が常にまかり通るわけではない。正義を貫くためには、自らの手を汚さねばならないこともある。われらは――」

父の顔は苦渋に満ちていた。

「主家の正義を敷衍《ふえん》するために手を汚す。場合によっては、悪辣《あくらつ》と言える手を講じてもな」

「われらは悪い人になるのですか」

秀信の問い掛けに、父は優しく答えてくれた。

「場合によってはそうなる。それが嫌なら坊主《ぼうず》になるしかない。ただし、坊主は人の心は救えても人の生活は救えない。人の生活を救えるのは、われら武人だけだ」

その時の父の悲しげな顔は、今でも覚えている。

兄は憤然として俯《うつむ》いていた。父の言うことに反論の余地がないからだ。

記憶の中の二人が次第に遠ざかっていくと、秀信は現実に立ち返った。

――だが、どうしてもおかしい。

秀信には、なぜ敵が、事前に夜襲を察知していたかが分からない。

――こちらの動きは、完全に隠蔽《いんぺい》されていたはずだ。

秀信は幾度も思っていたことを、もう一度思った。

――やはり帯刀か。

何度考えても、帯刀が偽りを言って北条方を誘い出したとしか思えない。その帯刀も行方が分からず討ち死にとされたが、秀信は、どこかで生きているような気がしてならなかった。

「佐七郎」

兄の墓前に突っ伏していると、突然、背後から声が掛かった。

「こ、これは――、御隠居様」

振り向くと氏康が立っていた。

「こちらに来ていると聞き、足を運んできた」

隠居して身軽となったこともあり、少ない供回りだけで、氏康は出かけることが多くなっていた。

「わしにも手を合わさせてくれ」

「ありがとうございます」

秀信が場所を替わると、氏康は景長の墓前にしゃがみ、称名《しょうみょう》を唱えた。

「そなたら兄弟は、よくやってくれた」

「力足らず、かような仕儀に相成り、真に申し訳ありません」

「そんなことはない。そなたらには深く感謝している」

「あ、ありがたきお言葉――」

秀信は感無量だった。

この時代、一番乗りや一番首など、武辺《ぶへん》によって功を挙げた者ほど多くの褒賞《ほうしょう》を得る。武辺者たちは戦場という賭場《とば》に命を張っているので当然だ。しかし領内の統治を行う吏僚や、大藤一族のような陰働きをする者たちの評価基準は定まっておらず、たいした褒美を得られないこともしばしばあった。

「いよいよ、復仇《ふっきゅう》を遂げる時が来たようだ」

「復仇とは――」

突然の氏康の言に、秀信が啞然《あぜん》とする。

「市川の辺りで、前回と同じ状況ができ上がりつつある」

「と、仰せになられますと」

「実は、越後の痴れ者が無二の一戦を挑んでくる」

永禄六年閏《うるう》十二月、上杉輝虎《てるとら》（政虎から改名）は三国《みくに》峠を越えて上野国に入り、岩付太田資正や里見義堯・義弘父子に出陣を要請した。

これに応えた里見父子は、北上を開始する。正木・酒井・江戸太田氏ら里見に与同する者たちも、国府台目指して集まってきているという。

「つまり、再び国府台で敵を足止めせよと仰せか」

「いや、足止めではない」

「では、何を――」

「越後の痴れ者が南下してくる前に、里見を叩くのだ」

氏康が感情をあらわにして言う。

「ということは、国府台に攻め寄せるのですね」

「そうだ。一気に事を決する」

「やりましょう。やらせて下さい」

「分かっている。そなたには存分に働いてもらう」

氏康がにやりとした。

永禄七年（一五六四）二月、約一年前と同様、秀信率いる船団は江戸湾から太日川をさかのぼり、市川津に滑り込んでいった。

ここのところ東国は飢饉《ききん》とはいかないまでも不作で、山地の多い房総半島で米を集めるのは至難の業だった。

――それゆえ里見方は、この米を手に入れたいはずだ。

昨年同様、船が桟橋に着くと、すでに待っていた里見の手の者に米の売買を持ちかけられた。

早速、真間山弘法寺に連れていかれると、出てきたのは全軍を率いる里見義堯だった。共に入ってきた息子の義弘や重臣の正木一族らも、左右に着座する。

――米を手に入れることが、それほど困難なのだ。

かねてより北条方は里見領に乱破《らっぱ》を入れており、その描いた人相書きから、秀信は人物を特定できた。

「話は聞いた。米を売りたいのだな」

「はい。伊勢から船を連ねてまいりました」

「昨年も同じ頃にやってきたというが、なぜ商いが成立したのに逃げたのだ。おかげでわれらは兵糧調達に難渋し、松山城に後詰できなかったのだぞ」

義堯が難詰《なんきつ》してきたが、すでに秀信は言い訳を考えてきている。

「われら商人にとって、戦は怖いものです。何も知らされず突然、戦が始まれば、恐ろしくて逃げるしかありません」

「それでも、兵火が収まってから、また来ればよいであろう！」

義弘が声を荒げる。

「そんな恐ろしいところに、また来ることなどできません」

「それでは、あの時の米は北条方に売ったのだな」

「はい。あの帰途に小田原に立ち寄らせていただきました」

「此奴《こやつ》！」

「ひいっ！」

片膝を立てて刀の柄《つか》に手を掛ける義弘を、義堯が制した。

「よせ。それが商人というものだ。では此度《こたび》は、われらに売ってくれるな」

「はい。お詫《わ》びのつもりで、こちらまで参りました」

早速、価格交渉に入ったが、秀信は前回の負い目があるので、里見方の言い値を唯々諾々《いいだくだく》と認めた。

「それでは、これで交渉成立だ。明日には調印し、明後日に荷の積み下ろしをやってもらう。それでよいな」

「分かりました」

「では、それまで船留《ふなどめ》させてもらう」

義堯が険しい顔で言った。

「えっ、それは困ります。そんなことをされては、戦が始まったら逃げられません」

「その時は、われらの水軍衆が先導し、江戸湾まで退避させる」

「前回のように、敵方に米を売られては困るので当然の措置だ」

「いや、それは――」

そうまで言われては、引き下がるしかない。

「承知しました」

いかにも不服そうに秀信がうなずく。

これで話はまとまった。

――後は明日の夜、戦になるかどうかだ。

秀信はそうなることを祈った。

その翌日、里見方に与《くみ》した土気酒井胤治が国府台城に入城してきた。すでに岩付太田資正や、北条方を離反した江戸太田康資も城に入っており、里見方の意気は天を衝《つ》くばかりになっていた。

「土気酒井勢入城」を聞いた秀信は、売買調印の後、城内で迷ったふりをしつつ、酒井勢の陣所に向かった。玉井帯刀がいるかどうかを探るためだ。だが帯刀に見つかれば、命がない。そのため秀信は菅笠《すげがさ》を目深《まぶか》にかぶり、いかにも商人らしく腰をかがめて城内を歩いた。

酒井勢は着いて間もないため、荷車に乗せてきた荷を下ろすのに躍起になっていた。その中を迷ったふりをしつつ秀信は歩き回った。ところが、いくら探しても帯刀の姿は見当たらない。

——やはり、兄上と共に討ち死にを遂げたのか。

あきらめかけた時、本陣のある曲輪《くるわ》の中から酒井胤治が出てきた。

——いた。

その取り巻きの中にいるのは、間違いなく帯刀だった。

——これで、すべての辻褄《つじつま》は合ったな。

案に相違せず、帯刀は敵方に寝返っていたのだ。

——おのれ、いつか兄上の仇《かたき》を取ってやる。

怒りを抑え、秀信はその場から逃げるように立ち去った。

五

二月九日の未明、はるか彼方《かなた》から喊声が聞こえてきた。

——始まったな。

船櫓《ふなやぐら》を出た秀信が北西方面を眺めていると、市川津の灯りも次第に増え、慌ただしい雰囲気が漂ってきた。

ほどなくして、太日川の中ほどに停泊している秀信の船団に近づく、多くの灯りが見えてきた。

――あれは里見水軍か。

船の舳《へさき》には、清和源氏新田氏流の二つ引両の旗が翻っている。

やがて船が接舷《せつげん》された。

水軍将らしき者が大声で呼んでいる。

「おーい、角屋」

「どうしましたか」

「敵が攻めてきたらしい」

「そ、それは本当ですか」

「早速、江戸湾まで先導する。そこで戦が終わるのを待て」

「お待ち下さい。江戸湾に北条水軍が来ていたら、われらは拿捕《だほ》されるのではないですか」

「われらが守ってやる」

里見水軍は、海上戦闘には自信があるようだ。

「それでも損害が出ないとは限りません。まだ間があるなら、まず米を下ろしてから退避いたしたく思います」

船戦で里見方が勝ったとしても、米俵を満載して船足の遅い商船など、敵の格好の標的になる。

「それもそうだな。しばし待て」

水軍将は傍らにいる家臣らしき者たちと語らった後、大声で言った。

「突然のことで、荷駄人足など手配できぬぞ」

「それなら、われらが城内まで運びます。その後、船に戻りますので、江戸湾まで警固をお願いします」

「分かった。そうしよう」

「ありがとうございます」

「それでは、一刻ほど後にここに戻る。それまでに荷を降ろしておけ」

そう言い残すと、里見水軍は離れていった。

秀信はほっとした。これで上陸できなかったら、また別の手を考えねばならなかったからだ。

秀信は船を桟橋に近づけるように指示すると、集まっている配下に言った。

「いよいよだ。甲冑に着替えよ」

「はっ」と答えた配下の者たちが、米俵を破って甲冑を取り出した。

――兄上、復仇を遂げる時が、ようやく訪れましたぞ。

景長の無念を思い、秀信は唇を嚙《か》み締めた。

秀信の船団は、そのまま市川津に近づいていった。

船が桟橋に接舷され、俵を背負った兵たちが次々と下りていく。皆、陣笠をかぶり、胴巻や直垂《ひたたれ》を着けているが、何ら怪しまれることはない。

俵を下ろしてしばらく待っていると、荷駄奉行らしき者が、数人の配下を引き連れて空の荷車を引いてきた。水軍将から連絡を受けたという。

「荷を積み込め」

その間も、戦場の喧騒は近づいてくる。

里見勢の荷駄奉行は、気もそぞろといった様子で、「早くしろ」と秀信たちを急き立てたので、瞬《また》く間にすべての米俵が荷車に乗せられた。

「よし、行くぞ！」

荷駄奉行の先導に従い、秀信たちは脇目《わきめ》も振らず国府台城を目指した。

その頃、からめきの瀬を渡河した北条勢も、次第に里見勢を圧迫し、北方から国府台城に迫っていた。

「おい商人、何をやっておる。急げ、急げ！」

荷駄奉行は、手にする短鞭《たんべん》で秀信たちを打擲《ちょうちゃく》せんばかりに急かす。

「これでも大急ぎで運んでおります」

「とにかく急げ！」

――お味方は押しているのか。

さすがの秀信も緊張のあまり、喉《のど》が渇いて仕方がない。

奉行配下の者たちの不安げな声も聞こえてくる。

「お味方は負けておるのではないか」

「分からん」

里見勢の将兵の注意は北方に向けられていた。

南木戸の前まで来て、奉行が「兵糧を運び入れる。開門せよ！」と怒鳴ると、木戸が開けられた。

秀信率いる百余の大藤衆は、まんまと城内に入ることに成功した。

「米は蔵に入れず、ここで待て」

奉行が苛立《いらだ》つように言う。

「どうしてですか」

「そんなことも分からぬか。場合によっては退き陣となる。その時は、兵糧を運び出さねばならぬ」

「ご尤《もっと》もで」

そうした会話をしている間も、喊声は近づいてきていた。何かが燃えているのか、北方の空も橙色《とうしょく》に染まっている。いよいよ里見方の将兵に落ち着きがなくなってきた。

血相を変えて北の曲輪から戻ってきた者が、仲間に告げる。

「太田勢が崩れ、敵が城下まで迫ってきておるぞ！」

「何だと」

「お奉行はどうした」

「分からん。『様子を見てくる』と言って走り去ったままだ」

「逃げたのではないか」

奉行の配下が顔を見合わせている。その周囲には、「逃げていいぞ」という下知《げち》を待つかのように、足軽や小者が取り巻いている。

「どうする」

何人かが南木戸に向かって走り出した。それを見て、足軽や小者が雪崩《なだれ》を打って南木戸に殺到する。

「逃げるか」

「何をやっておる。行くな！」

奉行の配下が怒鳴っても、誰も聞く耳を持たない。

やがて南木戸を守る門番との間で小競《こぜ》り合いが起こり、門が開かれた。そうなれば後は勢いだ。負け戦と見切った者たちが、われ先にと逃げ出していく。先ほどまで「行くな！」と怒鳴っていた奉行の配下も、決まり悪そうに駆け出していった。

大藤隊の周囲にいた敵兵が、まばらになってきた。

――頃合いよし。

「旗を掲げろ！」

秀信の指示に従い、大藤家の九曜の旗が揚がると、人足に化けてきた家臣たちは米俵を破り、武器を取り出した。

家紋の入った背旗が配られる。同士討ちを避けるための措置だ。続いて酒樽《さかだる》に模して運び入れた油樽を開けさせ、松明《たいまつ》の先に巻き付けた布切れを浸し、次々と点火した。

里見方は浮き足立っており、こうしたことをやっていても、誰にも見とがめられない。

「よし、火を掛けて回れ！」

秀信の命に応じ、松明を掲げた兵たちが四方に散ると、国府台城の櫓や建屋に次々と火がつけられていく。

瞬く間に周囲が昼のように明るくなった。これにより残っていた者たちも、里見義堯から「城を焼いて撤退せよ」という指示が出たと勘違いし、一気に崩れ立った。

——これでお味方の大勝利だ。

勝利を確信した秀信は、「後は討ち取り勝手だ！」と喚《わめ》くと、馬丁を呼んで馬にまたがった。

「それでは行く」という秀信に、皆は「御武運を」と言って送り出してくれた。

六

朝日差す中、千葉街道をひた走った秀信は、意富比《おおひ》神社（船橋大神宮）に向かった。土気酒井衆が領国に逃げ帰ろうとするなら、必ず意富比神社を通ると思ったのだ。

——そこで張っても、帯刀を見つけられるとは限らない。ただ天が味方してくれることを信じるのみ。

そう己に言い聞かせた秀信は、敗走する敵兵に紛れて馬を飛ばした。

やがて海岸線に出ると、意富比神社の大鳥居が見えてきた。すでに神社内は、逃げてきた兵で溢《あふ》れ返っている。皆、神社で水や餅《もち》をもらい、一休みしてから再び敗走の途に就こうというのだ。

秀信は馬を下りると陣笠を目深にかぶり、そこかしこで休む将兵の顔を確かめながら歩いた。

――いた。

その時、社殿の石段に腰掛け、一心不乱に餅を食べている帯刀を見つけた。

――だが、ここで事に及ぶわけにはいかない。

こんなところで争闘に及べば、敵に囲まれて膾《なます》にされるだけだ。

帯刀の様子をさりげなくうかがっていると、しばらくして傍輩《ほうばい》に急かされて腰を上げた。少し足を引きずっているが、怪我《けが》をしているというほどでもない。

――よかった。

秀信としては、どうせ一騎打ちに及ぶなら、五体満足な相手と戦いたい。

傍輩と共に馬に飛び乗った帯刀は、東に向かった。土気城を目指しているのだ。

秀信がその跡を追う。

しばらくの間、帯刀たちは五、六騎で駆けていたが、それぞれ小用を足したり、知己と出会って休んだりしているうちに、集団はばらけていった。北条勢がここまで追ってくるとは思えず、逃げる者の間に、安堵感が漂い始めているのだ。

遂《つい》に帯刀は単騎となった。

すると何を思ったのか突然、馬を止め、街道から少し入ったところにある農家へと通じる脇道を上っていく。

――食い物でももらうのか。

すでに安全圏に入っているためか、帯刀が油断しているのは明らかだ。念のため秀信は裏山に回り、農家を見下ろせる位置を占めた。

そこから見ていると、帯刀は農家に声も掛けず、大股《おおまた》で裏手にある井戸に近づいていく。そこでは、農家の娘らしき少女が水を汲《く》んでいた。

――何をするつもりだ。

帯刀の存在に気づいた娘は、何事か喚きながら家の中に駆け込もうとした。しかしその腕を帯刀が摑《つか》んだ。

絶叫が朝靄《あさもや》を切り裂く。

娘の悲鳴に気づいたのか、家の中から両親らしき夫婦が飛び出してきた。

二人は帯刀の姿を見てすべてを察し、その場に膝をついて何事か懇願している。女房の方は手まで合わせていた。だが帯刀はそれを無視し、桶《おけ》に入った水を手ですくって飲むと、娘の手を引いて、どこかへ行こうとした。

「どうか、お待ちを」という口の動きをしつつ、父親が帯刀の足に取りすがった。

と思った次の瞬間、やにわに太刀を抜いた帯刀が、父親を袈裟《けさ》に斬った。鮮血がほとばしり、女房の悲鳴が静かな山野に響きわたる。

――何ということを。

女房は遺骸《いがい》に取りすがり、懸命に夫の名を呼んでいる。家の前では、弟妹らしき者たちが、肩を寄せ合って泣いている。それでも帯刀は嫌がる娘の手を引き、裏山に連れていこうとしていた。

――犯すのだな。

ちょうど秀信が隠れている方に、帯刀は向かってきた。

――父親を斬った後にその娘を犯すなど、人の道に悖《もと》ることだ。絶対に許さぬ。

しかし今、飛び出せば、娘を人質に取られる。秀信は息を潜めて帯刀の跡をつけた。

帯刀はちょうどいい叢《くさむら》を見つけると、娘を放り出し、甲冑を脱ぎ始めた。娘との距離は一間（約一・八メートル）ほどある。

「帯刀」

「えっ」

突然、呼びかけられた帯刀は、化け物に出遭ったかのように目を大きく見開き、秀信を凝視した。

「久しぶりだな」

「さ、佐七郎殿ではないか。なぜ、ここに」

その時、娘が上半身を起こした。

「逃げろ！」

状況を察した娘が風のように逃げだした。すんでのところで、娘の腕を摑みそこねた帯刀が舌打ちする。

「帯刀、そなたは逃がさぬ」

「何だと」

「すべてはお見通しだ」

帯刀の顔に狡猾《こうかつ》そうな笑みが浮かんだ。

「そうか。ようやく分かったのだな」

「ああ、そなたが戻ってきた時に見抜いておれば、兄上たちは死なずに済んだ。それを見抜けなかったのは、わしの一期《いちご》の名折れだ」

「一期の名折れか。よくぞ申した」

帯刀の顔に侮《あなど》った色が浮かぶ。帯刀はいまだ三十代で、長身の上、膂力《りょりょく》にも優れている。

「帯刀、なぜわれらを裏切った」

「はははは」

帯刀が、開き直ったかのような笑い声を上げる。

「わしのような地侍は、上から命じられれば危険な敵地でも乗り込まねばならぬ。さような地に指南役として送られる身になってみろ。いつ寝首を掻《か》かれるか分からんので、夜もおちおち眠れん。そんな扱いに堪え切れなくなったというわけだ」

――かような者にも言い分はあるのだ。

確かに帯刀の言葉にも一理はある。

――だからと言って、味方を裏切るのは許せない。

「そなたは、関東に楽土を築くという北条家の大事業の邪魔をし、多くの味方を殺したのだ。それを悔いるなら、ここで腹を切れ」

「腹を切れだと。ふざけたことを言うな。われら地侍にとっては、命だけが物種だ。

多くの家臣にかしずかれたいのだ。正義などくそくらえだ」

「そなたのような堅物には分からぬことよ。わしはうまい飯を食らい、いい女を抱き、

「なぜだ。己の欲望を満たすためだけに生きることに、どのような意義があるのだ」

「ははは、そんなもので飯が食えるか」

「そなたの心に正義はないのか」

間抜けどもをだますことのどこが悪い」


――何と哀れな心根だ。


しかし、このすさんだ世が、こうした者を生んでしまったのも事実なのだ。

「そなたの方から、酒井父子をそそのかしたのだな」

「当たり前だ。北条家中にいても出頭は限られている。それなら新たな場で、己を試してみたくなったのだ」

「しかし、その出頭もここまでだな」

「そうはいかぬ。わしは酒井家中で侍大将となるのだ！」

帯刀は大きく一歩飛び下がると、重心を低くして右脇の奥に太刀を構えた。足は、八の字にして大きく開く撞木足《しゅもくあし》という構えだ。飛び掛かることも飛び下がることも瞬時にできる、介者《かいじゃ》剣法の基本形である。

「どうやら、決着を付ける時が来たようだな」

秀信も同様に腰を低く落としたが、体を開き、太刀を下段に垂らす「無構《むがまえ》」という形を取った。相手に仕掛けさせてから何らかの手を打とうという、後手必勝の構えだ。

二人は間合いを気にしながら、円を描くように回った。

——此奴は、わしより背が高い上に若い。力に物を言わせてくるに違いない。

そう思った次の瞬間、「きえーっ」という怪鳥《けちょう》のような気合と共に、帯刀が太刀を振り下ろしてきた。それを受け太刀し、弾《はじ》き返さずに下に受け流すと、帯刀は前につんのめるようにして突っかかってきた。

——今だ！

その突きをかわし、帯刀の太刀を脇で挟むと、帯刀の頭が目の前に来た。それを左手で摑み、思い切りひねると、帯刀はもんどりうって倒れた。

「覚悟せい！」

上になった秀信は脇差を抜くと、帯刀に突き立てようとした。しかし膂力に勝る帯刀は、秀信の右手首を押さえたまま体《たい》を入れ替えた。

一瞬にして攻守がところを変える。秀信の両手首を押さえた帯刀は、次の瞬間、頭突きを食らわせてきた。

それを間一髪でよけると、帯刀の頭が地に叩き付けられた。

突然、帯刀の力が弱まった。見上げると、額がぱっくりと割れて血が滴《したた》っている。

――石に頭をぶつけたのだ。

すかさず身を翻した秀信が、今度は帯刀を組み伏せる。

意識がもうろうとしているのか、帯刀は弱々しい力で秀信の腕を振り解《ほど》こうとする。

それをものともせず、脇差を帯刀の首筋に当てると、秀信は告げた。

「皆に冥途《めいど》で謝れ」

帯刀の頸動脈《けいどうみゃく》から、噴泉のように鮮血が噴き出す。

「嫌だ！　死にたくない。わしは侍大将になるのだ」

帯刀は声にならない声を上げ、両手で土を掻きながら息絶えた。

その首を掻き切った秀信は、中天指して昇る日に鮮血の滴る首をかざした。

「兄上、仇は取りましたぞ。これにて安らかにお休み下さい」

首を白布で包んだ秀信は、それを馬の鞍《くら》に括《くく》り付けて農家を後にした。

その時、門前で先ほどの少女が頭を下げていた。それを見た秀信は、持っていた銅銭を銭袋ごと投げてやった。

「父上の供養《くよう》に使え」

秀信はそう言い残すと、元来た道を引き返していった。

七

二月十五日、小田原に戻った秀信は、塩漬けにした帯刀の首を氏康の高覧に供した。

「手前勝手な振る舞いをお許しいただき、お詫びの言葉もありません」

対面の間の青畳に額を擦り付けつつ、秀信が詫びる。

「そなたはやるべきことをやった。おかげでお味方は大勝利を収め、念願だった国府台城も手中にした。何も詫びることはない」

「いえ、いかに兄の仇《あだ》討ちとはいえ、配下を残して勝手な行動を取ったこと、慙愧《ざんき》に堪えません。どのような処罰も受ける所存」

「そうか。そこまで申すなら――」

氏康は、しばし考え込むと言った。

「そなたに大藤本家の家督を継いでもらう」

「何と――」

「罰として、われらの陰の仕事をすべて受け持ってもらう」

「いや、それがしには務まりません」

「とは申しても、それでは本家は誰が継ぐ」

景長には子がいなかったので、どこかから養子を迎え入れるものと思っていた。

言葉に詰まる秀信に、氏康が言った。

「三郎（景長）は生前、己に万が一のことがあったら、そなたに家督を取らせるよう、わしに言い残していた」

「そうだったのですね」

兄の面影が脳裏をよぎる。

「三郎の遺言だ。そなたは聞き届けねばならぬぞ」

「しかと承りました」

秀信が威儀を正す。

「これで里見らは当面、出てこられまい。後は越後の痴れ者と勝負するだけだ」

氏康が眦《まなじり》を決する。

秀信は平伏しつつ、責任の重さを噛み締めていた。

――父と兄から学んだ「入込」の技を使い、これからも関東を静謐《せいひつ》に導いていかねばならない。

「御屋形様《おやかた》、この佐七郎、微力ながら北条家の『祿壽應穩』を広めていく覚悟でございます」


「おう、その意気だ。頼りにしておるぞ」

氏康が遠い目をして言った。

「万民を哀憐《あいれん》し、百姓に礼を尽くす。それが北条家の存念だ」

「そのためにも関東の地から、守旧勢力を駆逐いたしましょうぞ」

「よし、やろう」

氏康は力強く言うと立ち上がり、中庭に通じる障子を開けた。そこに植えられた梅の木は、すでに満開になっていた。

――しっかりと水をやれば、日当たりの悪い中庭の梅でも、これだけの花を咲かせられる。同様に慈愛に溢れた政治を行えば、どのような荒れ地でも、農民は懸命に働いて美田を作る。

現に北条家は、その方針によって関東に版図《はんと》を広げてきた。

――まだまだ、われらの戦いは続く。

秀信は、氏康と北条家のために一身を捧《ささ》げるつもりでいた。

幻の軍師

一

永禄九年（一五六六）の新年、大藤政信《だいとうまさのぶ》は父の秀信と共に小田原城に呼び出された。四代目北条家当主・氏政《うじまさ》の御座所の庭には、すでに梅の花が咲き始め、城内のそこかしこからも春の息吹《いぶき》が感じられる。だが二人を呼び出した氏政は、浮かない顔をしていた。

「越後《えちご》の痴《し》れ者が、また越山《えつざん》してきよったわ」

昨年の十一月、越後の痴れ者こと上杉輝虎《てるとら》は、越後国から三国《みくに》峠を越えて上野《こうずけ》国に入り、沼田城にとどまっていた。その情報が小田原に届いたのだ。

「ははあ、性懲《しょうこ》りもなく、また来ましたか」

秀信が笑みを浮かべる。

「そろそろかとは思っていたが、やはり来たわ。それにしても、かように幾度も関東に兵馬を入れられては、われらの面目もない。早雲庵《そううんあん》様以来の『祿壽應穩《ろくじゅおうおん》』の存念も、これでは全く守れない」

北条家の理念は、「祿壽應穩」という印判に象徴されるように「民の命と財産を守る」ことにある。しかし、越後から度々やってくる上杉勢によって、関東の田畑は荒らされ、民はさらわれ、北条家の威信は著しく低下していた。

「難儀なことになりますな」

だが秀信の口調には、「難儀」といった雰囲気は少しも感じられない。

――父上は戦が楽しみなのではなく、仕事ができることに喜びを見出《みいだ》しているのだ。

政信の父の秀信率いる大藤家は、戦を未然に防ぐべく敵中に侵入し、戦う前に敵を混乱させることが仕事だ。いざ戦となった際、事前に敵の内部を切り崩しているので、味方の損害は最小限に抑えられる。

――戦わずして宛所《あてどころ》(目標)を達する。これぞ、わが家の役割だ。

今年二十二歳になる政信は、北条家中での大藤家の役割を心得ていた。それでも、合戦で華々しく活躍する者たちへの憧《あこが》れは強く、これからの大藤家のあり方をどうするか悩んでいた。

「初代早雲庵様以来、われらの悲願の関東制覇も、まずは思惑通りに進んでおる。だが痴れ者がいる限り、この先どうなるかは分からぬ」

氏政が憎々しげに言う。

小田原北条氏の始祖である早雲庵宗瑞《そうずい》は、関東に王道楽土を築くべく守旧勢力の一掃を目指した。

後を継いだ二代氏綱《うじつな》は、関東の支配者だった関東管領《かんれい》・山内《やまのうち》上杉氏と相模《さがみ》守護職・扇谷《おうぎがやつ》上杉氏の勢力圏を武蔵《むさし》国の河越《かわごえ》以北にまで押し上げた。

さらに三代氏康は、河越合戦において扇谷上杉氏を滅亡させ、その後の戦いで山内上杉氏を越後に追いやった。

それを引き継いだのが四代氏政だ。氏政は戦うことより調略を優先し、じわじわと勢力を拡大し、いよいよ関東全土の制圧が視野に入ってきていた。

だが、その前に立ちはだかったのが上杉輝虎である。輝虎は室町秩序の回復を旗印に、北関東の佐竹・宇都宮・結城《ゆうき》氏や南関東の岩付太田・里見氏といった反北条勢力を助け、幾度となく関東にやってきては、北条方と干戈《かんか》を交えていた。

それでも輝虎が本国の越後にいる間に、北条方は徐々に勢力を拡大できた。とくに永禄七年（一五六四）二月の第二次国府台合戦の勝利によって、里見義堯《よしたか》・義弘父子《ふし》を安房《あわ》国に逼塞《ひっそく》させ、岩付城主の太田資正《すけまさ》を孤立させた。

そうなっても資正は反北条の姿勢を崩さなかったので、北条氏は嫡男《ちゃくなん》の氏資《うじすけ》に調略を仕掛け、資正を岩付城から追い出すことに成功する。すなわち、岩付太田氏の所領安堵《あんど》を条件に氏資を味方に付け、実の父を追放させたのだ。

その時、太田家中に入り込んだ秀信は、氏資を説得して北条方に寝返らせるという大功を挙げた。

「これまでは痴れ者が南下してくると、必ず岩付太田と里見が呼応した。だがそなたの働きによって、ようやく岩付太田を取り込めた」

氏政が思い出したように言う。

「あの時は、氏資殿が祈禱《きとう》を好むと聞き、修験《しゅげん》に化けて入り込み、少しずつ信用を得てから寝返りを打診したところ、氏資殿が乗ってきたというだけの話。運がよかっただけです」

秀信は功を誇らず、謙遜《けんそん》を常とする。それが政信には歯がゆかった。

「だが、それによって岩付太田の兵も民も、一人として傷つく者はいなかった」

そこにこそ北条氏の調略面を担《にな》う大藤一族の存在意義がある。だが命を盾に戦う戦闘部隊に比べて恩賞は少なく、そこが政信には納得できない。

――われらとて、命を張っているのだ。

しかし軍事を担う者たちは、配下を失えば遺族への補償も必要になり、また持ち出し（自費負担）も多くなるので、軍功を大きくせねばならないという事情がある。

「資正め、あれから佐竹の許《もと》に身を寄せ、いまだ意気軒高だという」

その後、出家して三楽斎道誉《どうよ》と称すようになった資正は、永禄八年（一五六五）六月、常陸《ひたち》国の佐竹義重に客将として迎え入れられ、旧領復帰を画策していた。

「越後の痴れ者、あいやご無礼。上杉弾正少弼《しょうひつ》様が越山を繰り返す限り、三楽斎殿も里見父子も屈服することはありますまい」

輝虎は、従《じゅ》五位下の官位と弾正少弼という職位を朝廷から拝領しているので、いかに敵とはいえ、秀信は丁重な言葉を使うのを常としていた。

「その通りだ。かの痴れ者のおかげで、彼奴《きやつ》らは死に体になったかと思えば生き返ることの繰り返しよ」

胃痛の持病があるため、氏政の顔色は冴《さ》えない。しかも「輝虎越山」の報に接すると、胃の痛みがひどくなるらしい。この日も渋い顔をさらに渋くさせ、胃の腑《ふ》辺りをさすっている。

――上杉輝虎か。

物心付いた頃から、政信は輝虎の名を聞かされてきた。尤《もっと》も初名は景虎で次は政虎だったが、北条家中では老人から童子《わらしべ》に至るまで、輝虎のことを知らない者はいない。

「今、痴れ者は下野国《しもつけ》の唐沢山《からさわやま》城を攻めているという」

関東に侵入した輝虎率いる上杉勢二万余は、この時、下野国の唐沢山城を包囲攻撃していた。唐沢山城は、北条方に属する国人・佐野昌綱《まさつな》の本拠である。

「その一報が入ってすぐ、わしは弟たちを差し向けたが、二人には利根川を越えず、痴れ者と干戈を交えぬよう命じておいた」

唐沢山城救援のために、氏政は長弟の氏照《うじてる》と次弟の氏邦《うじくに》を差し向けたという。

「ということは、唐沢山付近での決戦を行わないのですね」

「ああ、そのつもりだ。下野国は越後に近く、たとえ勝てても退路を確保されているからな」

「もっと南に引き込んでから決戦に持ち込みたいのですね」

「そうだ。それゆえ二人には、追尾するだけにせいと命じた」

「では、いずこの地を決戦場に想定しておるのですか」

氏政が合図すると、近習《きんじゅ》が関東の絵図面を運び込んできた。

「実はわしには、そなたらにも語らなんだ秘策があった」

「秘策、と仰せか」

「うむ。ある男と練っていたのだ」

「白井入道浄三《しらいにゅうどうじょうさん》――」

「ある男とは――」

「あっ、あの機略縦横の軍配者ですな」

白井入道浄三こと白井胤治《たねはる》は、下総《しもうさ》国最大の国人・千葉氏の血筋に連なる兵法者だ。

若い頃、兵法修行で諸国を旅し、京都を占拠していた三好長逸《みよしながゆき》に仕え、上方《かみがた》の兵法を学んだ浄三は、それを関東に持ち帰り、千葉氏の戦いに貢献してきた。その結果、浄三は「関東無双の軍配者」(『房総里見誌』)と謳《うた》われるまでになっていた。

「浄三殿と策をめぐらせていたということは、佐倉《さくら》城か臼井《うすい》城に敵を引き込み、後詰《ごづめ》勢によって上杉勢を叩《たた》くという目論見《もくろみ》ですな」

「ああ、臼井城に引き込むつもりだった」

それでも氏政は、なぜか浮かない顔をしている。

「今、だったと仰せになられましたか」

「うむ。次に痴れ者が越山してきたら、わしは、この策を実行に移すつもりでいた」

「話を聞く限り、それがしもよき策だと思いますが――」

「それが、そうはいかなくなったのだ」

「えっ、それはいかなる理由で」

「実はな——」

氏政が落胆を隠さず言う。

「浄三が病死したのだ」

二

日は西に傾き、小金《こがね》城の大櫓《おおやぐら》が長い影を伸ばしていた。その下では凄惨《せいさん》な殺し合いが行われているはずだが、大櫓は平然とたたずんでいる。

——大将たるもの、ああでなければならぬ。

大手口付近の東漸寺《とうぜんじ》に陣を構えた輝虎は、大櫓を眺めながら次なる戦況報告を待っていた。

——もう、わしは一騎駆けではないのだ。

それが分かっていながら、ひとたび戦場に身を置けば、内奥《ないおう》からわき上がる闘志を抑えきれなくなる。

——それが、わしという男だ。

今年、三十七歳になった輝虎だが、闘志はいささかも衰えていない。

——武士は修羅と化して戦い、そして死ぬ。だが大義に殉じた者は、毘沙門天《びしゃもんてん》によって冥途《めいど》に召される。大義はわれらにある。存分に戦え！

輝虎は心中、戦っている味方に語り掛けた。

上杉勢が惣懸《そうがか》りを行う大手門方面からは、絶え間なく喊声《かんせい》が聞こえてくる。だが、それは次第に弱まってきたように感じられた。

——苦戦しておるのだな。

戦慣れしている輝虎には、戦場から伝わってくる音を聞くだけで戦況が分かる。

本陣には、直江景綱《なおえかげつな》、柿崎景家《かきざきかげいえ》、河田長親《かわだながちか》といった重臣たちが控えているが、彼らも不安そうに顔を見交わしている。

「栗林治部《くりばやしじぶ》、参上仕《つかまつ》った！」

陣幕の外から野太い声が聞こえた。

「構わぬ。入れ」

「御免」と応じつつ、大柄な武将が入ってきた。

今回の攻城戦で先手《さきて》を務める上田長尾衆の栗林政頼《まさより》だ。上杉勢の先手を務めることの多い上田長尾衆は、先代の政景《まさかげ》が二年前の永禄七年、川遊びの最中に事故死した後、その跡を長男の時宗丸《じしゅうまる》が継いでいた。だが時宗丸は元服前のため、軍配は政頼に預けられている。

「大儀」と輝虎が言うと、「何の」と答えて政頼が報告を始めた。

「半刻《はんとき》ほど前に、われらが大手口へ、新発田《しばた》殿が搦手《からめて》の金杉口へと、同時に攻め寄せましたが、双方共いまだ門を破れずにおります」

新発田殿とは揚北衆《あがきた》を率いる新発田治長《はるなが》のことだ。

「この城は、それほど手強《てごわ》いか」

「はあ、なかなかに」

政頼が、大柄な体を縮ませるようにして頭を下げた。

高城《たかぎ》氏の本拠の小金城は起伏のある丘陵地に築かれた大城郭で、沼沢《しょうたくち》地の中に点在する台地をつなげてひとつの城としているため、籠城《ろうじょう》戦となると無類の強さを発揮する。

「では、落とせぬか」

「本日中には難しいですが、このまま何日か攻め続ければ落とせましょう」

この一月、関東へと越山した上杉勢は下野国の唐沢山城を囲んだが、北条方の後詰勢が利根川を越えてこないのに痺《しび》れを切らし、唐沢山城から直線距離にして十二里半、移動距離にして二十一里もある常陸国の小田《おだ》城まで長駆して攻め寄せた。小田氏は北条氏に味方して、上杉方の佐竹氏と争っていたからだ。

突然の上杉勢来襲に慌《あわ》てた小田氏治《うじはる》は、防戦を放棄して城から逃げ出した。これにより小田城を占拠した上杉勢は、城を徹底的に破却する。

一方、「小田城陥落」の一報を受けた北条方は、後詰をあきらめて静観の構えを取った。そのため、またしても輝虎の目論見は狂い、第三の目的地の小金城へと移動せざるを得なかった。

「して、何日ほどで落とせそうか」

「降伏は受け入れないおつもりですか」

「うむ。そのつもりだ」

「となれば力攻めとなりますので、五日から十日ほどは掛かりましょう」

「それでよい。こちらの損害を最小にしつつ攻め上げろ」

「ということは、あえて敵の後詰を待つと仰せか」

籠城戦で城方が寄手を撃退できるのは、後詰勢の働き次第と言っていい。攻略に五日も掛ければ、北条方の後詰が背後に迫るのは必定だ。

「うむ。小田城のように不甲斐《ふがい》なく城を捨てられては困る。寄手の背後に広闊《こうかつ》な地がある城は、いくつもないからな」

小金城の周囲に野戦を行うに十分な平地があることを、輝虎は調べ上げていた。

「つまり敵をおびき寄せるために、まずは唐沢山城、続いて小田城、そしてこの小金城と移動なされたわけですね」

「そうだ。だが唐沢山城では、いくら待っても敵は利根川を越えてこぬし、小田城では、城主が不甲斐なくも逃げ出してしまった。それゆえ小金城で、敵に決戦を強いるというわけだ」

広闊な後背地《こうはいち》を持つ城を攻め、後詰に出てきた北条方と主力決戦に及ぼうというのが、輝虎の思惑だ。

輝虎は軍略を己の頭の中だけで考え、実行に移す段になるまで腹心にも語らない。そのため直江、柿崎、河田といった重臣たちも、次にどこの城を攻めるのか見当もつかない。

「北条方の後詰勢には、この城にやってきてもらわねば困る。その時こそ無二の一戦を挑み、完膚《かんぷ》なきまで打ち破る」

輝虎には、北条方と野戦になれば勝てるという自信がある。

「分かりました。それでは、われらはじっくりと攻めることにいたしましょう」

畏《かしこ》まるように一礼すると、政頼が本陣を後にした。

「さような考えでおられたか」

政頼が去った後、直江景綱が感嘆した。

「かつてこの地では、北条勢が小弓公方《おゆみくぼう》勢を野戦で撃滅しましたからな」

柿崎景家が指揮棒代わりの馬鞭《ばべん》で絵図面を叩く。そこには、松戸台や相模台といった地名が書かれていた。

「あれは確か天文七年（一五三八）十月のことでした。古河《こが》公方府攻撃を期して北上する小弓勢を待ち受けた北条勢が、台地の間に小弓勢を追い込んで壊滅させたという戦いですな」

河田長親が見てきたように語る。

「その通りだ。此度《こたび》は少し北になるが、小金城の南で、われらが彼奴らを叩くことになる」

輝虎は自信に溢《あふ》れていた。

その時、陣幕の外から近習頭《きんじゅがしら》の「御免」という声がした。

「何用だ」

「敵の使者が参っております」

「使者だと」

輝虎が床几《しょうぎ》を蹴《け》って立ち上がる。

「降伏はまかりならん。もう少し戦え。いや、五日から十日ほど持ちこたえろ」

城方のあまりの不甲斐なさに、輝虎は呆《あき》れていた。

「いや、実は小金城からの使者ではないのです」

「では、どこから来た」

「臼井城からです」

「まだ攻めていない城が何用だ。戦う前に降伏するとでも申すか」

臼井城は千葉氏の寄子《よりこ》国衆で筆頭家老を務める原氏の居城だ。

「委細不明ながら、臼井城の軍配者と名乗る者が、若い僧一人を伴ってきております」

「軍配者だと。名は何という」

「白井入道浄三と名乗っています」

「何と――」

輝虎が啞然《あぜん》とする。幕僚たちも顔を見合わせている。

「聞き間違いではないか」

神算鬼謀《しんさんきぼう》をもって鳴る浄三が、「殺してくれ」と言わんばかりに敵の本陣を訪れるなど、にわかには信じ難い。

「確かに、そう名乗っております」

——本物ではないだろう。まずは会って試してみるか。

輝虎は通すように命じた。

近習や小姓によって使者と面談する座が設《しつら》えられると、幕僚たちは輝虎の背後に立ったまま控えた。

続いて輝虎の左右に置かれた篝《かがり》に火が入れられた。気づくと、先ほどまで橙色《とうしょく》だった日は紅色《べにいろ》を濃くし、ほどなくして夜が訪れることを告げていた。

「ご無礼仕る」

近習頭に案内されてきた使者は、年の頃は四十代後半で頭を剃《そ》り上げていた。その背後には、弟子のような若い坊主《ぼうず》が一人、付き従っている。

「お初にお目にかかります。白井入道浄三と申します」

——此奴《こやつ》が、「関東無双の軍配者」と謳われた男か。

見たところ、何の変哲もない僧である。

——果たして本物か。

輝虎は、それを探るのが楽しみになってきた。

「上杉弾正少弼と申します。此度はご足労いただきかたじけない」

輝虎は仏門に深く帰依《きえ》しているため、出家者には丁重に接する。

「小金城攻めは一段落なされたようですな」

先ほどまで激しかった喊声はやみ、周囲に静寂が漂い始めていた。

「まあ、焦《あせ》ることもありますまい。じっくり腰を落ち着けて攻めるつもりです」

「さすが弾正少弼様、城攻めも堂に入っておりますな」

師匠のような浄三の口ぶりに、輝虎が鼻白む。

「ははは、世辞を仰せになられては困りますな」

「いえいえ、世辞ではありません」

「では何を根拠に、それがしの城攻めをお褒めになられる」

凄《すご》みのある声音で、輝虎は一歩、踏み込んでみた。だが浄三は、余裕の笑みを浮かべている。

「城攻めというものは、統率の取れていない軍勢が行うと、どうしても平寄せになります。兵は功を焦るか、略奪物に目がくらむからです。ところが弾正少弼様の兵は、それぞれの物頭の軍配に従い、一糸乱れぬ進退を見せております」

――なるほど、よきところを見ている。

浄三は軍配者と名乗れるだけの眼力を身に付けていた。

「いかにも、わが兵はわが手足と同じ」

「此度は上杉勢の城攻めをとくと拝見させていただき、眼福《がんぷく》でござった」

「まさか、その礼を言うためにいらしたのではありますまい」

「まあ、そういうことになりますな」

浄三がにやりとする。

「では、何用で参られたのか」

「弾正少弼様が、せっかく房総の地まで足を延ばされたのですから、ぜひ、お手合わせ願いたいと思いましてな」

「何と、われらと戦いたいと仰せか」

戯《ざ》れ言《ごと》の類《たぐい》だと思ったのか、背後に控える幕僚から笑いが漏れる。

「いやいや、本気で申しております。弾正少弼様に、拙僧が手塩にかけて造り上げた臼井城を攻めていただければ、軍配者の本望というもの」

「よう、言うわ」

普段は険しい輝虎の顔からも、笑みがこぼれる。

「御坊は、その臼井城とやらに、よほどの自信をお持ちなのですな」

「はい。臼井城は、拙僧がこれまで学んできた兵法のすべてを駆使して造り上げた大要害。この城を落とせる者は、この世にはおらぬはず」

浄三が自信満々に言う。

「ほほう、それは面白い」

輝虎の内奥から、闘志がわき上がってきた。

「拙僧は、若き頃から千葉家の許しを得て諸国を流浪《るろう》し、兵法修行を積んできました。その精華《せいか》こそ、臼井城なのです」

「それほどの城と仰せか」

輝虎の食指が、まだ見ぬ臼井城に向き始めた。

「此度はぜひともお手合わせいただきたく、重ねてお願い申し上げます」

「臼井城が落ちれば、御坊は死ぬことになりますぞ」

「それは覚悟の上。天下の名将と戦うことができれば、こんな命など惜しくはありません」

「よくぞ申された」

輝虎が晴れ晴れとした顔で言う。

「わしも男だ。挑まれて断っては名が廃《すた》る。その臼井城とやらを落として進ぜよう」

「さすが弾正少弼様、これぞ軍配者冥利《みょうり》に尽きまする」

その時、直江景綱が輝虎の耳元で囁《ささや》いた。

「臼井城は、ここから南東に十一里もあります。ちと深入りが過ぎるかと」

「それほどあるのか」

上杉勢にとって最も恐れるべきは、北条方に退路や兵站《へいたん》を断たれることだ。もちろんそれを打ち破る自信はあるが、これだけ南関東深くに攻め入ってしまうと、退《の》き陣になった際、相応の損害を覚悟せねばならない。

景綱が続ける。

「しかも臼井城は、湿地に囲まれていると聞いています。進退に不自由となれば、思わぬ不覚を取ることも考えられます」

――さて、どうする。

輝虎が迷っていると、「これは祝着《しゅうちゃく》」などと言いながら、浄三が床几から立ち上がった。

「弾正少弼様のおかげで、拙僧にも楽しみができました。冥途の土産話にもなります。では早速、城の守りを固めさせていただきます」

「待たれよ」

「はて、まだ何か」

「御坊は京におられたと聞くが」

「はい。若き頃におりました」

「わしも、京には行ったことがあります」

「ははあ、それで――」

「室町にある三好殿の館《やかた》の門は、どのような様式でしたかな」

「拙僧をお疑いで」

その問いに輝虎は答えない。

「当時の三好殿は、応仁の乱で焼けた今出川邸に駐屯していましたな。そこには確か――」

浄三が記憶を手繰り寄せるような顔をする。

「粗末な冠木門《かぶきもん》でしたかな」

「いかにも」

「では、これで拙僧を本物と認めていただけますな」

「もちろんです」

「それでは、戦場で相見《あいまみ》えるのを楽しみにしております」

　浄三が上機嫌で陣幕の外に出ていく。

　その後ろ姿を見送りつつ、柿崎景家が輝虎に囁いた。

「弾正少弼様、本物だろうが偽物《にせもの》だろうが、あの坊主を殺してしまわれよ。かの者がいなければ、千葉勢も原勢も腑抜け同然ですぞ」

　河田長親が口添えする。

「それがしも同感です。何ならそれがしの手で――」

「待て」

　柄《つか》に手を掛けて浄三の後を追おうとした長親を、輝虎が制する。

「殺すことはまかりならん」

「ですが、かの者を殺せば――」

　食い下がろうとする景家を、輝虎が叱《しか》る。

「わしは卑怯《ひきょう》が大嫌いだ。殺してはならぬ」

「それでは」と言いつつ景綱が問う。

「弾正少弼様は、臼井城とやらを攻めるおつもりか」

「ああ、そのつもりだ。あれだけのことを言われて引き下がるわけにはまいらぬ」

「この城はどうなされる」

「後回しだ」

三人が唖然とする。

「せめてこの城を落としてから、臼井城に向かわれてはいかがか」

景綱が顔を曇らせる。

「どのみち北条勢を引き寄せるのだ。ならば臼井城の付近で無二の一戦に及んでやる」

「しかし臼井城の周りに、存分に戦える広闊な地があるかどうか分かりません」

「もはや広闊な地など要らぬ」

三人が顔を見合わせ、ため息をつく。

景綱が仕方なさそうに問う。

「では、出発はいつとなされますか」

「まずは三月の初めまで、この城を攻めながら北条方の後詰勢を待ってみよう。それでも北条方が来ない時は、浄三と手合わせといく」

三人はまだ何か言いたそうだったが、輝虎は「もう、いかなる反論も受け入れぬ」とばかりに瞑目《めいもく》した。

三

臼井城の高櫓から印旛沼《いんばぬま》を望みつつ、秀信は満足そうな顔をしていた。

「さすがの弾正少弼様も、父上が偽者だとは見抜けなかったようですね」

「ああ、危ういところだったが、何とか切り抜けられた」

「それにしても、二十数年前の三好邸の様子をよくご存じで」

「あてずっぽうよ」

秀信が鼻で笑う。

「われらの仕事は試されるのが常だ。そうした時、試す方は試される方の顔色を見ている。つまり鎌《かま》を掛けているので、自信を持って答えればよい」

「鎌を掛けているのではなかったら」

「絶対にそうだと言い切るのだ。さすれば、勘違いしていると思われる」

「ははあ」

政信は苦笑すると話を転じた。

「果たして上杉勢は来るでしょうか」

政信の問いに、秀信がうなずく。

「ああ、来るだろう。弾正少弼様は雑説《ぞうせつ》通りの男だったからな」

「つまり無類の戦好きと――」

「そうだ。弾正少弼様にとって、軍配者として名高い浄三殿と手合わせできるというのは、この上ない楽しみになる」

秀信が会心の笑みを浮かべる。

「となると勝敗は、この臼井城にどれほどの間、敵を引き付けられるかに掛かってきますね」

「そこなのだ。敵も馬鹿《ばか》ではない。背後に気を配り、退路を確保しておくだろう」

「尤もです」

「それゆえ、退路は空けておく」

――それでは、敵を逃がしてしまうではないか。

政信には秀信の真意が摑《つか》めない。だが秀信は、すべてを見通しているように言った。

「この城に至るには下総道を使うしかない。それゆえ敵の動きは容易に読める」

小金から臼井に出るには、下総道と呼ばれる江戸から佐倉まで続く街道を利用するしかない。この街道は小金から南下し、国府台城のある市川を経て、江戸湾に突き当たったところで東に転じて船橋に至る。さらに船橋から北東に向かい、大和田を経由して臼井に到達する。

その後も下総道は佐倉を経て、道幅を狭めつつ奥下総（東総地方）まで続いている。だが、軍勢を通せるほどの街道としては佐倉で終点となる。つまり上杉勢が勝っても負けても、兵を引く時はこの道を戻っていくしかない。

「仰せの通り、下総道を空けていれば、敵は安堵して城攻めに掛かるでしょうね」

「そうしてもらわねば困る」

東国最強と謳われる上杉勢を前にしても、秀信の顔は余裕に溢れていた。

三月初旬、小金城を攻めていた上杉勢が囲みを解き、こちらに向かってきているという一報が入った。

船橋方面に放っている物見から、「上杉勢来襲」の報が次々と伝えられる。だが上杉勢は、何かを待つように船橋にとどまっていた。物見によると連日、新たな旗が集まってきているという。

どうやら輝虎は、北方から追いかけてきた結城・小山《おやま》・足利《あしかが》長尾勢や、南方から馳《は》せ参じた里見・土気《とけ》酒井両勢と合流し、臼井城に攻め寄せるらしい。

これら上杉方関東国衆は、騎馬武者だけで二千五百を数え、徒士《かち》も含めれば一万余に上る。これにより上杉方は総勢三万余の大軍になった。

一方、臼井城に籠もるのは、城主の原胤貞《たねさだ》、千葉氏からの援軍、小田原から援将として入った松田康郷《まつだやすさと》ら五千余である。

松田康郷はその名字の通り、北条氏の筆頭家老の松田一族に連なる猛将として知られ、朱具足《あかぐそく》を好んで着けていたことから、「北条の赤鬼」の異名を取っていた。

三月十八日、臼井城内で軍議が開かれ、当初の方針通り、浄三が生前に策定していた防衛策を忠実に守り、持久戦に持ち込むことになった。

この軍議の場で、原胤貞から北条方の後詰勢について問われた秀信だったが、「ご安心めされよ」と言って、それ以上のことを語らなかった。策の漏洩《ろうえい》を防ぐためだ。

城内を回って防御の手順を諸将と確認し合った秀信と政信は、真夜中になってから、ようやく寝に就いた。

戦闘中の城内には空いている部屋が少ない。そのため父子は同じ部屋で寝ることになった。

「此度は相手が上杉勢だ。苛烈《かれつ》な城攻めになりそうだな」

仰臥《ぎょうが》して天井を眺めつつ、秀信が他人事《ひとごと》のように言う。

「この城を守り抜けますか」

「浄三殿の書いた謡曲通りに皆が舞えば、この城は落ちない。だが敵は上杉勢だ。どうなるかは分からん」

「われわれは、そうした生きるか死ぬかの境目にいるのですね」

「その通り。生きるも死ぬも紙一重。それがわれら一門の宿命だ」

「では何のために、われらは死を懸けて戦うのですか」

秀信が、さも当然のように答える。

「われらは、『孟徳新書《もうとくしんしょ》』に書かれた『入込《いれこみ》』の技によって北条家から禄《ろく》を得ている。それだけのことよ」

「いかにも、その通りですが――」

秀信が深遠な意義や悲壮な覚悟を披露してくれるのではないかと期待していた政信は、少し拍子抜けした。

「そなたは、ほかの武将のように兵を進退させたいのか」

「いえ、そういうわけではありませんが――」

政信は華々しい働きを示し、多大な恩賞を受ける武将たちを羨《うらや》ましく思っていた。

「われらの仕事は敵の懐《ふところ》に入り込み、敵を内から腐らせることだ。さすれば戦闘に至らず、敵味方共に死傷者は少なくなる」

秀信が恬淡《てんたん》と語る。

自らの功名を何倍にもして語る武士が多い中、秀信は裏の仕事に徹する者として、多くを語らない。

「この仕事に従事する者は、あくまで陰の存在だ。それを忘れるな」

「分かりました。肝に銘じておきます」

「さて、寝るか」

そう言うと秀信は、大あくびをして目をつぶった。

四

——あれが浄三の集大成となる城か。

臼井城の半里ほど南の王子台に本陣を設えた輝虎は、築かせたばかりの高櫓に上り、城の方角を望んでいた。

地元の民から城のあらましを聞き出してはいたが、実際に見ると様々なことが分かってきた。

臼井城は小高い丘の上に築かれた台地城で、主に内郭部と外郭部に分かれている。内郭部は本曲輪《ほんくるわ》、二曲輪、三曲輪から成っており、三曲輪は北から西を経て南側まで続く縦長の曲輪で、本曲輪と二曲輪を包み込むような形をしている。その東に二曲輪が、さらに本曲輪が続く。それぞれの曲輪は、十間（約十八メートル）から十三間（約二十四メートル）ほどの高さの台地上に築かれ、その下は水堀か印旛沼から続く湿地になっているため、攻め口は大手側だけに限られる。

これらの内郭群を取り巻くように外郭部が設けられていたが、臼井城の場合、それぞれ離れた場所に一城別郭のような砦《とりで》が築かれており、それらを有機的に連携させ、敵を撃退するという防御方針に貫かれていた。例えば、大手口の東にある臼井田宿内《うすいだしゅくうち》砦と西にある田久里《たぐり》砦が、大手方面から攻め寄せる敵を左右から牽制《けんせい》・攻撃する役割を担うといった具合だった。

まず輝虎は、この二つの砦を攻略するつもりでいた。

輝虎が背後に控える直江景綱を呼ぶ。

「明日、北関東勢に両砦を落とすよう伝えよ」

「承知しました」

「それに続き、太田、里見、土気酒井ら南関東勢を先手として大手口を攻めさせよ。

その背後に、柿崎や河田ら越後衆を控えさせろ」

最も損害が大きくなる先手には、傘下《さんか》入りしたばかりの者や地場《じば》の者が就くのが慣例だ。今回の場合、寝返ったばかりの土気酒井胤治、岩付城を取り戻したい太田三楽斎、これを機に房総半島全土を制したい里見義堯・義弘父子が指名された。

「つまり、われらに与《くみ》する関東国衆を先頭に押し立て、崩れそうになれば、われら越後衆が支えるというわけですな」

「そうだ。彼奴らの尻《しり》を叩き、遮二無二掛からせる。逃げてくる者がおれば斬《き》って捨てろ」

普段は慈父のように家臣思いの輝虎だが、卑怯者には毘沙門天のように厳しい。

「承知しました。すぐに陣立《じんだて》を伝えます」

輝虎の命を伝えるべく、景綱が高櫓を降りていくのと入れ違うように、栗林政頼が大柄な体を持て余すようにして上ってきた。小金城攻めで先手を務めて疲弊している上田長尾衆は、今回は退路の確保と警戒に当たっていた。

「どうだった」

政頼には、北条方が後詰に来た場合の決戦地をどこにするか調べるよう命じていた。

「そこら中に馬を走らせてきました」

「で、よき決戦地を見つけられたか」

「いえ、それが――」

政頼の顔は浮かない。

「この辺りには、適した地がないと申すか」

「はい。残念ながら」

「どういうことだ」

「この辺り一面が、泥田や沼地ばかり。そこに一本道のように下総道が通っています。しかも、そこら中に名もなき小川が無数に流れており、大軍を進退するのに不向きなことこの上なし」

印旛沼の周辺地域は極めて湿地が多く、大軍を動かすのに適していない。とくに江戸湾と印旛沼を結ぶ下総道は、湿地の中を道が通っているといってもいいほどだ。

「そうか」

輝虎の胸中に一抹の不安がよぎる。

「それならそれで仕方がない。北条方も同じ条件だ」

政頼が言いにくそうに続ける。

「この地は、孫子言うところの重地《じゅうち》ではないでしょうか」

『孫子』では、敵地でも深入りしていない状態の地を軽地《けいち》、敵国深くに入り込み、容易には撤退できない地を重地と呼んでいる。

「つまり長居しては、重地が死地に変わるというのか」

同じく死地とは、進退に不自由で、下手をすると全滅に近い打撃を受けるかもしれない地のことだ。

「そうとも考えられます」

「だが、退路の下総道を確保しておけば、その心配は不要だ。城攻めがうまくいかず退き陣となっても、兵を損じずに戻れる」

この時、上杉勢は市川の国府台城を確保しているため、そこまでの退路が安全なら、万が一にも全軍で潰走《かいそう》ということにはならない。

「分かりました。それでは引き続き、背後を固めておきます」

そう言うと政頼は高櫓を下りていった。

輝虎は立ち上がり、臼井城を眺めた。

――臼井入道浄三か。悟りを開いた高僧のような風貌《ふうぼう》をしながら、その頭の中には、神算鬼謀が渦巻いているのだろうな。

輝虎は浄三の中に己を見ていた。

視線の先では、沈みゆく夕日が、臼井城の背後に横たわる印旛沼を朱に染めていた。その上空を無数の烏鷺《うろ》の群れが飛んでいる。それはあたかも明日から始まる饗宴《きょうえん》に、心躍らせているかのようにも見えた。

――明日は、多くの兵が死ぬやもしれぬな。

だが輝虎は、正義のために死すことは極楽浄土に迎えられることだと信じていた。それは己のみならず兵たちにとっても変わらない。

――わしは邪悪な敵を倒し、この世に静謐《せいひつ》をもたらすのだ。浄三、待っておれよ。

関東に二人といない軍配者との対決に、輝虎の胸は高鳴っていた。

三月二十日の日の出と同時に、二手に分かれた北関東勢が、臼井田宿内砦と田久里砦に襲い掛かった。だが砦の四囲に旗幟《きし》が林立しているにもかかわらず、中には兵の一人もいなかった。

緒戦から肩透かしを食らわされた輝虎だったが、内郭部に兵力を集中させようという城方の意図は十分に分かる。寄手が寡勢《かぜい》なら威力を発揮する砦や出城群も、大軍で一気に攻め崩されては、兵を置いていても無駄になるからだ。

輝虎は予定通り、太田・里見・土気酒井勢に大手口を攻めさせた。

大手口は臼井城から続く台地の南端にあり、また稲荷台《いなりだい》の台地も南から迫り、典型的な隘路《あいろ》地形となっていた。しかも寄手に大手口を破られても、入ってすぐに急坂となるので、寄手の行き足は鈍る。つまり浄三は寄手の攻め口を絞り、寡勢でも防御できる場所を大手口にしたのだ。

半刻ばかり経《た》つと、案に相違せず先手勢の苦戦が伝えられた。

輝虎は背後に控える小姓に合図し、色々縅《いろいろおどし》の腹巻を着けさせると、飯綱権現《いづなごんげん》の前立が輝く兜《かぶと》をかぶり、その緒を強く締めた。

「行くぞ」

馬丁の引いてきた馬にまたがった輝虎は、疾風《はやて》のように本陣を飛び出した。

それを馬廻衆が追う。

「弾正少弼様、お待ちを！」

背後から直江景綱の声が聞こえたが、それを無視して輝虎は馬に鞭《むち》を入れた。

しばらく行くと、次第に戦場独特の雲気が漂ってきた。

――ここが、わしの居場所なのだ。

敵味方の鉦鼓《しょうこ》の音が轟《とどろ》いたかと思うと、それに覆《おお》いかぶさるように、筒音が聞こえてくる。鉄砲の硝煙独特の臭《にお》いが鼻腔《びこう》に満ちると、興奮は頂点に達した。

前方の上空を見ると、無数の矢箭《やせん》が飛び交っている。馬のいななきや人の喊声、また刃や穂先がぶつかり合う音が、混然一体となって迫ってくる。

やがて大手口が見えてきた。無数の矢が飛んできたが、毘沙門天の化身である輝虎には当たらない。

大手口の周囲には仕寄《しより》用の木盾や竹束が置き捨てられ、死んだ者や負傷した者が横たわっていた。その間を縫うようにして、輝虎が馬を走らせる。

木盾や竹束の中でうずくまる味方を見つけた輝虎は、怒りに任せて叱咤《しった》した。

「何をやっておる。掛からぬか！」

輝虎の姿を認めた将兵が驚きの顔を向ける。

「わしを信じて戦うのだ！」

驚いた兵たちが、じわじわと大手口に迫る。

輝虎もそれに続こうとした時だった。

「弾正少弼様、何と危ういことを！」

先手勢を率いる太田三楽斎が駆け寄ってきた。

「わしが来れば、兵は奮い立つ。あれを見るがよい」

兵たちは覚悟を決めたように前に進み、大手口に取り付かんばかりになっている。

寄手の攻勢に城方はたじたじとなったのか、先ほどまで空を覆うほどだった矢箭も、今はまばらになってきている。

「よし、城門を破れ！」

輝虎の命に応じ、大木が用意されると、掛け声と共に門に叩き付けられる。

大手口は櫓門となっているが、すでに櫓に人はいないのか、上方《じょうほう》からの攻撃もない。

門に大木がぶつけられるたびに大地が揺れる。

「突き破れ！」

輝虎が采配《さいはい》を振ると、神仏が乗り移ったかのように兵たちの息が合い、遂《つい》に内側に掛けられていた門棒《かんぬきぼう》が折れた。

「よし、乗り崩せ！」

足軽が門を左右に開き、突破力のある騎馬武者群が走り込む。先手を承った太田・里見・土気酒井の兵だ。

「行くぞ！」

輝虎と二の手の騎馬武者たちがそれに続く。

門内に入ると、すでに敵の姿はなく、臼井城の本丸まで続く急坂が見えた。その上部は朝靄《あさもや》が立ち込めていてよく見えないが、敵が待ち伏せている気配はない。

「よし、一気に乗り崩すぞ！」

「おう！」

騎馬武者たちは奮い立ち、われ先にと坂を上っていく。

それを見ていた輝虎も続こうとした時、前方から地鳴りのような音が迫ってきた。

——何事だ。

坂の上から何本もの大木が転がってくるのが見えてきた。

先頭を走っていた騎馬武者たちが、大木に吹き飛ばされる。続く者たちは引き返そうとするが、背後には兵が満ちているので、それもままならない。坂の左右は土塁《どるい》となっているので、そちらに逃れることもできない。

兵馬の絶叫といななきが耳を圧し、一瞬にして地獄図が現出した。

——敵が浄三なのを忘れておったわ！

大木は後から後から転がされ、大手門前に積み上がっていく。押しつぶされた負傷者の悲痛なうめき声も聞こえてきた。

致し方なく、輝虎は門の外まで馬を戻した。

そこに怒濤《どとう》のような雄叫《おたけ》びを上げ、敵が押し寄せてきた。先頭を走るのは松田康郷率いる朱色の軍団だ。

ただでさえ坂の上から逆落としに攻撃する方が強い。上杉方の負傷者たちは逃げる間もなく討ち取られていく。

「引くな、踏みとどまれ！」

敵影を見たことで、輝虎の闘志に火が付いた。

「敵を防ぎ、反撃に転じよ！」

輝虎が声を嗄《か》らして叫ぶ。

ようやく態勢を立て直した上杉方が、槍衾《やりぶすま》を作って応戦する。

怒号と悲鳴が交錯し、断末魔の絶叫が空気を切り裂く。

だが真紅の集団の突進力は凄《すさ》まじく、上杉方は陣形を整える暇もなく壊乱《かいらん》した。

「弾正少弼様、ここは引いて下され」

太田三楽斎が輝虎の前に拝跪《はいき》した。

――この有様では致し方ない。

輝虎は今日の負けを捨てて、明日の勝ちを取る決意をした。

「分かった。王子台の本陣まで引くぞ！」

輝虎が退却したことで、味方は総崩れとなる。

松田勢は縦横無尽に駆けめぐり、里見・土気酒井両勢を三町（約三百三十メートル）も追い立てた上、五十余の首を取った。しかし、本曲輪の方で引き太鼓が叩かれると、潮が引くように戻っていった。

――浄三にしてやられたわ！

王子台に戻った輝虎は采配を叩き付けた。

浄三は、傾斜地の利点を生かした奇策を準備していたのだ。それにまんまと乗せられてしまったのが歯がゆい。

――だが、これで終わりではない。見ていろ浄三！

輝虎は、明日が来るのが待ち遠しかった。

翌日、内郭曲輪群への攻撃が開始された。先手衆が三曲輪に取り付く。

三曲輪と外郭部は堀で隔てられているが、三曲輪の塁線は長いので、城方の防御は手薄になる。しかも寄手にとって、最も脅威となる高櫓が南北の二カ所に据えられているだけなので、中央付近は防御上の弱点となっている。それゆえ中央付近に兵を集中すれば、容易に防衛線を突破できると思われた。

鉄砲隊による威嚇《いかく》射撃に続き、先手を務める足利長尾景長勢、本庄繁長勢、新発田治長勢が、あらん限りの矢を射る。もちろん狙《ねら》いをつけない曲射攻撃だが、明らかに敵がひるむのが分かった。

それを見ていた輝虎の采配が、振り下ろされる。

「惣懸り！」

鉦鼓の音が鳴り響き、功を求めた兵たちが、われ先にと飛び出していく。

木盾や竹束で全身を隠しながら堀底に飛び込んだ兵は、内郭側の斜面に向かおうとするが、堀底に敷き詰められた泥土が意外に深く、足を取られてなかなか上れない。

そうこうしているうちに、三曲輪から矢の直射攻撃を受け、堀底で射殺されてしまう。

しかし外郭にいる者たちが、それを見て堀底に木材や瓦礫《がれき》を投げ入れたので、堀底に急造の橋ができた。それによって内郭側の斜面に取り付く者も多くなり、城方は矢だけでは防ぎきれなくなってきた。

上杉勢が次々と堀を渡り、内郭側の斜面に取り付いていく。

――これで勝ったな。

輝虎が三曲輪の攻略を確信した時、南北の両端に置かれた高櫓が動いた。

――どういうことだ。

輝虎をはじめとした上杉方の将兵が目を見張っていると、二つの高櫓は上杉方の攻め口となっている中央付近まで進んできた。

――どうして櫓が動くのだ。

輝虎の頭は混乱した。

「あれは移動井楼《せいろう》では――」

景綱が何かを思い出したように言う。

「移動井楼だと」

かつて漢籍で読んだことのある動く櫓のことを思い出した。

「往古に使われたという記録があるだけですが、軌道の上を高櫓が動き、寄手の密度が濃いところまで移動するというものです」

足軽たちに引かれた櫓は、移動しながら最も寄手が密集している辺りで止まると、矢の雨を降らせてきた。高櫓の上からは視界を遮るものはないので、面白いように矢が当たる。

一方、斜面は滑りやすい上、堀底に兵は満ちている。そこを狙うのだから、城方の矢は百発百中だ。瞬《また》く間に、堀底に死傷者の山ができていく。

これを見た一部の味方は、高櫓から遠い場所に移動するが、そうなると再び高櫓は動き出し、寄手の密度が濃い場所にとどまって矢を射てくる。

「これは駄目だ。いったん引かせましょう」

「まだ音を上げるのは早い。弓隊に櫓を引く者たちを狙わせろ」

輝虎の命に応じ、外郭に並んだ弓隊が高櫓を引く人夫たちを狙って矢を射始めた。これにより城方の人夫たちが逃げ出し、たちまち高櫓の動きが鈍くなる。

「よし、火矢を射ろ」

高櫓に火矢が射掛けられる。火矢の先には、油を染《し》み込ませた布が巻き付けてあるので、すぐに黒煙が上り始めた。

──浄三、わしを侮《あなど》るなよ。

輝虎は、ここが勝負どころだと見切った。

「よし、二の手、三の手を掛からせろ！」

出撃を待っていた二の手と三の手の将兵が、次々と堀底に下っていく。もはや泥土に足を入れずとも、堀底には瓦礫や死傷者が山のように積み重なり、急造の橋となっているので、寄手は容易に内郭側の斜面に取り付ける。

寄手に活気が戻る。こうなれば落城は近い。

遂に三曲輪に上った者が出始めた。城方の引き太鼓が聞こえてくる。

すでに二つの高櫓は火だるまと化し、その上にいた者たちが次々と飛び降りては逃げていく。

「よし、一気に乗り崩せ！」

輝虎自ら堀底へ降りようとした時、大地が裂けたかのような轟音がした。

「何事だ！」

二つの高櫓が同時に崩れたのだ。

組まれていた大木が次々と転がり、斜面や堀底にいた者たちを押しつぶしていく。

「何たることか！」

「まさか櫓を崩してくるとは――」

景綱が唇を嚙《か》む。

――さすが浄三だ。またしてもやられたわ。

輝虎は地団駄踏みたい気持ちを、かろうじて抑えた。

浄三は木組みだけでできている櫓の基部に切れ込みを入れておき、そこを太縄で補強していた。つまり斧《おの》でその太縄を断ち切れば、櫓はそれだけで崩れることになる。

堀底には崩れた櫓と死体が散乱し、目も当てられない有様となっていた。それでも、その上を踏み越えて寄手が三曲輪へと上っていく。

「何とか三曲輪は奪取できそうだな」

輝虎が景綱に語り掛ける。

「そのようですが、わが方の痛手も甚大《じんだい》かと」

「それでも明日、二曲輪に掛かるぞ」

輝虎は意地になっていた。

「お待ち下さい。この城を落とさずとも、われらの武威《ぶい》を関東に示せたのですから、十分に宛所《あてどころ》を達せられたではありませんか。この場は兵を引くべきかと」

「いや、それでは足らぬ」

「お気持ちは察しますが、敵地深く入った際は七分の勝ちで兵を収めるのが常法。しかも、痛手を負った上で北条方の後詰《ごづめ》勢と決戦になれば、思わぬ不覚を取ることも考えられます」

「いや、この城を落とすまで戦う」

「では、この城を落としたら、すみやかに兵を引くとお約束下さい」

「分かっておる」

景綱が困った顔をして去っていった。

――さて、どうする。

輝虎にも、このまま城攻めを続けることに多少の不安はある。いかに浄三との勝負が楽しみでも、将として兵たちの命を危険に晒《さら》すわけにはいかないからだ。

――このあたりが潮時か。

輝虎の心に迷いが生じ始めていた。

五

戦いが終わり、夜になった。

三曲輪は占拠されたが、それ以上の侵入は許さなかった。だが三曲輪を取られたことは、敵に足掛かりを与えてしまったことになる。深更、三曲輪の敵の動きを監視している物見から報告があった。占拠された三曲輪では敵の行き来が激しく、次なる攻撃のための陣替えを行っているらしい。

――明日も激戦になるな。

二曲輪の築地塀《ついじべい》の隙間《すきま》から三曲輪の様子をうかがいつつ、政信は不安に駆られていた。上杉勢が明日、二曲輪へと攻撃を掛けてくるのは明らかだからだ。

――果たして、その攻撃に耐えられるか。

心配になった政信は、本曲輪に詰める秀信の許に向かった。

陣幕をくぐると、秀信はのんびりと飯を食っていた。

「父上、敵は明日、二曲輪に攻め寄せるようですぞ」

「いまだ敵は意気軒高か。だが、あてにはならぬ」

音を立てて割粥《わりがゆ》をすすりながら、秀信が言う。

「それは、どういう謂《いい》ですか」

「そうさな」

飯を食う父の姿は、とても戦場にいるとは思えない。

「そなたも食べるか」

「飯は済ませました」

「ああ、それならよい」

「で、あてにはならぬとは、どういう謂で」

ようやく椀《わん》の中身がなくなり、秀信が箸《はし》を擱《お》いた。

「弾正少弼様に、そろそろ退き陣を勧める者が出てくる頃合いだ」

戦の難しさは引き時だと言ってもいい。引き時を誤ると、思いもよらない痛手をこうむる。今回の輝虎越山の主たる目的は、あわよくば北条方と無二の一戦に及ぶことだが、それが無理なら岩付太田氏や里見氏ら反北条陣営を助け、輝虎の武威がいまだ衰えていないことを、関東国衆に知らしめることにある。

ここまでの戦いで、それを達成できたというのが、秀信の見立てだった。

「つまり、ほどなくして敵は引くとお思いか」

「それは分からぬが、思いつきで動くことの多い弾正少弼様だ。突然、『北条が来ぬなら帰る』と言い出しかねない」

「では、どうなされる」

「駄目を押さねばなるまい」

「駄目を押すとは――」

「わしに付いてくれれば分かる」

秀信は立ち上がると伸びをした。

「ああ、食った、食った」と言いつつ、秀信が小さな頭に宗匠頭巾《ずきん》を載せた。

「どこに行くので」

「決まっておる。弾正少弼様の許だ」

政信は唖然として言葉もなかった。

三曲輪の建築物は、ことごとく焼け落ちていた。上杉方の兵が、瓦礫を運んでは二曲輪側と堀を隔てて接する側に並べている。最初は遮蔽物《しゃへいぶつ》としておき、いざ堀底に下りる段になれば、それを落として埋草《うめくさ》とするつもりなのだ。

——さすがに上杉勢は戦慣れしている。

その作業は夜を徹して行われていた。篝《かがり》を焚《た》かないのは、城方の射手を警戒しているからだ。

浄三と従者に化けた秀信と政信を見る上杉方の兵の顔には、「これで戦が終わる」と描かれている。降伏の使者と勘違いしているのだ。

やがて輝虎の仮本陣が見えてきた。そこだけは赤々と篝が焚かれており、何かの楽器を奏《かな》でる音が漂ってきている。

——あれは琵琶《びわ》か。

陣幕の中から、弦を爪弾《つまび》く音が聞こえてきた。

「ご無礼仕ります」と案内役が言うと、「誰だ」という鋭い声が聞こえた。

「使者が参っております」

強く弦を鳴らす音がして、演奏が終わった。

「使者とは誰だ」

「白井入道に候《そうろう》」と、秀信自ら名乗る。

しばしの沈黙の後、輝虎の声がした。

「入られよ」

二人が陣幕をくぐって中に入ると、輝虎は琵琶を置き、床几《しょうぎ》に座るよう勧めてきた。

「弾正少弼様に再びお目にかかれるとは思いませんでした」

「同感ですな」

「さすがは弾正少弼様。これだけ早く三曲輪まで奪われるとは。この浄三、感服仕りました」

「それは皮肉ですかな」

「いえいえ」

「知っての通り、わが方の痛手は小さくありませぬ。御坊の造られた城と采配こそ、称揚されてしかるべきかと」

輝虎の言葉は丁寧だったが、その端々からは、「憤懣《ふんまん》やる方なし」という気持ちが伝わってきた。

「ありがたくお言葉を頂戴《ちょうだい》しておきます」

「それで此度は何用ですかな。まさかこれで、手仕舞いにしたいと仰せか」

「そこです」

秀信が「得たり」とばかりに身を乗り出す。

「これ以上、戦いを続けても、互いに利はありません。それゆえ、ここらで手打ちとしませんか」

「手打ち、とは」

「兵を引かれてはいかがでしょう」

「御坊は臆《おく》されたか」

「はい。十分に」

二人が高笑いする。

「御坊のせっかくのお勧めながら、それがしは己の武名のためでなく、この世に静謐をもたらすために出師《すいし》を興《おこ》しております。それゆえ、御坊が引けと仰せになられても引くわけにはまいりませぬ。それよりも――」

輝虎が余裕の笑みを浮かべて続ける。

「御坊らは、ここまでよく戦いました。兵の疲弊も激しいと察しますので、そろそろ城を開けてはいかがか。城主の原殿には、われらの傘下入りをしていただきますが、所領と城を安堵《あんど》いたしましょう」

「悪くないお話ですな」

「御坊のお命もお助けいたそう。どこぞの寺の住持となり、余生を過ごすのも悪くはありませんぞ」

「さすが弾正少弼様らしい寛大なお話。ですが、城を開ける気はありません」

「ほほう、さすが名にし負う軍配者。ということは、明日が命日と心得ておられるのですな」

「いやいや、どちらの命日となるかは分かりませんぞ」

「何――」

輝虎が目を剝《む》く。

「どちらかが死に、どちらかが生き残る。さような戦を明日もいたしましょうぞ」

「はははは」

輝虎が膝《ひざ》を打って笑う。

「この輝虎、これまでの三十七年の生涯で、これほど愉快なことはありません」

「拙僧が首となるか、弾正少弼様が首となるか、実に楽しみですな」

「よくぞ申された」

輝虎のこめかみに青筋が立つのを、政信は見た。

「つまり、兵を引かれぬと仰せですな」

「もとより」

「では、これにて」

秀信は軽く会釈《えしゃく》すると、陣幕の外に出た。政信も後に続く。だが外の様子は、来た時とは一変していた。

——こいつは参った。

そこには、輝虎の幕僚とおぼしき男たちが立っていた。その背後には、幾重にも兵たちが取り巻いている。

「待たれよ」

その中から一人の男が進み出た。

「それがしは直江景綱と申すが——」

「何用ですかな」

「弾正少弼様と何を話していた」

「それは、弾正少弼様にお聞き下さい」

「いずれにせよ、御坊の身柄を預からせていただく」

「何と」と言って、秀信が大げさに驚く。

「命までは取らぬ。戦が終わるまで、ここにとどまってもらう」

——われらを抑留するのか。

そうなれば命は覚束《おぼつか》ない。だいいち捕虜となった味方の足軽あたりが、命惜しさに秀信を偽者と暴露すれば、その場で首が飛ぶことになる。

「何をやっておる！」

その時、輝虎が陣幕を払って外に出てきた。

景綱を筆頭に、そこにいた武士たちが一斉に拝跪する。

「戦が終わるまで、白井入道を預からせていただこうと思いました」

「なぜだ」

「この僧侶《そうりょ》の神算鬼謀によって、わが方は痛手をこうむってきました。それゆえしばしの間、こちらの陣で――」

「まかりならん！」

輝虎の怒声が轟く。

「そんなことをして勝ったとて、何の誉れか。正々堂々と戦わぬ限り、毘沙門天のご加護は得られぬ。さような卑怯《ひきょう》を行えば、必ず天罰が下る」

幕僚たちは気まずそうに顔を見合わせ、誰も反論する者はいない。それだけ輝虎の威光が浸透しているのだ。

「御坊、お引き取りいただいて結構」

「それでは、ご無礼仕ります」

そう言うと秀信は、あえてゆっくりと、その場から立ち去った。

ようやく二曲輪に戻った二人は、安堵のため息を漏らした。

「危ういところだったな」

「冷や汗が出ました」

「だが、何とか宛所は達せられたな」

「宛所、と仰せになられますと」

「ここで再び弾正少弼様の闘志を焚きつけておかないと、『越後に戻る』と言い出しかねない。それだけでなく、その気持ちを城に引き付けておく必要もある」

「城に引き付ける、とは」

「そのうち分かる。それよりも、これで弾正少弼様は、明日も城攻めを続けてくれるはずだ」

秀信が確信を持って言う。

「では早速、防戦の支度に掛かりましょう」

「その必要はない」

「なぜですか」

「二曲輪を放棄する」

もはや政信には、秀信が何を考えているのか見当もつかなかった。

六

「何だと、二曲輪に敵がおらぬと申すか！」

明け方になり、景綱の報告を聞いた輝虎は唖然とした。

「はい。それがし自ら二曲輪の様子を慎重にうかがったのですが、敵影は一切見えませんでした。それでも何か策を弄《ろう》しておるやもしれぬと思い、火矢を射込み、その黒煙に乗じて軒猿《のきざる》を入れましたが、やはり人の気配はないとのこと。かの僧は、いったい何を考えておるのやら」

「おのれ浄三、わしを愚弄しおって！」

「それでも、これでわれらは二曲輪を占拠しました。つまり『実城堀一重《みじょうぼりひとえ》』となりましたぞ」

「実城堀一重」とは、本曲輪を残してすべての曲輪を制圧したという意味だ。

──おそらく浄三は、二曲輪の守りで兵を失うことを嫌い、本曲輪で勝負をつけようとしておるのだな。

輝虎はこの時、浄三が落城の覚悟を決めたと思った。本曲輪の背後、すなわち東側は印旛沼となっており、多くの舟が停泊しているという報告も、軒猿から受けていた。その時、軒猿は「焼きますか」と問うてきたが、輝虎は、あえてそれらを焼かずに残しておいた。舟を焼いてしまえば、兵は決死の覚悟で戦うが、焼かずに残しておけば、それに乗って逃れる気になるからだ。

「弾正少弼様、かくなる上は、一気に本曲輪を落としましょう」

二曲輪の攻防で兵を損じなかったこともあってか、景綱も肚《はら》を決めたようだ。

「そうするか」

だが得体のしれない不安が、心の片隅からわき上がってくる。

──何かある。いったいそれは何だ。

「では、本曲輪攻めの手配りをしてきます」と言って、景綱が陣幕の外に出ていこうとした。それを輝虎が呼び止める。

「待て。下総道は確保できておるな」

「はい。先ほど栗林殿から、『市川まで敵影は見えず』という報告を受けております」

「ということは、氏政はこの城を見限ったのか」

「そうかもしれません」

——まさかとは思うが、浄三はわしと四《よ》つに組んだ勝負をするために、氏政に後詰勢を頼んでおらぬのやもしれぬ。

浄三ならそこまでやりかねないと、輝虎は思っていた。

「背後には、くれぐれも気をつけておくようにな」

「承知仕った」

うなずくと景綱は出ていった。

この日の朝、上杉方は本曲輪に猛攻を掛けた。これに城方はたじたじとなり、攻略までもう一歩というところまで迫った。

ところが、それも城方の偽装で、寄手が本曲輪の斜面を上ろうとすると、本曲輪の築地塀が一気に崩れた。

城方は築地塀をあえて崩しやすくしておき、寄手が堀底から斜面にかけて取り付いたところで、築地塀を崩すという防御法を用意していたのだ。これにより上杉方の兵は再び瓦礫の下敷きとなり、堀底に折り重なった。

それでも衆寡敵《しゅうかてき》せず、城方は次第に追い詰められていく。

――いよいよ最後の詰めだな。

輝虎は戦機を読むのに長《た》けている。それゆえ戦機が熟した時、一気に押し切るのを常とする。

「よし、そろそろ参るか」

輝虎が小姓に腹巻を着けさせていると、「弾正少弼様！」と叫びながら栗林政頼が駆け付けてきた。その着崩れした甲冑《かっちゅう》を見れば、何があったかは明らかだ。

「いったいどうしたのだ！」

「敵が下総道を封鎖しております！」

「何だと。敵は来ておらぬはずだろう。どういうことだ」

「分かりません」

「北条方が、どこから来たというのだ」

「昨日まで下総道には、一兵たりとも敵はおりませんでした。だが背後ではなく、城の裏手にある印旛沼を渡り、どこぞに舟を着けて下総道に回り込んだようなのです」

――しまった。背後ではなく前方だったたか。

この瞬間、輝虎には北条方の策が読めた。

——敵の後詰勢は来ていないのではなく、とっくに佐倉城に詰めていたのだ。われらが臼井城の二曲輪に入ったところで、舟を使って佐倉城から繰り出してきたに違いない。

臼井城同様、佐倉城も印旛沼に面しているので、臼井城との行き来は主に舟で行われる。

「またしても浄三めにしてやられたわ！」

輝虎が手にしていた馬鞭を叩き付ける。

この騒ぎを聞きつけた幕僚たちも本陣に集まってきた。

「皆、聞け」

輝虎が政頼から聞いたことを説明すると、皆の顔が青ざめていった。

「今更、何を言っても始まらぬ。事ここに至れば、全軍一丸となって下総道にいる北条勢を蹴散らし、帰国する」

輝虎が退き陣の隊形を決めると、諸将は自軍の許に戻っていった。

「よし、引き揚げだ」

馬に乗った輝虎は去り際《ぎわ》、憎々しい目で本曲輪を一瞥《いちべつ》した。

——浄三め、此度はしてやられたが、いつか借りを返してやる。

未練を断ち切るように前方を見ると、輝虎は采配を振り下ろした。

「よし、越後に帰るぞ！」

「おう！」

怒濤のような勢いで上杉勢の退き陣が始まった。

退き陣は逃げることが目的なので、いかに強兵でも浮足立つ。それでもそこは上杉勢だ。大和田で上杉勢の退路を遮断していた北条勢を撃破すると、一気に船橋を目指した。

下総道を封鎖していたにもかかわらず、北条勢は上杉勢に蹴散らされて道を空けた。

輝虎は火の玉のようになって、元来た道を引き返した。

ところが上杉勢の先頭が船橋に達したところで、沖から雲霞《うんか》のごとき大船団が押し寄せてきた。唖然としていると、船団は次々と船橋の浜に乗り上げ、武装した兵を下ろしていく。北条氏の船手衆が、主力勢を大船に乗せて運んできたのだ。

双方は船橋で激突したが、即座に戦っていない兵と疲弊した兵の差が出た。

上杉勢は瞬く間に押され、元来た道を引き返す形になった。

だが何も知らない後続部隊は、どんどん引き揚げてくる。そのため下総道の途中で押し合いへし合いが始まった。

しかも周囲には無数の小川が流れ、泥田や湿地が点在している。逃げるにしても下総道しかない。たまらず街道を外れた者も、結局、街道に戻ってくる。

下総道の東西から挟撃《きょうげき》態勢を布《し》いた北条方は、徐々に包囲を縮めてきた。

その混乱の中で輝虎は、先ほど大和田にいた北条勢が「どうぞ」と言わんばかりに道を空けた理由が分かった。

――初めから挟撃しようとしていたのだ！

輝虎は自ら槍を取り、気狂いしたかのように暴れ回った。

だが行くも帰るも身動きが取れなくなった上杉勢は、船橋に向かって死を覚悟の突撃を敢行せざるを得なくなった。

将兵が次々と討たれる中、馬廻衆に囲まれる形で輝虎の脱出行が始まった。

――致し方ない。いつか復仇《ふっきゅう》を遂げるために、今はわが身を大切にする。

輝虎は何とか危地を脱し、岩付方面に逃れることができた。

この戦いは二十五日まで続き、最後は一方的な殺戮《さつりく》戦となる。

北条氏政は武田信玄あての書状で、「敵数千人手負死人出来」と書き、古河公方足利義氏《よしうじ》は書状に、「五千余手負い死人出来せしめ」と具体的な数字を記している。

もちろん手負いとなって捕まれば殺されるだけなので、上杉方にとっては文字通り、五千人余の命が奪われる大敗北となった。

七

臼井城からは、弾むように走っていく武士や足軽の姿が見えた。落ち武者狩りをしようというのだ。

——勝ったのだな。

政信が高櫓に上ると、先に秀信が来ていた。

秀信は西の下総道を見ているので、その顔は夕日に照らされて橙色に染まっている。

「父上、どうやらうまくいきましたな」

背後から声を掛けると、当然のごとく秀信が答えた。

「これも死せる浄三殿のおかげだ」

「まさに、死せる孔明、生ける仲達を走らすですね」

「ああ、その通りだ」

「浄三殿でも、こうまでうまく行かなかったでしょう」

「それは分からんぞ。われらの気づきもしない神算鬼謀で、弾正少弼様の首を取ったかもしれぬ」

「しかし、船手衆を使うという奇策は思いつかなかったはず」

「そうかもしれぬが、それも分からぬ」

秀信は浄三が生前に作り上げていた籠城策に加え、船手衆を使って敵を殲滅《せんめつ》する策を立てていた。

「此度は印旛沼と江戸湾の両船手衆が、戦の帰趨《きすう》を左右したのですね」

「そういうことになる。敵地深く攻め入った者は、退路には十分に気をつけるものだが、行く手までは気が回らない。弾正少弼様は、江戸湾の地形をよく把握していなかったのだ」

北条方は江戸城に後詰勢を集めておき、上杉勢の状況を早船で把握し、一気に江戸湾を押し渡ってきた。風の状態にもよるが、江戸城から船橋なら小半刻から半刻で着く。

「これで弾正少弼様の関東制覇の野心は、潰《つい》え去ったのですね」

「おそらくな。これほどの痛手を与えれば、もう易々《やすやす》と攻めてはこられぬ。上杉傘下の国衆からも離反する者が出てくるだろう。幕引きとはならぬやもしれぬが、此度の戦いが大きな分岐点になったのは間違いない」

その言葉は後に事実となる。この大敗戦の後、関東での輝虎の威光は輝きを失い、北条傘下に転じる国衆が続出する。輝虎はこの後も越山を繰り返すが、南関東まで進出することはできなくなり、その南限は北武蔵となる。

「父上、これで早雲庵様以来の『祿壽應穩』の存念を、関東に敷衍《ふえん》していけるでしょうか」

「まだ分からん。いつ何時、弾正少弼様より強くて大きな敵が現れぬとも限らぬからな。だが――」

秀信が遠い目をする。

「われらは民のためを思い、これからも粉骨砕身していかねばならない」

「それがしにも、それができましょうか」

「幼い頃から『入込』の奥義《おうぎ》を学んできたそなたのことだ。きっとうまくやれる」

――父祖は割に合わないと分かっていても、この仕事を続けてきた。それには頭が下がる思いだ。だが、すでに北条家も敵対する諸大名も大きくなりすぎた。そうした中で「入込」が、どれほどの効力を発揮するのかは分からない。

「おお、あれを見よ」

気づくと秀信は櫓の反対側に行き、印旛沼の方を指差していた。

雲の薄くなった空から光が漏れ、無量光のように印旛沼の中央部分を照らしている。

それに向かって秀信が手を合わせたので、政信もそれに倣《なら》った。

「浄三殿が、われらの勝利を祝福しておられるのだ」

その壮大な光景を眺めつつ、政信は父祖の思いを受け継ぎ、関東の地を守っていくことを誓った。

黄金の城

一

「もはや戦うしかあるまい」

北条美濃守氏規《みののかみうじのり》がため息交じりに言った。

「戦を避ける術《すべ》はないのですね」

大藤直信《だいとう》の祖父にあたる秀信が問う。

「芳円《ほうえん》の知恵をもってしても、まあ、無理だな」

齢《よわい》七十一に達する秀信は、すでに僧形《そうぎょう》となり、法名芳円を名乗っている。

「小田原の兄者《あにじゃ》たちは籠城《ろうじょう》戦で粘り強く戦い、豊臣方が疲弊してきたところで和談に持ち込もうという肚《はら》だが、秀吉はそれほど甘くはない」

「これまでの美濃守様の苦労を思うと、この芳円、慙愧《ざんき》に堪えません」

「もうよい。ここで滅ぶのも北条家の運命《さだめ》だ」

氏規が遠い目をする。

天正十六年（一五八八）の八月に使者として上洛《じょうらく》を果たし、秀吉に拝謁《はいえつ》した氏規は、豊臣家の勢威を見せつけられ、臣従するほかに北条家が生き残る道はないと思った。帰国後、強気な兄たち（氏政《うじまさ》や氏照《うじてる》ら）を説き伏せ、豊臣政権に臣従することで家論を統一した。

これにより小田原は一時の平穏に満たされたが、天正十七年（一五八九）十一月、上野《こうずけ》国沼田城代の猪俣邦憲《いのまたくにのり》が、真田昌幸《さなだまさゆき》の持ち城の名胡桃《なぐるみ》城を奪取することで、雲行は一変した。これは豊臣政権の私戦禁止令である関東奥羽《おうう》惣無事《そうぶじ》令《れい》に違背する行為であり、秀吉は激怒し、北条家に宣戦布告状を送り付けた。かくして双方の軍事衝突は不可避となった。

「あれは不可解な一件でした」

「ああ、猪俣は『真田にだまされた』と言っておるが、それが真相だろう」

「というと――」

「秀吉は配下に分け与える所領が足りなくなり、どうしても北条家を滅ぼさねばならなくなったのだ」

「それだけの理由で――」

そのために関東の民がこうむる災禍は、計り知れないものとなる。

「いかにわれらが大きな存念を掲げていても、力には抗しきれない。われらの滅亡は致し方ないとしても、敵の大軍が侵攻してくれば、田畑は荒らされ、家は焼かれ、民は飢餓に苦しむことになる。わしは、それだけは何とか防ぎたい」

氏規は天を仰ぐと続けた。

「わしとて、北条家が滅ぶことで、早雲庵《そううんあん》様が掲げてきた存念が消えてしまうことは口惜しい。しかし民の命には代えられない」

「仰《おお》せの通り」

芳円が肩を落とす。

「して、美濃守様――」

傍らに控えていた直信が、ようやく口を開いた。

「われらにとっても、これが最後の仕事になるということですね」

「ああ、そうなる。北条家同様、五代続いた大藤家にとっても無念だろうが、最後に一働きしてほしいのだ」

大藤氏は初代信基、二代景長、三代秀信、四代政信、五代直信と続いてきた、北条氏にとって重代相恩の家臣のひとつだ。政信は北条氏四代当主の氏政から、直信は五代当主の氏直から偏諱《へんき》を賜るほど信頼されている。

北条家中における大藤家の役割は、家伝の「入込《いれこみ》」の技を使って相手の内部に入り込み、敵を攪乱《かくらん》させることにある。だが四代政信は、大藤家諸足軽衆頭という立場から、鉄砲足軽を中心にした強力な部隊を編成する。ところが、同盟している武田家への援軍として派遣された三方《みかた》ヶ原《はら》合戦で討ち死にを遂げた。その時、大藤家の鉄砲隊も壊滅し、以後、最前線に投入されることも少なくなっていた。

「で、それはいかなる仕事で」

芳円が膝《ひざ》をにじる。

「目的はひとつ」

氏規の顔が引き締まる。

「わしにできることは、この韮山《にらやま》の城に籠《こ》もる兵と民を救うことだ。ただし、すぐに城を開けるつもりはない。さもないと小田原への道が容易に開かれてしまう」

北条氏の本拠・小田原城は北条領国の西に偏《かたよ》りすぎているため、西から迫る敵に箱根山を突破されると、すぐに包囲されてしまう。そのため箱根口を守る山中城、片浦口を守る韮山城、河村口を守る足柄城の構えを厳にし、それぞれの口から敵を入れないことを戦略の第一に掲げていた。

直信が問う。

「つまり籠城戦を貫徹しつつ、何らかの策配によって時を稼ぐということですね」

「その通りだ」

「美濃守様のお考えは、それだけではありませんな」

芳円が問う。

「ああ、そうだ。できれば小田原城も救いたい」

「それは、ちと難しいかと――」

芳円の眉間《みけん》に皺《しわ》が寄る。

「難しいのは分かっている。だが、それをやり抜かねば、小田原城に避難した万余の民が殺戮《さつりく》される」

氏規が心痛をあらわにしつつ続ける。

「これは容易ならざる仕事だ。命懸けとなるだろう。もしもそなたらでも難しいというなら、これまでの功に免じて、この場から去っても構わぬ」

沈黙が訪れた。

芳円にも、これといった策が浮かんでいないに違いない。

――ひとつの城を落とすことさえ難儀なのに、ふたつの城を救えと言うのか。

その時、芳円の声が聞こえた。

「子曰《しいわ》く、捕らわれると思えば捕らわれ、捕らわれざると思えば捕らわれることなし」

「それは『孟徳新書《もうとくしんしょ》』だな」

「はい。初代金谷斎信基《きんこくさいのぶもと》以来、わが家に伝わる秘伝書です。その中にある秘伝中の秘伝『入込』の術により、わが家は禄《ろく》を食《は》んできました。此度《こたび》もそれを駆使し、美濃守様の望みを叶《かな》えようと思います」

「つまり、よき考えが浮かんだのだな」

「はい」

「聞かせてもらおう」

芳円が策を語り始めた。

二

伊豆国の韮山城に向かう駕籠《かご》の中で、織田信雄《おだのぶかつ》は、「世の中というのは全くもって不可解だ」とひとりごちていた。

——父上の草履取りから成り上がった猿に、どうしてわしが這《は》いつくばらねばならないのだ。

信雄の脳裏に、二日前の屈辱がはっきりとよみがえる。

天正十八年（一五九〇）三月二十七日、信雄ら小田原合戦参陣諸将は、沼津三枚橋城に設けられた仮本陣で、遅れて到着した秀吉を迎えることになった。

城の大手口で家康と談笑しながら待っていると、やがて極彩色《ごくさいしき》に彩《いろど》られた秀吉の駕籠が見えてきた。

大名諸侯や名のある武将たちが城門の左右に整列する中、秀吉の駕籠がその前を通り過ぎていく。駕籠は、そのまま城門をくぐって城内に入っていくはずだった。ところが、信雄らが立つ場所の前で止まった。

――ああ、猿がまたやるのか。

駕籠から転がるように飛び出し、己や家康の手を取り、「よくぞ参陣下さった。頼りにしておりますぞ」と言う秀吉の姿が、まざまざと思い描かれる。

――かようにあさましき男が天下人とはな。笑わせるわ。

近習頭《きんじゅがしら》が駕籠の扉を横に開くと、その痩《や》せさらばえた体軀《たいく》を折り、秀吉が現れた。

だが走り寄るどころか、もどかしげに草履を履くその横顔には、険しい色が浮かんでいる。

——どうしたというのだ。

不安の黒雲が信雄の胸内に広がる。

苛立《いらだ》つように駕籠を降りた秀吉が、足早にこちらに向かってきた。

その顔は、不動明王のように憤怒《ふんぬ》に燃えている。

信雄はそこから逃げ出したい衝動をかろうじて抑え、腰をかがめた。

嫌な予感は的中し、秀吉は信雄の前で歩を止めた。

「そなたら——」

——今、「そなたら」と言ったか。

それが複数だっただけで、信雄の心中に安堵《あんど》感《かん》が広がる。

「そなたらは謀反《むほん》を働くつもりらしいな」

反射的に家康が膝をつく。慌てて信雄もそれに倣《なら》う。

「そなたらとは、それがしと織田内府《ないふ》殿のことでございますか」

傍らの家康が問う。信雄は内大臣の地位に就いているので、織田内府と呼ばれていた。

「そうだ。そなたと織田内府のことだ」

秀吉が憤然として答える。

「織田内府のことはいざ知らず、それがしは謀反など考えてもおりませぬ」

家康が早速、信雄の切り離しに掛かった。

「織田内府はどうか」

「あうう――」

秀吉を前にすると、信雄は言葉がうまく出てこない。

「謀反する気があるのか。あるのなら構わぬ。追っ手は掛けぬゆえ、さっさと国元に戻り、戦支度をするがよい」

「お、お待ち下さい。それがしは謀反など考えてもおりませぬ」

やっと言葉が絞り出せた。

「では、これは何だ」

秀吉は、家康と信雄それぞれに書状を手渡した。

それを読みながら、己の顔が蒼白《そうはく》になっていくのを信雄は感じた。

そこには「手はず通り、秀吉が三枚橋城に入った夜、奇襲を掛けて下され。火の手を見るや、われらは後詰《ごづめ》いたす所存。みの」と書かれていた。

――こんなものは知らぬぞ。

弁明しようとする信雄を制するように、秀吉が怒声を発した。

「もしも、これが事実なら、この場でそなたらを斬《き》る！」

秀吉が、腰の太刀に手を掛ける。

「これは瑞兆《ずいちょう》！」

突然、家康が大声を発した。

「今、瑞兆と申したか」

秀吉が問い返すと、家康は満面に笑みを浮かべて答えた。

「御大将が戦の前に太刀に手を掛けるのは、往古から瑞兆と言われております」

――そんな話は聞いたことがない。

だが、その出典を問うほど、信雄も野暮ではない。

「そうか。それはそれとしてだ」

秀吉の顔が再び強張《こわば》る。

「これをどう釈明する」

「いやいや、恐れ入りました。敵ながら真《まこと》に天晴《あっぱれ》。これぞ武略の手本と言うべきでしょう」

「武略とな」

「はい。北条美濃とそれがしは幼き頃、それぞれ今川家の人質となり、駿府《すんぷ》で共に少年時代を過ごしました。その頃から美濃は聡明《そうめい》なことこの上なく、河原喧嘩《げんか》をしても、二つ上のそれがしが後れを取ることも多々ありました」

河原喧嘩とは、武将の子らが徒党を組んで合戦のまねごとをすることだ。石合戦のように石を投げ合うだけでなく、地形を読んで伏兵を隠し、様々な策略を使って相手を出し抜くことで、武家の子らは合戦の駆け引きを学ぶ。

「つまり、これは偽書だと申すか」

「しかり。われらを惑わすための、美濃の策配に相違なし」

それでも秀吉の金壺眼《かなつぼまなこ》には、疑念の色が浮かんでいる。

「北条ごときに、これほど気の利《き》く武将がおるとは思えぬ」

秀吉はかつて北条美濃守氏規を引見しているが、型通りの挨拶《あいさつ》だけだったので、どのような人物か覚えていないらしい。

「仰せの通り。美濃だけが格別なのです」

「ほほう」と秀吉は感心したが、突然、顔色が変わると言った。

「わしはだまされぬぞ。そなたらは、その美濃とやらと通謀しているに違いない」

「いやいや、これが惑説（偽《にせ》情報）であるのは歴然。その証拠に、わが手勢は、ここから一里半余も先の山中城の近くまで出張っております。その兵が夜のうちに引き返してくれれば、関白殿下の手勢に見つかることは明らか。それで、いかに夜襲が掛けられましょう」

家康の主力部隊は、すでに箱根西麓《せいろく》にある北条方の山中城近くに布陣しており、家康の周囲には、わずかの旗本しかいない。

「織田内府とて同じこと。その手勢は、すでに北条美濃の籠もる韮山城に向かっております」

織田軍一万五千は、すでに韮山城に向かっていた。つまり徳川勢と同じ状況にある。

ちなみに信雄率いる韮山城攻略軍には、蒲生《がもう》氏郷《うじさと》、福島正則《ふくしままさのり》、細川忠興《ほそかわただおき》ら歴戦の雄が付けられており、その総勢は四万四千余に達していた。

「よって織田内府も、殿下を襲うことはできません」

――ありがたい。

突き放しておいてから救いの手を差し伸べるのが、家康の常套《じょうとう》手段だ。その方が、相手は何倍も恩義に感じることを知っているのだ。

「それもそうだな」

秀吉の顔が、先ほどのものとは別人のように明るくなった。

「どうやら此度のことは、わしの早合点のようだの」

芝居じみた仕草で額に手を当て、秀吉が大笑いしたので、周囲も慌ててそれに追随した。

「われらが最も恐れるべきは敵ではない！」

再び真顔に戻った秀吉が、居並ぶ大名たちを見回しつつ言う。

「われらの真の敵は妄心《もうしん》だ。そうした心の隙《すき》に敵は乗じてくる。決して味方を疑わず、力を合わせて朝敵を討つのだ」

妄心とは疑心暗鬼のことだ。

秀吉が憤怒の形相で続ける。

「われらは錦旗《きんき》をいただく帝《みかど》の兵だ。皆、一致して朝敵北条を滅ぼすべくここまで来た。それを忘れるな！」

「はっ」と答えるや、すべての将士が拝跪《はいき》する。

「朝敵を滅ぼし、帝の威令を東国に及ぼさん！」

「おう！」

秀吉は「よしよし」と言わんばかりにうなずくと、駕籠に戻っていった。

皆に倣ってその場に拝跪し、秀吉の駕籠が城内に入っていくのを見送っていると、傍らに立つ家康が呟《つぶや》いた。

「見事なものよ」

「ということは先ほどのことは——」

「われらは、諸将の士気を鼓舞するための〝だし〟に使われたのです」

「〝だし〟と仰せか」

「はい。これでわが方の勝利は間違いないでしょう」

それだけ言うと、家康も城内に向かった。

——そういうことか。

信雄にも、ようやく秀吉の意図が分かった。

秀吉は北条美濃守という男の偽書を逆手に取り、自軍の士気を高めることに利用したのだ。

——それにしても北条美濃か。侮《あなど》れぬ男だな。

信雄は、これから戦うべき相手のことを全く知らないことに気づいた。

——それほどの相手なら、心して掛からねばならぬ。

気を引き締めた信雄は、慌てて家康の後を追った。

実は、家康と信雄が謀反を起こすという惑説は、以前から根強く噂《うわさ》されていた。そのため家康はこの疑念を晴らすべく、人質として三男竹千代《たけちよ》(後の秀忠《ひでただ》)を秀吉の許《もと》に送った。秀吉は喜び、すでに人質に取っていた信雄の娘と婚儀を執り行い、二人を親元に返した。これで一件落着と思われていた矢先の事件だった。

だが、戦を前にして豊臣軍の軍紀は引き締まり、その戦闘意欲も天を衝《つ》くばかりになった。

三

三月二十九日、三島大社の前で東海道から下田街道に入った信雄一行は一路、韮山城を目指した。

——難儀なことよ。

駕籠に揺られながら、信雄は大きなため息を漏らした。

四国と九州を制することで、西日本を押さえた秀吉だったが、これまでの配下の功に報いるべく、さらなる大領を必要としていた。つまり、どこぞの大名家をひとつふたつ、つぶさねばならなくなっていたのだ。

だが毛利や上杉はいち早く臣従し、長曾我部《ちょうそかべ》や島津は戦うことには戦ったが、すぐに白旗を揚げてきた。

残る大大名は小田原北条氏だった。北条氏は関東二百三十万石という広大な領国を有し、かつては秀吉に敵対する家康と同盟を結び、豊臣政権を認めなかった。

それでも北条氏は臣従してきたので、いったんそれを受け容れた後、秀吉は難癖を付けて戦わざるを得ない状況に追い込むことにした。

それが名胡桃城の一件でうまくいき、晴れて「朝敵を討伐する」という大義を掲げ、関東に攻め込むことができた。

――あの男は、なぜあんなに戦が好きなのだ。

秀吉と違い、信雄は生来、戦が嫌いだ。何がうれしくて互いに殺し合い、敵の財や領土を奪おうとするのか、信雄にはとんと分からない。だが父の信長こそ、そうした者の典型だった。

――わしは、秀吉にとやかく言える立場にはない。

信雄は自嘲《じちょう》すると、韮山城周辺の絵地図に目を落とした。

――いかにして、この城を落とすか。

尤《もっと》もらしい顔で頭をひねっていると、宿老の土方勘兵衛《ひじかたかんべえ》雄久《かつひさ》が駕籠《かご》脇《わき》に寄ってきた。

「殿、敵方の農民を捕まえました」

「敵方の農民だと。たかがそれだけのことを、どうしてわしに告げる」

「それは承知しておりますが――」

「わしは、城攻めのことで頭がいっぱいなのだ」

そうは言っても、軍略に疎《うと》い信雄には、とんと気の利いた戦術など浮かんでこない。

実はこの日の午前、秀吉の甥《おい》にあたる秀次《ひでつぐ》を総大将とする山中城攻めが行われ、豊臣勢は半日で城を落とし、二千もの首を挙げていた。それが信雄に焦《あせ》りを生んでいた。

そもそも東海道を通ってきた豊臣勢が小田原へ向かうには、その途次を扼《やく》する箱根山西麓の山中城か北伊豆の韮山城を落とすか、大きく北に迂回《うかい》して足柄城を落とすほかない。

ところが、その中でも最重要拠点である山中城が落ちたことで、韮山城を攻略する意味がなくなりつつあった。

――虚《うつ》けの秀次でも半日で山中城を落とせたのだ。わしも韮山城を半日で落とさねばならん。

韮山城に籠もる敵兵力は、せいぜい四千ほどだというので、それに十倍する味方の兵力を考えれば、遅くとも数日で落とさねばならない。

「あの」という雄久の声が聞こえた。

「まだそこにおったのか。用件があるなら早く申せ」

「実は、その農民の申すことが妙で――」

「何が妙だ」

「真偽は定かでないのですが、その男が申すには――」

雄久の話は興味深いものだった。

織田軍の殿軍《でんぐん》を担《にな》い、東海道を進軍してきた雄久が、ちょうど駿河国の興国寺城付近に至った時のことだ。突然、隊列の前に一人の農民が飛び出してきた。

その男が言うには、かねてより北条氏は、金塊《きんかい》を碁《ご》石金《いしきん》に鋳造《ちゅうぞう》して小田原城内に備蓄していた。そこに豊臣勢来襲の一報が入り、万が一に備え、北条氏の水軍拠点である西伊豆の長浜城から八丈島へと運び出そうとした。

金塊を運ぶ荷駄隊は陸路を使い、小田原城から韮山城を経て長浜城へと道を急いだが、豊臣水軍が予想を上回る速さで長浜城を落としたので、金塊は韮山城に留め置かれたままになっているという。

「それは真か」

確かに長浜城は、この時をさかのぼること約一月前の二月二十七日、豊臣水軍によって落とされている。それ以後、長浜城は豊臣勢の軍需物資を運び込む拠点港のひとつになっていた。

「で、城内には、どれほどの金塊があるというのだ」

「その男の話では三万両とか」

「戯《ざ》れ言《ごと》もほどほどにせい」

信雄が鼻で笑う。

この時代の一両を現代価値に換算すると、おおよそ十万円になる。すなわち三万両だと、三十億円という途方もない額になる。

「本人がそう申しているだけなので、定かかどうかは分かりません。やはり殺しますか」

「まあ、待て」

——万が一ということもある。

信雄の欲心が、むくむくと頭をもたげてきた。

「真偽だけでも質《ただ》しておくか」

「分かりました。尋問《じんもん》の場を設けておきます」

「よし、着いたらすぐに会おう」

信雄の脳裏に、うずたかく積まれた黄金の山が映った。

腹の底から、抑えきれないほどの欲心がわき上がってきた。

下田街道を下った信雄一行は、韮山城近くの陣所に着いた。先に主力勢を送っていたので、すでに信雄の陣所は構築されている。

そこから眺める韮山城は、何の変哲もない城に見える。

韮山城の場合、東側に大きく追越山《おっこしやま》が張り出しているため、北、西、南の三方から城を囲めば事足りる。

北の左翼軍には細川忠興ら九千、西の中央軍には福島正則ら九千七百、南の右翼軍には蒲生氏郷ら八千四百という配置で布陣し、総大将の信雄は城から北西に三十町ほど離れた丘に本陣を築き、一万七千の兵と共に後詰勢として控えることになった。

到着した夜、信雄は早速、件《くだん》の農民を引見することにした。

篝《かがり》に火が入れられると、昼のように明るくなった。しばらく待っていると、兵たちに背をつつかれるようにして、男が陣幕をくぐってきた。

男はまだ二十代とおぼしき若者だった。卑屈なまでにぺこぺこしているその姿は、農民以外の何者でもない。

「そこに座れ」

雄久が中央に敷かれた筵《むしろ》に座すよう命じる。

周囲を取り囲んでいる兵たちを見回しながら、男が筵の上に正座する。

その怯《おび》えた小動物のような目を見て、信雄はうんざりした。

——さっさと済ませて殺すか。

「おい、そこの男」

男が驚いたように信雄を見つめる。

「返事をせい！」と雄久が喚《わめ》くと、「へい」と答えて男が平伏した。

「そなたは韮山城に黄金があると申したが、それは真か」

「へい。間違いありません」

「どれほどある」

「物頭の話を小耳に挟んだのですが、三万両とか」

「三万両だと」

信雄は身を乗り出しそうになったが、周囲の目を気にして、すぐに威儀を正した。

「なぜそなたは、それを知っておる」

「小田原の殿様に駆り出され、黄金を運ばされたからです」

男によると、小田原城の蔵から樽《たる》に入れられた碁石金を布袋《ぬのぶくろ》に入れ換え、馬の背の左右に垂らして運んだという。

「人夫と馬は、どれほどの数いた」

信雄が最も聞きたかったことを、雄久が問う。

「人夫は二百、馬も百はいました」

雄久が信雄に言う。

「それなら三万両は運べます」

「では、そなたはなぜ、皆と別れてわが陣に駆け込んだのだ」

信雄が居丈高に問う。

「実は黄金を運んだ人夫たちは、一所《ひとところ》に集められて殺されました」

「何だと」

「仕事が終わった後、韮山城にある大池の堰堤《えんてい》に並ばされると、鉄砲隊が現れ、わしらを撃ってきたのです。大半の者は、そこで撃たれて池に落とされましたが、数人は逃げ出すことに成功しました。ところが待ち伏せていた別の鉄砲隊がいて、そこでまた撃たれました」

「それで逃げおおせたのは、そなただけだと言うのか」

「へい」

その男は恐ろしげな顔で震えている。その時の記憶が呼び覚まされたのだ。

——北条め、黄金が韮山城内に運び込まれたことを秘匿《ひとく》するために、人夫たちを殺したのだな。何と酷《むご》いことを。

信雄は義憤に駆られた。

「しかしなぜ北条が、それだけの黄金を持っている」

「これは雑説《ぞうせつ》ですが、伊豆の土肥《とい》というところで黄金が見つかったらしいのです」

——そういうことか。

信雄の耳にも、伊豆で黄金の大鉱脈が見つかり、北条氏の財源になっているという噂は入ってきていた。

「土方、その土肥とやらに人を送り、この話の真偽を確かめてこい」

「分かりました」

信雄が男に向き直る。

「もしも嘘偽《うそいつわ》りを申したら、そなたの首はこうなる」

信雄は手刀を作って己の首に当て、横に引いた。父の癖を真似《まね》したのだ。

「お待ち下さい。もう、どこぞへと運び去っているかもしれません」

「分かっておる。だが、ほかに確かめる術がないのだ。そなたも首ぐらいは覚悟しておけ」

「ひいっ」と言って逃げ出そうとした男を、小者が取り押さえる。

「そうか」

信雄が膝を打つ。

「もうひとつ、確かめる術がある」

信雄は自らの知恵にほくそ笑んだ。

四

韮山城をいかに降伏開城させるかを、信雄が考え始めていた矢先の四月一日早朝、突然、空に筒音が鳴り響いた。

粥《かゆ》を食べていた信雄は、思わず箸《はし》を取り落とした。

——誰か抜け駆けいたしたか。

慌てて物見を走らせると、中央軍の先手を担う福島勢だという。

——市松《いちまつ》め、覚えておれ。

幼少の頃から正則は信雄を見下し、まともに口も利かなかった。父信長が横死してからは、いっそうそれがひどくなった。

その間も、次々と戦況が伝えられてくる。

福島勢は韮山城の外郭を破ると、破竹の勢いで土手和田砦《とりで》に迫っているという。

土手和田砦は韮山城の本城域から三町ほど南に続く尾根筋の終端部に造られており、本城を側面から支援する役割を担っている。つまり正則は、そこを橋頭堡《きょうとうほ》として確保してから本城に攻め入るという算段なのだ。

福島勢の猛攻に刺激された蜂須賀《はちすか》家政《いえまさ》や生駒《いこま》親正《ちかまさ》ら中央軍二の先衆も、福島勢の後を追って惣構内に入っていった。

そうなれば後は勢いだ。右翼軍の蒲生氏郷や織田信包《のぶかね》らも、土手和田砦の二町ほど南にある和田島《わだじま》砦に向かった。皆、功を焦って勝手に動いている。

いつしか寄手は、全軍惣懸りの平寄せとなっていた。

信雄も形ばかりに鉄砲隊を送ったが、戦線はそこから膠着《こうちゃく》し、攻めあぐんだ正則らは日没の頃、引き揚げてきた。

敵の火力は予想を上回っており、この日の戦いで、豊臣軍は手痛い損害をこうむった。そのため数日を置いてから、再び攻め寄せることになった。

こうなってしまえば、信雄が口を挟む余地はない。というよりも、戦上手で通っている福島正則や蒲生氏郷に任せるしかないのだ。

その翌々日の四月三日のことだった。土肥に送った者が戻り、金採掘の跡があったと告げてきた。土肥の農民によると、かつてはさかんに金塊が掘り出されていたが、豊臣勢が攻め寄せてくると聞いた北条方の将兵が、慌てて採掘している最中の坑道をふさいでいったという。

その報告を受けた信雄は早速、城内に使者を派遣し、独断で降伏交渉を始めた。

——戦などやっていられるか。

信雄の欲心は沸点《ふってん》に達していた。

北条美濃守氏規の宿老と称するその老人は、穏やかな笑みを浮かべて交渉の座に着いた。老人には副使もおらず、小者一人を連れてきているだけだった。

——かような老人を寄越すとは、わしを愚弄《ぐろう》しておるのか。

信雄は拍子抜けした。

「織田内大臣だ」

「北条美濃の家臣、大藤芳円に候《そうろう》」

僧形の老将が頭《こうべ》を垂れる。その頭には白布の頭巾《ずきん》が巻かれている。

「芳円とは法名か」

「はい。かつては大藤式部丞《しきぶのじょう》秀信と名乗っておりました」

——確か、北条の足軽大将だったな。

豊臣方には北条方の布陣図や要員数まで伝わっているので、信雄にも北条方の武将のことが、多少は頭に入っている。

信雄はさっさと本題に入った。

「で、城を開く気があるのかないのか、そこからお聞きしよう」

「はい」と答えると、芳円と名乗る老人は、いかにも困ったように言った。

「関白殿下が、これほどの軍勢をこの城に差し向けてくるとは思いもよりませんでした。また織田内府が総大将とは恐れ入りました」

「だから、どうするか問うておるのだ」

「わが主《あるじ》が申すには、城に籠もる兵の命を助けていただけるなら、すぐに城を開けても構わぬとのこと」

「そうか。それなら話は早い。こちらは戦を好むわけではない。城が手に入れば、それでよいのだ。ただな——」

信雄が視線を周囲に泳がせながら問う。

「使者が伝えたことは分かっておろうな」

「ああ、はい。大量に運び込まれた布袋のことですね」

「声が大きい」

「申し訳ありません」

「目分量で構わぬが、城内には何袋くらいある」

「数えてはいませんが、大袋に入ったものが百以上はあります」

――それなら三万両はある。

信雄の鼓動が速くなる。

「それは確かなのだな」

「はい。間違いありません」

「もしも城内を調べた時、それがなければ、そなたはこうなる」

信雄が手刀を作って首を切る真似をした。

「ああ、はい。分かっております」

老人が首肯《しゅこう》する。その態度には慌てた素振りはない。

――此奴《こやつ》は、己の立場が分かっておらぬのか。

半信半疑ながらも、信雄は黄金三万両を手に入れた後のことを思い描いていた。

――長浜城に船を手配しておき、すぐに尾張まで運び出すか。

開城と決まれば、いずれかの軍勢が城を受け取り、秀吉の沙汰《さた》があるまで、そこに駐屯することになる。信雄は韮山城攻めの総大将なので、自らの軍が城を預かると言い張り、福島らを小田原に追っ払ってしまうこともできる。

信雄の本拠は尾張国の清洲《きよす》なので、長浜から船に乗せて熱田まで運べば、誰の目にも触れずに黄金を独占できる。

信雄は己の頭のよさに酔いしれた。

「それでは、いつ城を開くかだが――」

いよいよ細部の段取りに移ろうとした時、陣幕の外が騒がしくなり、「どけ、どけ！」という喚き声がした。

――あの声は市松か！

次の瞬間、陣幕を蹴破《けやぶ》るようにして福島正則とその家臣たちが押し入ってきた。

「福島左衛門大夫、罷《まか》り越しました！」

「何事だ」

「中将様、これはいかなることか！」

正則が、赤ら顔をさらに朱に染めて信雄に迫る。

少し前まで、信雄は左近衛権中将《さこんえのごんのちゅうじょう》という官職にあったので、正則らは、信雄のことを内府と呼ばず中将と呼んでいた。

「まあ、まあ」と言いながら土方雄久が近寄ろうとしたが、「そなたは黙っておれ！」と正則に一喝され、すごすごと引き下がった。

「中将様は何をなされておいでか」

「見ての通り、城方と和睦《わぼく》交渉をしておるところだ」

信雄は開き直らざるを得ない。

「それは、関白殿下の了解を取り付けてのことか」

「そういうわけではないが――」

正則の顔色が変わる。

「中将様、われらは関白殿下より『韮山城を落とせ』と命じられております。殿下の意向を確かめず、勝手に和談を進めるなどもってのほか！」

「それは違う。戦というのは、戦うことだけが目的ではない。宛所《あてどころ》をいち早く達成することが大切だ。殿下の『落とせ』という命には、降伏開城も含まれておる」

いかにも苦しい言い訳だが、今はそれで押し通すしかない。

「何を仰せか。『落とせ』というのは攻め落とせという謂《いい》しかありません。だいいち和談が成立してしまえば、われらは何の功も挙げられないではありませんか。かの秀次殿でさえ山中城を半日で落としたことを、もうお忘れか！」

「分かっておる」

「分かっておられるなら、なぜ、かようなことをなされる。それがしには、中将様が己の立場を分かっているとは到底、思えませぬ」

「それは、どういうことだ」

正則は、あきらめたように首を左右に振りつつ言った。

「豊臣家随一の武辺《ぶへん》を誇るそれがしが、なぜ山中攻めや小田原攻めに加わらず、このような鄙《ひな》の地で中将様の相手をしておるのか、考えたことはありますか。それがしだけではありません。蒲生殿、細川殿、蜂須賀殿をはじめとした戦の手練《てだ》れどもが、なぜ中将様の脇を固めているのか、分かっておいでか」

「わしでは心許ないからか」

「ご明察！」

正則が一段と声を高める。

「心許ないのは戦だけではありません。中将様は小知恵をひねり、殿下の意にそぐわぬことを仕出かすゆえ、われらが付けられております」

「まあ、小知恵をひねりはするが――」

自分の賢さに酔っていた信雄は、小知恵と言われて少し落胆した。

「つまり中将様は、殿下に試されておるのですぞ」

「試されておると――」

「そうです。中将様が尾張一国五十七万石の主として適しているかどうかを、関白殿下は此度の戦で試しております」

――尾張は猿からもらったものではない。わが父が切り取ったものだ！

信雄は、そう喚き出したいのを堪《こら》えた。

「ようやく、お立場がお分かりいただけましたか」

「ああ、うむ」

「戦については、ご心配には及びません。中将様は、ここにおられるだけで結構」

「分かった」

「では、この者たちを早々にお返しなされよ」

正則が顎《あご》で芳円たちを指す。

――この場は致し方ない。

正則は秀吉の意思を代弁しており、ここで口喧嘩などすれば、あることないこと秀吉に告げ口される。

「よくぞお聞き届けいただけました。それでこそ、われらの御大将！」

正則が声高に信雄を持ち上げる。むろんそれが皮肉なのは明らかで、正則の家臣の中には、笑いを堪えている者さえいる。

「芳円殿、かような次第だ。今日のところはお引き取りいただきたい」

「承知しました。残念ですが致し方ありません」

――残念なのは、こっちの方だ！

心中でそう思いつつも、それをおくびにも出さず、信雄は言った。

「では合戦の場で、相見《あいまみ》えましょうぞ」

「ささ、芳円殿とやら、こちらへ」

信雄の言葉が終わらぬうちに、正則は芳円の背を押すようにして出ていった。

――わしは何なのだ。

そう問いたい衝動を抑え、信雄が傍らの雄久に言った。

「市松らが城を落とした時、あの芳円とやらを見つけ出し、市松たちに先駆け、いち早く金蔵《かねぐら》に案内してもらうのだ。分かっておるな」

「抜かりはありません」

「あい分かった」

こうしたことに雄久は長じているので心配は要らないが、黄金のことが正則に漏れないか、信雄はそれだけを案じていた。

五

四日、正則たちは、本城域の東南半里ほどにある岩戸山《いわとやま》から本城の背後にそびえる天ヶ岳《てんたけ》を占領しようとしたが、城方の防御態勢は万全で、またしても撃退された。さらにその翌日、今度は本城域の二町ほど東にある江川砦という支城を攻めてみたが、こちらの守りも堅く、寄手は引かざるを得なかった。

落城の気配はいっこうになく、寄手諸将の焦りは募っていた。

――いかがいたすか。

五日の夜、正則が酒盃《しゅはい》を片手に考え込んでいると、陣幕の外から声が掛かった。

「兄者、ちとお話があります」

声の主は弟の正守《まさもり》だ。

「構わぬ。入れ」

「ご無礼仕《つかまつ》る」

正守が六尺余の巨体を折るようにして入ってきた。その背後には家臣たちが続き、さらに縄掛けされた男がいる。

「何事だ」

「足軽が面白い男を捕まえてきました」

「面白い男だと」

正守に促された足軽が前に進み出た。

正守によると、韮山の町屋が連なる一角の居酒屋で福島家の足軽が農民らしき男と親しくなり、一緒に酒を飲んだ。すると酔いが回った男は、「わしは凄《すご》いことを知っている」と言いながら、城内に三万両の黄金があるという話を漏らしたという。

「三万両の黄金だと」

正則があんぐりと口を開けた。

「それは確かなのだろうな」

蒼白となった農民が背を押されて前に出る。

「へい。間違いありません」

男は顚末《てんまつ》を語る。

「では、最初に中将様の陣に駆け込んだが、黄金の話を聞き出した後は、用済みとされて放逐《ほうちく》されたのだな」

「はい。わずかばかりの酒代を握らされて、放り出されました」

「そのわずかばかりの酒代で飲んでいたというわけか」

「えへへ。そうなんです」

男が下卑《げび》た笑みを浮かべる。

「それで、またそいつがほしいんだな」

「ええ、まあ」

「よし、一両やろう」

「それは真で」

男が小躍りせんばかりに笑み崩れる。

「つまりあの腰抜けは、それで北条美濃の使者を呼び出し、和談ついでに確証を摑《つか》もうとしたというわけか」

腰抜けとは信雄のことだ。

「おそらく、そうでしょうな」

共に話を聞いていた正守がうなずく。

「兄者、このまま城攻めを続け、下手に落としてしまえば、城を焼く炎で黄金三万両が溶けてしまうかもしれませんぞ」

「そうだな」

正則が己の考えに沈んだ。

「兄者、まさか、いただこうと考えているのでは」

「馬鹿を申すな。武辺で鳴らしたこのわしに、そんなことができるか」

「お見それいたしました」

「よし、小田原の関白殿下に急使を送り、奉行を寄越してもらおう」

曲がりなりにも総大将は信雄であり、寄騎の正則が頭越しに何かを命じるわけにはいかない。となれば秀吉の名代として奉行を派遣してもらうのが手っ取り早い。

早速、早馬が正則の陣を飛び出していった。

「それは確かなのでしょうな」

六日、早馬を飛ばしてやってきた大谷吉継《おおたによしつぐ》が、怜悧《れいり》な目で問うた。

「ここにおる農民は、中将様にも同じ話をしたそうです。それで中将様は城方に和談を働き掛け、使者を寄越させたという次第」

「そうでしたか」

それでも吉継は疑念の色を浮かべている。

「それがしは、関白殿下の名代として、こちらに参りました。左衛門大夫殿の仰せのことが事実なら、中将様を更迭《こうてつ》する権限も有しております」

「では、早速――」

「待たれよ」と吉継が、手を前に掲げた。

「まずは、中将様を尋問してからにいたしましょう」

「勝手になされよ。明々白々なことだ」

吉継は一礼すると、信雄の陣に向かった。

それからしばらくして、「織田内大臣は総大将を解任となり、蒲生殿と細川殿と共に小田原陣に向かうことになった。こちらは福島殿を総大将とし、付城を築いて包囲せよ」という通達があった。

これを聞いた正則は、「腰抜けが小知恵を働かせれば、こうなる」と言って笑った。

その翌々日、韮山城包囲陣から去りゆく信雄らと入れ違うように、前野《まえの》長康《ながやす》や明石《あかし》則実《のりざね》に率いられた工兵部隊が到着し、付城の構築に入った。

付城とは、包囲する諸隊が城方からの逆襲を防ぐために籠もる城のことだ。

その後、豊臣軍は付城群と長大な塁壁を完成させ、韮山城と外部との間を完全に遮断した。

六

四月八日に韮山を後にして箱根路を進んだ信雄は、四月中頃、小田原攻囲陣に加わった。秀吉に命じられた陣所は、小田原城惣構から北東へ二里ほど行った多古白山《たこはくさん》台地だった。

信雄が対峙《たいじ》するのは、小田原城の井細田《いさいだ》口から久野《くの》口だが、秀吉から攻撃命令が出るまで防戦以外の戦をしてはならないので、当面は何もすることがない。

実は秀吉股肱《ここう》の堀秀政《ほりひでまさ》が北条家重臣筆頭の松田憲秀につながる手筋を見つけ、内応策を進めていたという事情もあり、豊臣方諸将は「機が熟すのを待つ」という態勢になっていた。

信雄は失意の日々を送っていた。

三回にわたる攻撃で韮山城を落とせず、包囲陣の総大将を解任されたのみならず、秀吉の許しを得ずに和睦交渉を始め、城内にある黄金を独り占めしようとしたことまで、秀吉に知られてしまったのだ。

大谷吉継の追及は厳しく、すべてを白状させられた上、勝手な行動を強くたしなめられた。

——かつては、福島も大谷も陪臣《またもの》に過ぎなかった。それが今ではどうだ。

信雄は自嘲したが、そうした立場の逆転は今更どうにもならない。

小田原に着いてすぐ、信雄は謝罪のため秀吉に面談を申し入れたが、秀吉からはなしの礫《つぶて》だった。逆に叱責《しっせき》してくれた方が、よほど気が楽なのだが、秀吉は沈黙を守り、信雄を心理的に追い詰めようとしているかのようだ。

——とにもかくにも、此度の戦で大功を挙げるしかない。

それ以外に秀吉の覚えをめでたくする方法はなかったが、それは容易なことではない。

と言うのも小田原城の井細田口から久野口にかけては、帯曲輪《おびくるわ》や腰曲輪が幾重にも連なっており、極めて防御が堅い上、そこを守る北条氏房《うじふさ》は、北条家中でも傑出した勇将と聞いていたからだ。

——惣懸りとなれば、われら織田家中は屍《かばね》の山を築くことになるだろう。

城攻めの際、防御の堅い口を特定の部隊に攻めさせ、そこでその部隊がすりつぶされている隙《すき》に、別の部隊が敵の弱みとなっている口を攻めることは、よくある攻城法だった。

常の場合、寝返ってきた部隊を、そうした捨て石に使うのだが、秀吉から命じられた陣配置だと、その位置に織田家中が配されている。

——何ということか。

あまりの情けなさに、信雄はため息ばかりを漏らしていた。

そんなある日のことだった。

「殿、たいへんです」

土方雄久が陣所に駆け込んできた。

「いよいよ、惣懸りか！」

信雄の顔色が変わる。

「いえ、そうではないのですが——」

「では何だ」

「わが陣に、また、あの男がやってきました」

「あの男とは誰だ」

「それが、あの男で――」

雄久が誰のことを言っているのか、信雄にはさっぱり分からない。

「落ち着いて説明しろ」

話を聞くうちに、雄久の言う〝あの男〟が、韮山城に黄金があることを告げてきた若い農民だと分かった。

「とにかく連れてこい」と命じると、雄久は男を縄掛けして連れてきた。

「此奴、性懲《しょうこ》りもなく、また現れたか」

「お許し下さい」

男がその場にへたり込む。

「かような者を、わしのところになぜ連れてきた。さっさと斬れ」

「ああ、お許しを」

「斬ってよろしいので」

雄久が驚いたように目を見開く。

「構わぬ。此奴は駄賃まで与えてやったにもかかわらず、市松の許に駆け込んでぺらぺらとしゃべりおったわ。此奴のおかげで、わしは総大将を解任されたのだ。全くもって不届き千万！」

その時、ふと信雄は思った。

「それとも、此奴を斬れぬ理由でもあるのか」

「ええ、それが――」

雄久に促され、男が話し始めた。

それによると、小田原城には十万両もの碁石金が眠っているという。

「十万両だと。なぜ、それを早く言わぬ」

「御大将は韮山を持ち場としておりましたので、韮山のことだけでよいのかと――」

「この馬鹿者が。そうか。それでまたやってきたというのだな」

「へ、へい」

男が下卑た笑みを浮かべる。

「それを誰かに漏らしたら、これだぞ」

信雄が手刀で首を切るまねをする。

「分かっております」

「では、その黄金十万両はどこにある」

「城内にあります。わしたちの手で地下に蔵を造り、そこに運び込みました」

「だから、城内のどこにあるかと聞いておる」

男が首を左右に振る。

「教えないと申すか」

「へい」

「此奴！」

「お待ち下さい。小田原の城は途方もなく広いのです。教えたところで、外から来た方々に分かるはずがありません。ここでわしが絵地図を描き、それを持っていったところで、城内中を掘り返す羽目になります。しかしわしが案内すれば、すぐに見つけられます」

男の言うことにも一理ある。

――かような者は、いつでも斬れる。

それを思えば、ここで斬る必要もない。

「だが、関白殿下は和睦交渉などする気もなく、力攻めで城を落とそうとしている」

「実は、わしに考えがあります」

「考えだと」

「へい」と首肯し、男が〝したり顔〟で続けた。

「ちょうど御大将の陣と相対する位置にいる北条十郎（氏房）様は、随分と前から豊臣方と戦うことに反対し、和睦を唱えていました。それゆえ、これ以上の戦いは無駄と覚《さと》っておるはず。そこでわしが城内に入り、降伏する気があるか探ってみます」

「待て。それでは関白殿下の意向に反することになる」

「いえいえ、城方から持ち掛けられてのことなら、ご意向に反することにはなりません」

——移り気な殿下のことだ。それならそれでよいと、考えが変わるやもしれぬ。そして開城騒ぎのどさくさに紛れて黄金をいただくか。

信雄は、めまぐるしく頭を働かせた。

——此奴の申すことは存外、悪くないな。

その時、信雄はふと思った。

「そなたは農民だろう」

「へい」

「なぜ、そんなところにまで知恵が回る」

男がにやりとする。

「わしは村の総代として幾度となく水争いや入会地《いりあいち》のことで、ほかの村との和談をまとめてきました」

「そういうものか」と雄久に顔を向けると、雄久も「そういうものかもしれません」と答えた。

「褒美《ほうび》はがっぽりいただきますが、よろしいですか」

「当たり前だ。すべてが思惑通りに行けば、家臣に取り立ててやる」

「それは真で！」

「ああ、構わぬ。だがな――」

信雄が再び手刀を首筋に当てる。

「そなたの申す通りにならなかったら、これだぞ」

「分かっております。ご心配なく」

男は満面に笑みを浮かべてうなずいた。

七

四月中旬、韮山城包囲陣に徳川家中の朝比奈泰勝《あさひなやすかつ》がやってきた。

かつて長篠《ながしの》合戦で「甲軍の副将」と謳《うた》われた内藤昌秀《ないとうまさひで》を討ち取った泰勝は、徳川家の北条家奏者（取次役）を務めており、城方の北条氏規とは旧知の間柄でもある。

正則の使者から城内に黄金が眠っていると聞いた秀吉は、何かのきっかけで正則が攻撃を始めてしまうことを危惧《きぐ》し、交渉を泰勝に託してきた。これにより和睦交渉は正則の手を離れた。

泰勝は氏規に開城を勧めるべく、足繁《あししげ》く韮山城を訪れ、各地で次々と落城や開城する北条方の城の情報を伝え、氏規に降伏を促した。だが降伏すると言いながら、氏規は何のかのと条件を付けたので、交渉は長期化していた。

話がようやく動いたのは、六月も半ばを過ぎた頃だった。

六月二十四日、朝比奈泰勝が正則の陣にやってきた。

「やっと話がまとまりました」

「そうか、ようやく降伏開城とあいなったか」

「これだけ関東各地の城が落ちれば当然でしょう」

泰勝が胸を張る。家康率いる徳川軍は相模国から房総方面へと転戦し、南関東の城の大半を降伏開城に導いていた。また前田利家ら北国《ほっこく》勢も、北関東の城を次々と落としていた。

「そろそろ美濃が、こちらの陣に出頭してきます」

「それはよいのだが、例の件はどうなのだ」

「その件は、美濃が城を出るまではお待ち下さい。今は、美濃と城を切り離すことが肝要です」

正則がうなずくと、泰勝が声を潜めた。

「実は、殿下は美濃を小田原包囲陣に呼び、小田原城内の縄張りなどを聞き出したいようなのです」

「そういうことか。それでは一刻も早く送り届けねばならぬな」

正則の許《もと》にも、秀吉が強硬策を取りたがっているという情報は入ってきていた。

「殿下は、それぞれの国でひとつかふたつの城を落とし、それを見せしめとして、ほかの城を開城させようとしておるのです」

秀吉は、同一地域で一、二城は凄惨《せいさん》な落城を見せ、それによって近隣諸城を降伏開城に持ち込もうと思っていた。これを「一宥一威《いちゆういちい》」の法という。

「つまり、山中城を落としたことで韮山城を落とす必要はなくなったが、小田原城だけは、豊臣家の武威を関東に示すためにも、是が非でも落とさねばならぬというわけだな」

「仰せの通り。この城の連中は命拾いしましたな」

二人が高笑いしていると、使番が北条氏規の来訪を告げた。

「よし、通せ！」

宿老たちを引き連れて現れた氏規は、降将にふさわしい狩衣《かりぎぬ》姿の正装だった。

北条氏を隆盛に導いた氏康の五男にあたる氏規は四十六歳。北条氏の上方外交を担い、非戦論者の筆頭だったが、開戦と決まれば最前線の韮山城に籠もり、豊臣軍を三度にわたって弾《はじ》き返した戦いぶりは、正則さえも一目置いていた。

「初めてお目にかかります。北条美濃守に候」

「福島左衛門大夫に候。勝ち負けは武門の常。此度の戦いで貴殿は敗軍の将となられたが、こうして潔《いさぎよ》く城を開けたことを関白殿下は決して忘れません」

「左衛門大夫殿こそ、その名に恥じぬ見事な働き」

互いにそれぞれの戦いぶりを褒めると、氏規が深く一礼した。

「城に籠もった者どもの命をお救いいただき、感謝いたしております」

「たとえ敵味方に分かれたとはいえ、互いに節を通したのです。それこそが武門の習いというものでしょう」

「仰せの通り」

こうした儀礼的なやりとりに、正則は飽きてきた。

「ところで、あの件ですが――」

「あの件とは」

「城内にある、つまりその――」

「ああ、その件については、ここにいる大藤芳円に任せてあります」

背後に立つ芳円が頭を下げる。

「分かりました。城引き渡しの儀は、われらと貴殿の家臣らで行います。それゆえ貴殿は、いち早く小田原に向かって下さい」

「それは構いませんが、よろしいので」

氏規が泰勝の顔を見る。

「小田原包囲陣におられる関白殿下が、貴殿の顔を早く見たいと仰せなのです」

泰勝が如才なく答える。

「それでは、この足で向かわせていただきます」

「城に戻って支度をせずとも、よろしいのですな」

正則が念を押す。

「降将に否《いな》はありませぬ」

一礼すると、氏規は泰勝と共に小田原に向かった。

「では大藤殿、城引き渡しの儀を行おう」

その言葉で、双方の家臣たちは慌《あわ》ただしく動き始めた。

城引き渡しの儀が終わるや、芳円の案内に従い、正則は韮山城の南端にある狭い曲輪に向かった。

「ここにあると申すか」

そこには土塁で囲われた小屋があった。

「はい。こちらに」

「これは焔硝蔵《えんしょうぐら》（弾薬庫）ではないか」

「以前はそうでしたが、今は金蔵となっております。もう弾《たま》も尽き果てましたので」

芳円が苦笑いを漏らす。

「よし、中のものを引き出せ」

正則の命に応じ、連れてきた足軽たちが次々と布袋を引っ張り出してくる。どの布袋にも黄金が詰まっているらしく、足軽一人がひとつの袋を背負ってくるだけで精いっぱいなほどだ。

――こいつは凄い。

床几《しょうぎ》に座す正則の前に、布袋が積み上げられていく。

――関白殿下は、さぞや喜ぶであろうな。

扇子を高く掲げた秀吉が、「市松、天晴《あっぱれ》であった！」と言う姿が脳裏をよぎる。

正則の口元から自然と笑みがこぼれた。その間も布袋はどんどん運び出され、正則の前にうずたかく積まれていく。

その時、正則は少し違和感を抱いた。

――この音はおかしくないか。

布袋を置く度に、金属が触れ合う時のチャリンという音が聞こえる。

――これは、碁石金が触れ合う音か。

碁石金であれば、石が触れ合う時とほとんど変わらぬ「じゃり」という音がするはずだ。

「寅松《とらまつ》！」

正則が、搬出の指揮を執っている正守を幼名で呼んだ。

「何か」

「その袋のひとつを割いてみろ」

「はい」と答えたものの、正守は半信半疑の体で、どの袋にしようか迷っている。

「ええい、どれでもよい！」

正守の手から脇差《わきざし》を奪った正則は、手近にある袋のひとつを引き裂いた。

「あっ！」

黄金の代わりに落ちてきたのは、紐《ひも》で束ねられた銅銭だった。

「これはどういうことだ！」

正則は次々と布袋を切り裂き、中のものを引き出していく。そのどれもが紐を通された銅銭ばかりだ。しかもその銅銭は表面が磨滅《まめつ》していたり、欠けたりしているものが多く、鐚銭《びたせん》と呼ばれる流通できない通貨だった。

「うおーーっ！」

獣のような咆哮《ほうこう》が城内に響きわたる。

「大藤芳円はおるか！」

ようやく、その名を思い出した正則が喚《わめ》くと、人垣の間から、小柄な老人が進み出てきた。

「大藤芳円に候」

その落ち着いた声音《こわね》を聞いた正則は、怒りの余り、襟首を摑んで喉元《のどもと》に白刃《はくじん》を突き立てた。

「これはどういうことだ！」

「見ての通り、銅銭三万両です」

「黄金ではないぞ」

「それがしは、黄金とは一言も言っておりません」

「此奴！」

正則は芳円を突き倒すと、脇差を捨てて太刀を抜いた。

それを見た芳円は、その場に正座し、首を垂れた。

「何かお気に召さぬことがおありだったのかもしれませんが、とやかく言い訳をしたところで、ご不快なお気持ちは変わらないと思います。それゆえ、わが皺首《しわくび》でよろしければ献上いたします。その代わり――」

芳円の声が気魄《きはく》を帯びる。

「従前のお約束通り、城兵の命はお救い下され」

「何を申すか。詭弁《きべん》を弄してわしをたぶらかし、開城に導くとは不届き千万。そなたらを撫《な》で斬り（皆殺し）にしてくれるわ！」

脳裏で「やはり市松だ。ころっとだまされおって」という秀吉の声が聞こえた。

それを思うと、新たな怒りが込み上げてくる。

「まず、そなたの素首《そっくび》を落とした後、城兵を撫で斬りにしてやる」

「はて」と言いつつ、芳円が首をひねる。

「それは異なことを仰せになられる。すでに城主の北条美濃守は、ここにおりません。降伏開城は城主との間に条目を詰め、それで合意がなされた後に行われるはず」

「今更、そんな講釈は聞きたくない」

「しかし、それでは――」

「わしは関白殿下から、その権限を与えられておる」

正則が胸を張る。

「それでは、福島様が降伏開城の条目に反し、勝手に城兵を撫で斬りにしたと関白殿下のお耳に入れれば、殿下はどうお思いになられるか。北条家は滅び、豊臣家が関東を制そうとしております。そんな時に殿下がお望みなのは、撫民《ぶみん》ではありませんか」

「撫民だと」

「そうです。殿下の徳を東国に敷衍《ふえん》し、統治をやりやすくしたいと殿下はお考えのはず。その方針を殿下股肱の福島様が率先して破られては、示しがつかぬのでは」

「うぐう――」

太刀を上段に構えたまま、正則が行き詰る。

——此奴の申す通りだ。

ここで城兵を撫で斬りにすれば、降伏開城条件を反故《ほご》にするだけでなく、韮山城の降伏を認めた秀吉の顔に泥を塗ることになる。しかも伊豆は徳川家康に下賜《かし》されることになっており、家康に遠慮のある秀吉の怒りを買うことにもなりかねない。

——やはり猪武者《いのししむしゃ》に談合ごとは務まらぬわ。

秀吉の冷ややかな声が脳裏にこだまする。

その時、ようやく正則は気づいた。

「芳円とやら、もしやそなたと朝比奈殿は、ぐるだったのではないか」

「はて、何のことやら分かりませんが」

この策配の全貌《ぜんぼう》がようやく見えてきた。氏規と芳円らは、韮山城を攻め落としたくてうずうずしている正則を翻意させるために一芝居打ったのだ。むろん泰勝も後からそれを聞き、その話に一枚噛《か》んだに違いない。後で正則がいかに騒ごうが、徳川家中の泰勝に対して、秀吉もとやかくは言えない。

「ということは、中将様とわしをだましたあの若い農民は、そなたの手の者だな」

芳円がとぼけたように答える。

「誰のことを仰せか、とんと分かりません」

——此奴らにしてやられたのか。

正則の体から力が抜けていく。

「福島様」

芳円が首を差し伸べる。

「いずれにせよ、福島様がお怒りなのは事実。それゆえ、わが首を献上いたします。この場はそれで、お怒りをお鎮《しず》めいただけないでしょうか」

「そなたは、それほど死にたいのか」

「いやいや、老骨とはいえ死にたくはありません。しかし城兵四千の命に代われるならば、かような皺首のひとつくらい惜しくはありません」

——何という老人か。

正則が太刀を下ろす。

心中に口惜しさよりも清々《すがすが》しさが満ちてきた。それが武辺者の性《さが》なのを、正則はよく知っている。

「芳円、天晴であった！」

正則が突然、喚くと、驚いたように芳円が顔を上げた。

「わしも男だ。いっぱい食わされたと分かって、いちいち怒っていては、『何とも肝の小さな大将よ』と家臣たちに馬鹿にされる。負けを認めよう」

啞然《あぜん》としてやりとりを眺めていた福島家中の中から、どよめきが起こる。

周囲から「さすがわれらの御大将」という声が聞こえてくる。

「兄者こそ、天晴でござる」

傍らに拝跪《はいき》する弟の正守が、感涙を堪《こら》えつつ言う。

「芳円、してやられたついでだ。わが家臣に取り立ててやる」

「ありがたきお言葉。しかしながら——」

正則に向き直った芳円が、深く平伏した。

「それがしの家は早雲庵宗瑞様以来、北条家に仕えてまいりました。もはや新たな主をいただこうとは思いません」

「家が途絶えてもよいのか」

「元々、当家は由緒《ゆいしょ》ある家柄でもなく、宗瑞様に請《こ》われてこの地にやってきただけのこと。土から生まれた者は土に帰るのがよろしいかと」

「なるほど。それも一理ある。それでは、これからどうする」

「一命を献上せずともよいなら、この近くに庵《いおり》でも結び、小さな仏でも彫りながら、此度の戦役で没した者どもの菩提《ぼだい》を弔います」

「そうか」

正則が空を見上げる。

「そなたには、息子か孫はおらぬのか」

「おらぬこともありませんが、もう武士には飽いたそうで、商人になるとのこと」

「はははは」

正則が高笑いする。

「そなた同様、よき心がけだ。この市松、よきものを見せてもらった」

そう言うや正則は自ら着ていた陣羽織を脱ぎ、芳円の肩に懸けた。

「伊豆の地でも冬は冷えると聞く。体を大切にして長生きせい」

「ありがたきお言葉」

芳円が深く平伏した。

八

信雄は積極的に和睦の話を進めようとしていた。

そのためには、相対する北条氏房の意向を確認することが大切となる。その連絡役を引き受けた農民の男は、どこをどう抜けてくるのか分からないが、夜になると自在に城の内外を行き来し、氏房の意向を伝えてくる。

それによると、氏房は降伏開城することを当主の氏直に進言し、氏直も同意したという。これで城方と寄手双方の意向は確認され、和睦交渉へと進む素地は整った。

だが、秀吉の内諾がないにもかかわらず交渉を進めれば、それが発覚した時、どのような処罰を受けるか分からない。そこで信雄は秀吉の許に使者を送り、城方から降伏開城の打診があったとして、交渉の是非を問うた。

一方の秀吉にも、困ったことが起こっていた。順調に進んでいた調略が行き詰りつつあったのだ。秀吉としては小田原城を攻め落とし、その武名を東国に鳴り響かせたいのだが、城内の内応なしに攻め寄せれば、相応の損害を覚悟せねばならない。

しかし内応策を進めていた堀秀政が疫病《えきびょう》に罹患《りかん》し、五月二十七日に死去したことで、城内で内応する予定になっている松田憲秀・笠原政晴《まさはる》（政尭《まさたか》）父子との連絡が途絶したのだ。

そこに信雄から和睦の話が出てきたため、進めさせることにした。

秀吉から「和談を進めてよい」という内諾を得た信雄は、宿老を城中に遣わして氏房と面談せしめ、降伏開城の手続きを進めさせた。

そんな最中の六月十六日、松田憲秀・笠原政晴父子の内応が発覚したという一報が、城外にもたらされた。

秀吉は内応策が水泡に帰したことを覚り、信雄の手筋での和睦という路線で、方針を一本化することにした。

これを聞いた信雄は勇躍する。

北条方が大人しく降伏開城してくれれば、信雄の功績は大で、韮山城での失態を取り戻せるばかりでなく、どさくさに紛れて黄金十万両を手にすることもできる。

七月五日、弟の氏房を伴って信雄の陣に入った氏直は、関白秀吉への取り次ぎを信雄に依頼した。信雄はすぐにこのことを秀吉に知らせたが、秀吉は氏直に会おうとせず、まず氏規を遣わした。

氏規は、秀吉の沙汰《さた》を氏直に告げた。

それによると、氏直は高野山で蟄居《ちっきょ》謹慎とされ、主戦派だった氏直の父の氏政と叔父の氏照兄弟には、切腹が命じられた。

当初、氏直は己の命と引き換えに氏政・氏照兄弟の助命を請うたが、氏規に説得され、秀吉の沙汰に従うことにした。

籠城《ろうじょう》していた者たちの解放と城受け渡しも滞りなく終わり、十一日、氏政と氏照は切腹して果て、小田原合戦は終わりを告げた。

「おい、まだか」

土方雄久は、小田原城の北西部にあたる百姓曲輪から山ノ神台辺りにかけて歩き回っていた。案内役は件《くだん》の若い農民だ。

「この辺りだと思うのですが――」

そこは城内で最もひっそりとしており、藪《やぶ》の中に隠居所や庵が点々とあるだけの寂しい一帯だった。

「なにせ、この藪ですからね。わしだって中々、見つけられませんよ」

「目印を付けていなかったのか」

「そんなことをして、ばれたらこれですよ」

男が手刀を作って首を切る仕草をしたので、一緒に来た足軽や小者が沸いた。信雄の真似をしていると分かったからだ。

思わず笑みを浮かべてしまった雄久だが、すぐに真顔に戻ると男を促した。

「とにかく早くしろ。殿下の命により、潜伏している北条方の者がいないかを調べるべく、巡視の者どもが城内を回っているという」

「分かりました。あっ、ここです」

農民が指し示した場所は朽ち果てた隠居所の一隅で、新たに掘り返した跡がある。

「おお、見つけたか。よし、掘ってみろ」

連れてきた小者が懸命に土を掘り返すと、櫃《ひつ》が出てきた。

「よし、引っ張り出せ」

雄久が目を皿のようにして見ている前で、櫃が開けられた。しかし中から出てきたのは、古茶碗《ふるぢゃわん》やくすんだ掛軸といったものばかりだ。

「こんなものは要らん。いったい黄金はどこにある！」

「おかしいですね。あっ、そうだ。多分、こちらです」

男の指示に従い、あちらこちらを掘り返してみたが、黄金はいっこうに出てこない。

その時、いずこからともなく甲冑《かっちゅう》の触れ合う音と話し声が近づいてきた。

「土方様、あれは北条の残党です」

「馬鹿を申すな。殿下の手勢だ。巡視の者どもが見回りをしておるのだ」

雄久が鼻で笑う。

「いや、この城は広く、潜伏できる場所がいくらでもあります。降伏に反対する連中が、関白殿下を襲うべく、城内各所に隠れているという雑説も聞きました」

「何だと」

男は城外と城内を行き来していたので、城内の情報にも精通していた。

「万が一ということもあります。隠れましょう」

「そうだな」

男に勧められ、雄久たちは隠居所に隠れることにした。

中で息を潜めていると、「とりあえず調べるか」という声がして、庭に人が入ってきた。

「おい、われらは豊臣勢だ。中に誰かおるか！」

その声を聞いた雄久が安堵《あんど》のため息を漏らした。

「そらみろ。お味方ではないか。名乗り出よう」

雄久が声を上げようとした時だった。

「ひいーっ！」

男が雨戸を蹴破《けやぶ》って飛び出した。

「曲者《くせもの》だ！」

「出合え、出合え！」

突然のことに巡視の者たちも驚いた。

「待て、待て。わしらは怪しい者ではない」

雄久が外に出ようとすると、矢が雨戸に刺さった。

「中にもおるぞ！」

「違う。違う。われらはお味方だ！」

腰を抜かした雄久は、その場に伏せるしかなかった。

——ここまで来れば、追っては来るまい。

ようやく走るのをやめた大藤与七直信は、井戸を見つけると、釣瓶《つるべ》を落として水を汲《く》み、頭からかぶった。

爽快感《そうかいかん》が脳天を貫く。

——これで、こちらの仕事は終わったが、祖父《じい》は無事だろうか。

韮山城は開城になったと聞いているが、芳円の安否までは聞こえてこない。

——祖父のことだ。心配は要らん。

己にそう言い聞かせると、直信は城外に出るべく、再び走り出した。

小田原城の隅々まで知り尽くしている直信にとって、豊臣方の番士や巡視の者たちの目をかいくぐり、外に出ることなど朝飯前だ。

城外に出た直信は、氏規が軟禁されているという屋敷に向かった。

屋敷の前に立った直信は、豊臣軍の番士に対して、尾羽《おは》打ち枯らしたような様子で言った。

――あれだ。

「わしは美濃守様の所領だった三浦郡の百姓で弥兵衛《やへえ》と申します。北条家が改易となり、美濃守様も高野山に行くことになったと聞き、矢も盾もたまらず参りました。これまで美濃守様には善政を布いていただき、われらは安楽に暮らしてこられました。そのお礼だけでもさせていただきたく、近隣の百姓たちの総代として、やってきた次第。どうか一目だけでも、美濃守様に会わせていただけないでしょうか」

当初は直信を訝《いぶか》しんでいた番士だったが、あまりにみすぼらしい姿に同情したのか、取り次いでくれた。

しばらくそこにいると、物頭らしき老人が現れた。直信が同じ話をすると、老人は「天晴な心がけ」と褒めて庭に通してくれた。むろん二人の番士が背後に控えている。

庭に拝跪していると、障子が開いて氏規が姿を現した。

「弥兵衛か。よくぞ参った」

「三浦より駆け付けてまいりました」

「道中、たいへんだったろうな」

「御恩厚き美濃守様にお目通りしたいという一念で、走り抜いてきました」

「そうか。これが永の別れになるな。餞別《せんべつ》を渡したい。近《ちこ》う」

氏規に促され広縁まで行くと、氏規が小さな匂《にお》い袋を差し出した。

「つまらぬものだが、わが形見の品として受け取ってくれぬか」

「ありがたきお言葉」

その匂い袋は、ずしりと重かった。

「おい」

背後で控えていた番士が促す。

「それでは名残惜しゅう存じますが、これにてご無礼仕《つかまつ》ります」

「皆によろしゅうな」

番士に促され、直信は氏規に背を向けた。

最後に氏規の顔を一瞥《いちべつ》すると、かすかにうなずいたように感じられた。

――いつまでもご壮健で。

氏規との別れを済ませた直信は、その幽閉されている屋敷を後にし、夜陰に紛れて港に向かった。

九

小田原城に林立する櫓《やぐら》群は夕焼けに照らされ、橙色《とうしょく》に輝いていた。

——さらばだ。

船尾に立つ直信は小田原に別れを告げた。

——もう戻ることもないだろう。

直信の立つ傍らには、「大湊角屋」と大書《たいしょ》された旗が翻《ひるがえ》っている。

伊勢《いせ》国の大湊を本拠とする角屋は、北条氏の御用商人のひとつとして長らく小田原に店を構えていた。しかし此度の戦いで北条氏が没落したため、店を畳んで大湊に撤収することになった。

直信は長年の付き合いから角屋に話を通し、どさくさに紛れて角屋の船人足に化け、船に乗せてもらったのだ。

——何とか脱出できたな。

小田原は海上を埋め尽くす豊臣水軍の軍船の間に隠れ、すぐに見えなくなったが、背後にそびえる箱根の山々は、これまでと変わらず、荒々しい山容を夕日に輝かせていた。

——支配者は替わっても、山野は変わらぬ。そこで生きる農民たちも同じだ。ずっと農民に化けていたこともあり、直信は農民の気持ちが分かるようになった。

——われらが思っているより、民は強い。誰が支配者になろうと、民はしたたかに生きていくだろう。そして皆も、それぞれの道を歩んでいくのだ。

北条家中の傍輩《ほうばい》たちとも、ここで道を分かつことになる。ほかの大名家に仕官できる者もいれば、不本意ながら浪人する者もいるだろう。武士をやめて帰農する者も出てくるかもしれない。

——北条家の皆様も、どうかお幸せに。

伊勢新九郎こと早雲庵宗瑞が一人で東国に下向し、打ち立てた政権は、「祿壽應《ろくじゅおう》穏《おん》」を旗印に、四公六民という画期的な税制を実現した希有《けう》のものだった。

宗瑞は、民から搾取《さくしゅ》するだけだった守旧勢力を関東から駆逐し、上下共に安楽に暮らせる世を作った。その後を引き継いだ子や孫たちも宗瑞の理念を守り、関東を静謐《せいひつ》に導いた。だが考えてみれば、そんな甘い考えの家が、厳しい戦国の世を生き抜けるはずがない。

——つまり頃合いだったのだ。

人に使命があるように、家にもそれはある。北条家の命脈が尽きたのはその役割を終えたからだと、直信は思った。

直信がもう一度、小田原に向かって拝礼しようとした時だった。

突如として鉄砲の音が鳴り響くと、一艘《そう》の平底船が近づいてきた。

——いったい何事だ。

その船には、豊臣家の旗印である「五七の桐《きり》」の描かれた帆が翩翻《へんぽん》と翻っていた。

大谷吉継が「船を停めろ！」と喚く。

丸に角の字が大書された大船の前に、巧みに回り込んだ平底船はもう一度、空に向かって空砲を放ち、大船を停船させた。

「それでは中将様、あれに乗って熱田まで参りましょう」

「あれは商人の船ではないか」

しかも多くの人々が乗船しているらしく、その舷側《げんそく》には、人が鈴なりになっている。

「中将様」

吉継が呆《あき》れたように首を左右に振る。

「中将様は殿下の勘気をこうむり、謹慎とされたのです。お気に召す船が来るまで、小田原で待つようなことができるとお思いか。しかもいつ何時、殿下の気が変わるやもしれません。この場は何を措《お》いても即刻、殿下の近くから消えるべきです」

——何ということだ。父上の息子であるこのわしが、かつての草履取りの目を憚《はばか》らねばならぬとは。

しかも供の者は小姓と小者が一人ずつで、側近の土方雄久さえ連れていくことを許されなかった。

——自業自得《じごう》とは、このことを言うのだな。

雄久は城内に隠れていた廉《かど》で捕まり、取り調べの末、黄金のことをしゃべってしまった。それにより信雄は謹慎処分となり、雄久は小田原城に留め置かれ、あるのかないのか分からない黄金を、今でも掘り続けさせられている。

——何とも情けない話だ。

そうした屈辱も、己の欲から出たことなのだ。

やがて話がついたらしく、信雄の座乗が許された。

ところが、海上なので縄梯子《なわばしご》を伝っていかねばならない。

「これを伝っていくのか」

「仰せの通り。まず、それがしが手本を示しましょう」

吉継は器用そうに縄梯子を伝うと、船上に消えた。どうやら吉継も一緒に船に乗り込むらしい。おそらく信雄を国元の尾張清洲まで送り届けてから、大坂に帰るつもりなのだ。

——なぜ、わしほどの者が、かような海賊同然のことをせねばならぬのだ。

肚《はら》の中で文句を言いつつ、信雄は何とか縄梯子を上りきった。

船上には、角屋の番頭や手代をはじめとした関係者が、ずらりと並ばされている。

「ここにおわすは織田内大臣である」

吉継が高らかに言う。

——そこまで大声で言わずともよいのに。

「内大臣は火急の用があり、国元に帰られる。それゆえ熱田まで同船する」

吉継が信雄の方を振り向き、話をするよう促した。

——わしに何を言えというのか。

情けない気持ちを押し殺し、信雄がぼそりと言った。

「よしなに取り計らえ」

「ははっ」

居並ぶ角屋の関係者たちが一斉に頭を垂れる。

「では、こちらに」

どうやら船室らしき場所に案内されるらしい。貴顕の御座船ではないので、大した場所ではないのは分かっている。

——さっさと熱田に着かぬものか。

そう思いながら、人列の間を抜けていこうとした時だった。何かが視線の端に捉《とら》えられた。それが何かを思い出せないまま、立ち止まった信雄は首をめぐらし、確かめようとした。

「あっ」と、思わず声が出た。

そこに、あの男が立っていたのだ。

「そ、そなたはまさか、あの——」

男は観念したのか、笑みを浮かべると言った。

「中将様、その節はお世話になりました」

信雄は男を指差すと、何とか声を絞り出した。

「出合え、出合え！」

飛び下がった信雄は腰の太刀袋の口紐を解《ほど》こうとしたが、なかなか解けない。

その時、背後に控える小姓が目に入った。信雄はその捧《ささ》げ持つ太刀を奪うと、鞘《さや》を払った。

「此奴《こやつ》、謀《はか》ったな。殺してやる！」

信雄は狂ったように太刀を振り回した。

角屋の者たちが、悲鳴を上げて逃げ回る。一瞬で船上は大混乱に陥った。

「何をやっておられる！」

血相を変えて戻って来た吉継が一喝したものの、危なくて近づけない。

「此奴は、わしを破滅させたのだ！」

信雄は逆上していた。止め処《とど》なく怒りが込み上げてくる。

「よくも織田家の面目をつぶしたな！」

信雄に追いかけ回されても、男は帆綱に摑《つか》まって身を翻し、軽々と逃れていく。

そのうち、信雄の一太刀が帆綱のひとつを断ち切った。

「うわっ！」

突然、目の前が真っ暗になった。

「何事だ。誰か灯りをつけろ！」

信雄は、上から落ちてきた帆のひとつにくるまれていた。

「中将様、落ち着かれよ！」

ようやく吉継の配下が信雄を押さえる。

帆の中でもがきながら、信雄は泣き喚いた。あまりの口惜しさに涙が次々と溢《あふ》れてきた。

「そこの者」

吉継の声が聞こえる。

「委細は分からぬが、そなたは角屋の船人足ではないのか」

信雄は「此奴を捕らえよ！」と喚いたが、帆の中に包まれているので声がくぐもってしまう。

「へへへ」

男の笑い声が聞こえる。あの下卑《げび》た農民の笑い声だ。

「そなたは中将様と何か因縁でもあるのか」

「いろいろ込み入った事情がありまして」

「怪しい奴だ。捕らえよ！」

吉継の命に応じ、配下の者どもが半円形に散開する。

「致し方ありません。中将様と船旅をご一緒したかったのですが、それではこれにて！」

男は帆綱の一本に摑まって身を翻すと、そのまま海に飛び込んだ。

啞然として舷側から海面を眺める吉継たちを尻目《しりめ》に、男は矢の届かないくらい離れた海面に頭を出した。

「おい、ここから出せ！」

ようやく帆から這い出た信雄が周囲を見回したが、男がいない。

「かの者はどこだ！」

「あそこに」

吉継の指差す先を見ると、波間に頭が浮いていた。

「戻ってこい！」

吉継が怒鳴ったが、男は手刀を作って首を切る真似《まね》をしている。

――わしはもう破滅だというのか。

信雄は怒りを通り越して、情なくなってきた。

男は手を振ると身を翻し、抜き手を切って泳ぎ去っていく。

「追いかけろ。すぐに追いかけるのだ！」

喚く信雄をいなすように吉継が言う。

「そう仰せになられても、中将様が帆綱を切ったので、すぐに帆を張れません」

夕日が海面を黄金色に染める中、男の頭はやがて波間に消えていった。男は泳ぎが得意なようで、あのまま陸岸まで泳いでいくことは容易なのだろう。

信雄は全身の力が抜け、その場にへたり込んだ。

すると先ほどまで男の立っていた場所に、小石ほどの大きさの何かが、きらきらと輝いているのを見つけた。

――まさか。

それを手にした信雄は声を上げそうになった。

――黄金はあったのか。

しかし信雄は口をつぐんだ。今更、それを言っても始まらない。

夕日は瞬《また》く間に橙色に染まり、西に沈んでいく。

それを茫然《ぼうぜん》と見つめながら信雄は、北条家どころか織田家にも、落日が迫っていることを覚らざるを得なかった。

このすぐ後、信雄は改易処分とされ、遠く秋田に配流《はいる》となる。そこで食うや食わずの極貧生活を送った後、ようやく秀吉の御伽衆《おとぎしゅう》として帰還を許されたのは、おおよそ四年後のことだった。

十

うねりに乗るように泳ぎつつ、直信は己の将来に思いを馳《は》せていた。

――武士などもうごめんだ。わしは商人になる。

それが、かねてからの直信の望みだった。誰にも打ち明けたことはなかったが、祖父の秀信にだけは漏らしたことがある。

祖父は笑ってそれを聞いていた。そして「そなたの好きなようにせい」と言ってくれた。

幸か不幸か主家の滅亡によって家禄を失った今、妻子もいない直信にとって、後ろ髪を引かれるものは何もない。

――わしは商人となる運命だったのではないか。

だが主家同様、五代も続いた大藤家を断絶させることに、多少の後ろめたさはある。大藤家が伝承してきた「入込」の技を見せれば、どこの大名家だろうと、仕官できないところなどないからだ。

その技を確立した曾祖父《そうそふ》の金谷斎信基に、直信は語りかけた。

——これからは、「入込」を使う時代ではありません。「入込」を永久に封印することを、曾祖父様《ひいじいさま》は許して下さいますか。

それは大藤家当主や嫡男《ちゃくなん》が代々、暗唱できるまで覚えてきた『孟徳新書《もうとくしんしょ》』を、永劫《えいごう》に封印することにつながる。

——土から生まれたものは、土に帰してよろしいでしょうか。

すでに天にいる曾祖父の信基、大伯父の景長、実父の政信も、直信の判断を是認してくれるような気がする。

——当家の伝承に、新参家臣として小田原城に伺候《しこう》した信基が、古参家臣たちを前にして、「城をひとつ、お取りすればよろしいか」と言って驚かせたものがあったな。だが曾祖父様、わしは城を二つも救いましたぞ。

それが直信の誇りだった。

——城を取ることもたいへんだが、城を救うことは、それよりも難しい。

祖父の秀信もそう言っていた。

豊臣軍の侵攻が避けられないと分かった時、多くの重臣たちは「いかに勝つか」ばかりを論じ合っていた。その時、氏規に呼ばれた秀信と直信は、負けた時、いかに城に籠もった兵と領民を救うかを考えるよう命じられた。氏規によると、秀吉はこれまでの戦いで「一宥一威」の法という同一地域で一城は凄惨な目に遭わせ、周囲の城をなびかせるという方法を取ってきた。そうなれば、北条流築城術の粋を集めた山中城ではなく、早雲庵宗瑞が築城した旧式の韮山城が狙《ねら》われるのは明らかだった。

氏規は万事休した場合、自らの兵が籠もる韮山城を救う手立てを秀信に考えておくよう命じていたのだ。

負けた時のことなど、誰もが考えたくない。でも誰かが考えねばならない。祖父の秀信は快くそれを引き受けた。そして手立てを考え、それを実行に移した。

だが、案に相違して山中城が凄惨な落城を遂げたため、韮山城は救える公算が高くなった。しかも黄金を使った策が物の見事に当たり、和睦交渉が開始された。

秀信は「韮山城のことは、もうわしだけで何とかなる。そなたは小田原城を救え」と言い、小田原城を救う手立てを考えてくれた。

そして、「幸いにして小田原の包囲陣には腰抜け殿がおる。腰抜け殿は戦を好まず、すぐに和睦をしたがる」と、小牧・長久手合戦の例を持ち出した。

この戦いで信雄は家康と手を組み、秀吉と戦ったが、停戦後にあの手この手で秀吉に懐柔された挙句、家康に何も告げずに秀吉との間で和睦を締結した。

それだけ信雄は戦を怖がり、何事も話し合いで決しようとする傾向が強い。

「そこでだ」

秀信は言った。

「さすれば、かような手を打て」

直信は、その策に従って行動した。

——そして事は、祖父の思惑通りに進んだ。

今更ながら、直信は秀信の知恵者ぶりに舌を巻いた。

農民に化けた直信が韮山城から出ていく時、祖父は大手門まで見送ってくれた。その時、祖父は「おそらく、これが永の別れとなる。わしが生きていようといまいと気にすることはない。万が一、主家が滅べば、韮山はおろか小田原にも本領の田原にも二度と戻ってくるな」と言ってくれた。

——お祖父様、いつまでもお達者で。

西に見える伊豆東海岸に向かって、直信は頭を下げた。

やがて小田原の海岸が見えてきた。

浜に上がった直信は一息入れた。

——結句、小田原に舞い戻ってしまったな。

それもまた運命ではないかと、直信は思い始めていた。

——曾祖父の故郷の紀州に戻り、商人として出直そうと思ったが、ここでも商いはできる。

ずっと紀州で商人になろうと思っていた直信だったが、紀州や伊勢には商人が多くおり、そこに割り込むのは至難の業だ。

——やはり東国で商人になるか。

東国には、いまだ大商人というものがいない。

その時、ふと懐《ふところ》に手を入れると、何かに触れた。

それは氏規が形見にくれた匂い袋だった。だが匂い袋にしては、ずしりと重い。

その口紐を解くと、中から大小の碁石金が出てきた。

これを基に、新たな出発を図れという氏規の計らいに違いない。

——恩に着ます。

直信は小田原城に向かって頭を下げた。

氏規の隠している黄金が、どれほどあるのかは分からない。だがそれは向後、小さいながらも北条家を存続させるために使われるに違いない。

様々な思いと共に、なぜか笑いが込み上げてきた。

——美濃守様、やりましたな。

ひとしきり笑った後、直信は新たな人生に乗り出すべく立ち上がった。

先ほどまで海を朱に染めていた夕日も西の彼方《かなた》に隠れ、その残光だけが、わずかに海面を照らしている。

それは北条家の終焉《しゅうえん》を象徴するかのような光景だったが、直信には新たな道標《みちしるべ》のように感じられた。

参考文献（著者敬称略）

『戦国北条氏五代』黒田基樹　戎光祥出版
『戦国関東の覇権戦争』黒田基樹　洋泉社
『北条早雲とその一族』黒田基樹　新人物往来社
『戦国　北条一族』黒田基樹　新人物往来社
『戦国の房総と北条氏』黒田基樹　岩田選書
『奔る雲のごとく　今よみがえる北条早雲』小和田哲男監修　北条早雲フォーラム実行委員会
『北条早雲と家臣団』下山治久　有隣新書
『後北条氏』鈴木良一　有隣新書
『北条氏康と東国の戦国世界』山口博　夢工房
『国府台合戦を点検する』千野原靖方　崙書房出版
『小田原合戦』下山治久　角川選書
『戦国時代の終焉』齋藤慎一　中公新書
『関東戦国史と御館の乱　上杉景虎・敗北の歴史的意味とは？』伊東潤・乃至政彦　洋泉社
『北条氏滅亡と秀吉の策謀　小田原合戦・敗北の真相とは？』森田善明　洋泉社

『長尾景春』黒田基樹編　戎光祥出版
『図説　太田道灌』黒田基樹　戎光祥出版
『扇谷上杉氏と太田道灌』黒田基樹　岩田選書
『関東公方　足利氏四代』田辺久子　吉川弘文館
『関東管領・上杉一族』七宮涬三　新人物往来社
『上杉氏年表』池享・矢田俊文編　高志書院
『上杉謙信の夢と野望』乃至政彦　洋泉社
『城を攻める　城を守る』伊東潤　講談社現代新書
学研歴史群像シリーズ⑭『真説　戦国北条五代　早雲と一族、百年の興亡』
別冊歴史読本⑯『戦国の魁　早雲と北条一族』新人物往来社
『小田原市史　通史編　原始古代中世』
『小田原市史　別編　城郭』
その他、各都道府県の自治体史、論文・論説、事典類、軍記物の現代語訳版（『北条五代記』『小田原北条記』等）の記載は、省略させていただきます。

解　説

春風亭昇太

伊東先生とはお城のイベント等でよく一緒になっている。一九六〇年生まれの人なんで、僕より一つ年下ということになるのだが、恰幅《かっぷく》が良くって、なんだか迫力があるので「伊東先生」と呼ぶことに決めている。

僕は中学生の頃から、天守閣が出現する前の戦国時代の中世城郭にハマり、いわゆる「城跡」を見て回っていた。

落語とお城とどっちを選ぶのだと言われたら、生活のために「落語」と答えるものの、潜伏キリシタンのように密《ひそ》かに城巡りをするであろう僕には、伊東先生が「山中城（静岡県三島市）を見た時の感動が小説家を志すきっかけとなった」という有名なエピソードはなんとなく解《わか》る。そしてその時の伊東先生の想《おも》いは衰えることなく、この小説『城をひとつ』にも十二分に発揮されている。

『城をひとつ』に登場する城砦《じょうさい》を挙げてみよう。

江戸城、小田原城、御殿山館《やかた》、糟谷《かすや》館、河越《かわごえ》城、小弓《おゆみ》城、祇園《ぎおん》城、古河《こが》城、関宿《せきやど》城、真里谷《まりやつ》城、椎津《しいづ》城、峰上《みねがみ》城、百首城、天神台城、松山城、葛西《かさい》城、岩付城、千葉城、国府台《こうのだい》城、吉原城、長久保城、金谷《かなや》城、田原城、土気《とけ》城、小金城……。

何だか編集者や読者に、解説の文字数を稼ぐために書いているみたいに思われても嫌なのだが、まだ続く。唐沢山《からさわやま》城、佐倉城、臼井《うすい》城、小田《おだ》城、臼井田宿内砦《しゅくうちとりで》、田久《たぐ》里《り》砦、沼田城、名胡桃《なぐるみ》城、韮山《にらやま》城、土手和田砦、和田島砦、天ヶ岳《てんたけ》、江川砦、山中城、足柄城、三枚橋城、興国寺城、長浜城……ああっ疲れた。

僕の見落としが無ければ四十三もの城が登場する。ちなみに天ヶ岳には城や砦といった名称は付いていないが、この山にも北条氏《ほうじょう》が築いた城郭遺構が現在でも明確に残っている。

たった一冊読んだだけで、これだけの城を登場させる歴史小説家なんているだろうか。城好きにしても程があるというものだが、これだけの城を登場させてもまだ足りないと思っているかもしれない。

なにしろ日本の城の数は四万とも五万とも言われている。一つの都道府県に千余の城が有る計算になるし、現在でもまだ知られていなかったお城の発見は続いているからだ。

この小説は、関東に一大王国を築いた北条氏に仕える大藤《だいとう》一族の活躍を描いたものだが、この時代のことは教科書に出てくる程度の戦国大名の存在だけでは理解は出来ない。超有名な大名だけでなく、国人と呼ばれる大小の小領主や、寺社勢力。そこに商人や運輸業者、農民までもが武装しているのが中世日本である。江戸時代の士農工商のイメージは中世では全く通用しない。

特に小説の舞台になっている関東はグチャグチャで、京都で起った「応仁の乱」（応仁元年、一四六七年）に先だち「享徳《きょうとく》の乱」（享徳三年、一四五四年）が起きていて、戦国時代の始まりは関東だったとも言われる所以《ゆえん》である。

享徳の乱以前からも様々な争いがこの地方では起っていて、京都の室町幕府の勢力の届かない別の世界が、関東に存在していたと言っていいのだろう。

本来、室町幕府の関東統治の為《ため》に置かれた「鎌倉公方《かまくらくぼう》」は幕府と対立し、鎌倉公方の足利成氏《あしかがしげうじ》は、これも本来は室町幕府の意向に沿って鎌倉公方を補佐するべき関東管《かん》領《れい》・上杉憲忠《うえすぎのりただ》と対立していて、その憲忠を成氏が暗殺した事に端を発したのが「享徳の乱」だ。

この鎌倉公方と関東管領の争いに里見氏、千葉氏、三浦氏、真里谷氏といった関東の有力な国人領主が加わり、隣国駿河《するが》からは今川氏も参戦して、鎌倉に本拠地を置けなくなった鎌倉公方（成氏）は古河城に入り「古河公方」を名乗って、関東は古河公方と関東管領の対立で二分される。

一方関東に影響力をなんとか保ちたい室町幕府は、八代将軍・足利義政の異母弟の足利政知《まさとも》を鎌倉公方として派遣するのだが、対立する勢力が元気一杯で鎌倉にまで辿《たど》り着けず、伊豆の堀越《ほりごえ》に入って「堀越公方」を名乗っていて、結局、関東に公方さんが二人居ることになるのだ。

さらに、関東管領の上杉氏も一族内で「山内《やまのうち》上杉氏」「犬懸《いぬがけ》上杉氏」「扇谷《おうぎがやつ》上杉氏」などに分かれて領国支配するものだから混迷を極める。

古河公方の方は古河公方で、成氏の後に古河公方になった足利政氏《まさうじ》と、その後を継いだ足利高基《たかもと》が対立するのですが、この二人は親子です。あんた達！　いったい何やってんだって感じですが、ここに真里谷氏が足利高基の僧侶《そうりょ》になっていた弟を担《かつ》ぎだして小弓城にいれて、これが「小弓公方」もう公方三昧《ざんまい》ですね。

この人が小説の第二章に当たる「当代無双」に登場する「足利義明《よしあき》」です。ようやく関係者が出てきましたよ。

他にもまだ書ききれない程、諸勢力が入り乱れて争っている中で、関東に台頭するのが「伊勢《いせ》宗瑞《そうずい》」（北条早雲《そううん》）から始まる「北条五代」という事になります。

北条氏は城造りが巧みな事で知られる大名です。関東の戦乱の中で向上した築城技術を領土を広げる度に習得していったのでしょう、現在、北条流とまで呼ばれるような高度な城造りをする中で、豊臣軍を迎え撃つために改修され、今でもその特徴的な北条の築城技術を観《み》る事が出来る代表的な城が、伊東先生が小説家になるきっかけになった山中城です。

街道を封鎖するように作られた、さほど大きくもないこの城は、徳川家康、山内一豊、一柳直末《ひとつやなぎなおすえ》など豊臣方七万という大軍勢に取り囲まれ、激戦の末にわずか半日で落城しています。

しかし、この城攻めというのは実はレアケースで、攻められる方も嫌だし、攻め手にとってもリスクが高く、なるべくならやりたくないのが城攻めで、実際山中城の戦いでは、攻め手の一翼を担《にな》う大将である一柳直末が戦死しています。

城と言えば戦いのイメージがあると思いますが、お城を知れば知る程、攻城戦の少なさに気づかされます。多くは戦う前に放棄されたり、交渉によって明け渡されたりの例が多いのです。親兄弟、親類縁者、僧侶による仲介。ありとあらゆるツテを使って城内と連絡を取り、情や人命、恩賞を使って開城を迫る……。

結局、城というソフトを使っているのは人間で、その人間をいかに攻略するかが一番の城攻めの方法と言えるのでしょう。

『城をひとつ』の最終章である「黄金の城」は、北条氏滅亡の物語。北条氏が豊臣秀吉と対決するに至った最大の理由は、沼田領を任されていた北条配下の猪俣邦憲《いのまたくにのり》が、真田家の名胡桃城を奪った事にある。

この件については、著者も他の著書でも指摘しているが、非常にあやしい事件で、猪俣邦憲が名胡桃城を奪うように仕向けられた可能性がある事件なのだ。これにより北条氏は衰退し、豊臣秀吉は関東という広大な地域を支配する事になるわけで……。であるとすれば、これは豊臣側の「城をひとつ」だったかもしれない。人間をコントロールするという城攻め。その意味で本書『城をひとつ』は攻城戦の派手な戦闘シーンは少ないのだけれど、城攻めの核心をついた心理戦という静かで激しい戦いが丁寧に描かれていて、さすが本物の城好きが書いた小説なのである。

やはり僕は当分、「伊東先生」と呼ばせてもらいますよ。

（令和二年二月、落語家）

この作品は平成二十九年三月新潮社より刊行された。

城《しろ》をひとつ

戦国北条奇略伝

新潮文庫　い-117-3

令和二年五月一日発行

著者　伊《い》東《とう》潤《じゅん》

発行者　佐藤隆信

発行所　株式会社　新潮社

郵便番号　一六二―八七一一
東京都新宿区矢来町七一
電話　編集部(〇三)三二六六―五四四〇
読者係(〇三)三二六六―五一一一
https://www.shinchosha.co.jp

価格はカバーに表示してあります。

乱丁・落丁本は、ご面倒ですが小社読者係宛ご送付ください。送料小社負担にてお取替えいたします。

印刷・三晃印刷株式会社　製本・株式会社植木製本所

ISBN978-4-10-126173-7 C0193